DANS L'OBSCURITÉ SCINTILLENT
LES FRAGILES ÉTOILES

MARJOLAINE SOLARO

DANS L'OBSCURITÉ SCINTILLENT LES FRAGILES ÉTOILES

roman

l'Archipel

Collection « Instants suspendus »
dirigée par Virginie Fuertes

Retrouvez Marjolaine Solaro sur les réseaux sociaux :
Instagram : @marjolainesolaro
Blog : www.marjoliemaman.com
Facebook : Le blog de Marjolaine Solaro

Notre catalogue est consultable à l'adresse suivante :
www.editionsarchipel.com

Éditions de l'Archipel
92, avenue de France
75013 Paris

ISBN 978-2-8098-4915-8

Note de l'autrice

En novembre 2021, une camarade de classe de mon fils s'est suicidée. Elle avait seulement quatorze ans. Ce drame, même s'il n'était pas le mien, a provoqué une déflagration qui est venue réveiller d'anciens souvenirs, mais aussi me questionner sur le présent et le futur.

J'en suis arrivée à m'interroger sur ce que l'on sait de la vie de nos enfants, sur les certitudes que l'on a en pensant que ça n'arrive qu'aux autres, sur la manière dont on vit en famille ensemble, mais sur des fréquences différentes, sur ce que l'on se rappelle de sa propre adolescence en tant qu'adulte.

J'ai repensé au harcèlement d'une fille dont j'avais été le témoin dans la majorité silencieuse au collège. J'ai exploré à nouveau les drames vécus lors de ma propre adolescence : le suicide d'un jeune homme proche de moi, puis la mort brutale d'une de mes meilleures amies. Je me suis demandé à quel point ces événements avaient forgé celle que je suis maintenant. L'observation avec vingt-cinq ans de recul m'a également permis d'intégrer les choses de manière différente, de comprendre ce qui n'avait pas de sens quand j'avais seize ans.

L'intrigue mettant en scène Solal et Sterenn a germé sur ce terreau de problèmes omniprésents et pourtant tabous : la santé mentale des adolescents, le harcèlement, le suicide, le deuil.

Si j'ai d'abord écrit pour extérioriser ces sujets qui m'habitaient, j'ai ensuite envisagé cet ouvrage comme un outil de médiation autour de ces thématiques si difficiles à évoquer. Et si je l'ai en premier lieu écrit à l'attention d'un public adulte, il aura peut-être une résonance pour les adolescents qui l'auront entre les mains.

Enfin, il me paraît nécessaire de préciser que l'histoire de Sterenn n'est pas celle de la camarade de classe de mon fils. Elles vivent certains événements similaires – et ne sont malheureusement pas les seules – mais Sterenn est un personnage de fiction. Tout comme Solal, même si j'ai emprunté certains traits à mon fils, avec son accord, pour lui donner une vie de papier.

J'ai une conscience aiguë de la délicatesse des sujets que j'aborde dans ce roman et j'ai la conviction qu'à partir du moment où on les nomme, le chemin se dessine et la transformation – et peut-être même, parfois, la guérison – devient possible.

Il est maintenant temps de vous confier Solal et Sterenn et de vous souhaiter une lecture enrichissante. Merci.

Pour Guilem

« Il faut que le noir s'accentue
pour que la première étoile apparaisse. »

Christian Bobin, *L'Homme-joie*

I

La première fois qu'il l'avait vue, le soleil s'était levé sur une partie encore inexplorée de son cœur, révélant des couleurs inconnues.

La première fois qu'il avait entendu son prénom, il s'était demandé s'il avait été inventé juste pour elle.

La première fois qu'il avait touché sa peau, elle ne s'en était pas rendu compte. Lui, pourtant, avait gardé longtemps l'empreinte de ses doigts tièdes qui avaient effleuré les siens.

La première fois qu'il l'avait entendue rire, des milliers de papillons s'étaient envolés depuis sa poitrine, comme un feu d'artifice intérieur.

La première fois qu'il lui avait adressé la parole, c'était pour s'excuser. C'était sûrement la première fois qu'elle remarquait son existence.

La première fois qu'il l'avait vue pleurer, il avait voulu essuyer ses larmes d'un revers doux de la main. Mais personne n'aurait compris son geste ; elle, encore moins. Par dépit, il avait cherché un mouchoir à lui tendre. Il n'en avait qu'un, sale et tire-bouchonné à force d'être trituré. Il l'avait gardé au fond de sa poche et l'avait émietté méthodiquement pour évacuer sa frustration.

La première fois qu'ils avaient plaisanté ensemble, son rythme cardiaque s'était emballé si fort qu'il avait cru tourner de l'œil.

La première fois qu'elle avait partagé ses souffrances, il s'était juré de garder son cœur fragile bien au chaud, au creux de ses mains, et de lui chuchoter les mots dont il avait besoin. Les mots lui avaient pourtant manqué. Trop souvent.

La première fois qu'il avait compris à quel point il était important pour elle, il était trop tard.

La dernière fois qu'elle lui avait parlé, c'était pour lui dire des banalités. Il lui avait répondu par un silence, blessé.

Il ne savait pas que c'était la dernière fois.

2

La foule applaudissait à tout rompre les acrobates de la sixième option Cirque. Au pied de la scène, les danseuses de hip-hop s'agitaient en une file indienne désordonnée. Derrière les rires forcés des jeunes filles, on lisait la fébrilité de se produire devant tout le collège lors d'une démonstration qui serait forcément jugée, commentée, peut-être même – et c'était ça le pire – critiquée. Elles vérifiaient leur coiffure, tiraient sur leur t-shirt qui semblait soudain trop moulant et rigolaient nerveusement toutes bagues dentaires dehors pour évacuer le stress.

Seule Sterenn restait placide et concentrée au milieu de cette agitation typiquement adolescente, impassible devant cette effervescence. L'année de quatrième qui s'achevait avait dû lui apprendre à tout endurer. Enfin, c'est ce qu'imaginait Solal en admirant de loin son calme à toute épreuve. Il essayait de ne pas la perdre de vue sans trop la fixer pour ne pas se faire repérer par les copains.

Les jeunes artistes quittèrent l'estrade emportant tout leur matériel, et furent très vite remplacés par une quinzaine de danseuses en top blanc et pantalon large noir. Quand le groupe eut pris ses marques sur la scène installée au fond de la cour, Solal perdit le contact visuel avec Sterenn. Elle faisait partie des plus grandes et figurait en dernière ligne pour laisser les petites devant – comme le veut l'usage. Il se mit sur la pointe des pieds pour gagner en visibilité, sans effet. Il essaya alors de sautiller pour l'apercevoir au moment où la musique démarra.

— Mais qu'est-ce que tu fais ? le questionna, incrédule, son ami Arthur.

— J'en ai marre, je ne vois rien…

— Tu veux que je te porte ?

Solal sourit, se souvenant qu'Arthur l'avait déjà soulevé dans ses bras un nombre de fois incalculables pour lui permettre de voir ce qui ne lui était pas accessible en raison de sa petite taille.

— Je vais me débrouiller comme un grand ! rétorqua Solal, non sans une pointe d'autodérision.

Il repéra un espace libre sur le muret qui bordait l'escalier de la cantine. Les surveillants ne les laissaient jamais s'y asseoir, ne serait-ce qu'un instant, mais en cette dernière journée d'école les règles semblaient abolies pour le fameux « spectacle annuel interclasses ». Il se faufila rapidement dans la foule, soucieux de ne pas louper complètement la démonstration. Il grimpa sur le petit muret pour constater avec agacement que, là encore, l'angle n'était pas bon et qu'il ne voyait que les bras de la jeune fille dessiner avec précision les mouvements de la chorégraphie. À nouveau, il se hissa sur la pointe des pieds dans l'espoir d'améliorer son point de vue. Oui ! Ça marchait ! Du menton, elle marquait le rythme, esquissant même un léger sourire. Elle était remarquablement belle au milieu des autres, si banales.

— Y a la pute de quatrième au dernier rang.
— Elle est bonne, regarde sa manière de bouger...
— Elle doit avoir chaud là, elle est beaucoup trop habillée !

Solal fit un geste nerveux en entendant les imbéciles de troisième ricaner au sujet de Sterenn. Il aurait voulu leur sauter au cou et les jeter à terre. Il se décala pour s'éloigner d'eux – un peu trop brusquement puisqu'il bascula en un clin d'œil. Avant qu'il n'ait eu le temps de réaliser quoi que ce soit, il tomba droit sur le bitume gravillonné de la cour, atterrissant d'abord sur les genoux, puis sur les mains. Il venait cependant d'éviter de justesse un baiser avec le sol qui aurait été fatal à ses incisives... Aidé par les élèves autour, il se releva un peu groggy, les genoux en sang. Ça le brûlait, mais la colère qu'il nourrissait à l'encontre des deux élèves et leurs commentaires nauséabonds faisait passer ses blessures au second plan.

Mme Floch, la principale adjointe, qui avait assisté de loin à la scène, accourut en quelques secondes. Elle fit descendre tout le monde du perchoir en pestant et inspecta les plaies de Solal avec sévérité.

— Qu'est-ce que tu fabriquais là-haut ! Tu aurais pu te casser un bras ou les dents ! Oh là là, ça n'est pas joli du tout ! Il y a des cailloux incrustés à certains endroits. On va à l'infirmerie nettoyer ça.
— Je vous assure que ça ne me fait pas mal, Madame, j'irai après le spectacle.
— Certainement pas, il faut s'en occuper tout de suite.

Solal n'avait aucune envie de se retrouver dans la toute petite infirmerie avec Mme Floch, mais il savait très bien qu'il n'y avait aucune autre issue possible. Il tenta désespérément d'apercevoir ce qu'il se passait sur scène avant d'entrer dans le bâtiment, sans succès.

Mme Floch désinfecta si méticuleusement ses genoux qu'il pensa qu'elle allait finir par polir ses rotules. Elle disparut un très long moment dans son bureau afin de chercher ses lunettes pour y voir de plus près. « C'est pas beau de vieillir », plaisanta-t-elle en chaussant ses lunettes de chouette sur le bout de son nez. Pour terminer, elle prit tout son temps pour retirer les minuscules graviers à l'aide d'une pince à épiler.

Solal ne savait pas quelle torture était la pire : la douleur ressentie chaque fois qu'elle farfouillait dans sa chair à vif, ou le fait de savoir tous les autres élèves réunis pour cette dernière heure de l'année au collège alors qu'il était coincé là.

Après ce qui lui avait semblé une éternité, il sortit enfin de l'infirmerie les deux genoux recouverts de compresses et de sparadraps. Il avait l'impression d'avoir cinq ans. La cour était presque déserte. Son fidèle Arthur l'attendait, assis sur un banc. Quand il l'aperçut, il se leva pour venir à sa rencontre et lui tendit son sac à dos.

— Tiens, je suis allé le récupérer dans ta classe. Il paraît que tu es tombé ?
— Merci, mec. Oui, une bonne gaufre !
— Foutu parachute, pas vrai ?

Arthur faisait allusion à la cascade de Solal quand ils étaient en CP. Il était tombé d'un banc dans la cour alors qu'il jouait avec ses copains à un jeu où il devait sauter partout où il le pouvait en soufflant fort pour imiter le bruit du vent qui gonflait une voile. « C'est pas sa faute, c'est son parachute qui ne s'est pas ouvert », avait justifié Arthur à la maîtresse qui demandait des explications en voyant Solal revenir de récré en pleurs, le menton écorché.

— Ouais, encore un coup du parachute.
— Tu as mal ?
— Y a pire. Floch m'a tellement charcuté qu'elle a dû retirer tout mon système nerveux au passage. Elle aurait eu une grande carrière de chirurgienne de guerre, je te le dis !
— Allez, on va chez moi. On pourra fêter notre dernier jour de quatrième en jouant à Fortnite.

Avant de quitter le collège pour les deux mois à venir, Solal balaya la cour du regard. Il aurait aimé voir Sterenn encore une fois, histoire d'avoir une dernière image d'elle pour rêvasser durant l'été. C'était peine perdue, il devrait se contenter des souvenirs déjà emmagasinés.

3

Le vent léger faisait danser les feuilles du figuier, dessinant des ombres mouvantes sur ses yeux mi-clos. L'odeur sucrée des fruits trop mûrs flottait dans l'air comme un miel épais. Les abeilles des ruches voisines butinaient à n'en plus pouvoir les dernières fleurs qui avaient résisté à la chaleur de l'été. Ce bourdonnement hypnotisait Solal qui s'abandonnait avec langueur à la paresse, simplement allongé dans l'herbe, le maillot de bain encore humide de son dernier saut dans la piscine quelques minutes auparavant. Les sens du garçon, saturés de signaux rassurants, l'autorisaient à se détendre. C'était l'un des rares moments où son corps et son cerveau sans repos trouvaient l'apaisement. Le jardin de Mamicha était un prolongement de son cœur, un endroit où il expérimentait l'amour sans condition. Ici, il n'avait pas besoin de déchiffrer la situation pour s'adapter. Il connaissait chaque recoin de ce petit paradis. Il savait que la pierre de gauche du muret était branlante, qu'il fallait éviter le tas de tuiles où les vipères aimaient se reposer, que les framboises côté sud rosissaient en une journée, que les chauves-souris apparaissaient quand le soleil se couchait. Il n'y avait pas de mauvaises surprises à redouter, il pouvait être lui-même, tout simplement, c'était tellement relaxant.

Sur la terrasse au loin, sa grand-mère et sa petite sœur faisaient les mots fléchés de *Femme actuelle* en riant très fort. Mamicha devait encore inventer des mots. C'était sa technique préférée pour terminer une grille un peu trop ardue. Cette liberté d'inventer ses propres règles avait toujours fasciné Solal qui s'appliquait au contraire à les suivre pour ne pas laisser trop dépasser ses différences.

Il passa la pulpe de ses doigts sur ses genoux, là où les croûtes avaient disparu, laissant deux marques blanches sur sa peau hâlée après deux mois de vacances. Il était si bien à cet instant qu'il aurait pu pleurer de joie. Il essayait de retenir le maximum de détails de la scène qu'il vivait pour la placer dans sa bibliothèque de souvenirs heureux, entre la tarte au citron meringuée de ses huit ans et le feu d'artifice du 14-Juillet vu depuis l'île de Groix – qui avait aussi permis d'observer les sept autres feux lancés depuis le continent, une féerie ! Il pourrait se la rejouer au besoin, plus tard, quand il faudrait se sortir du cocon de chez Mamicha et retourner au collège.

Oh, bien sûr, il aimait bien sa vie avec ses copains, mais le quotidien à l'école et dans la vie en général lui demandait des ajustements de chaque minute qui lui coûtaient beaucoup d'énergie. Il finissait par s'intégrer à chaque fois, mais il se sentait toujours un peu en décalage avec les autres.

D'un geste lent, il tendit la main pour cueillir une grosse figue éclatée par le soleil et croqua dedans à pleines dents. Le fruit explosa un peu plus dans sa bouche et déborda sur ses lèvres. Il était liquoreux, sucré et tiède. Divin. Le jus semblable à un sirop coula dans sa gorge tel un nectar bienfaisant.

Proust avait sa madeleine, Solal avait ses figues. Et si l'enfance devait se résumer en une seule saveur, pour lui, ce serait celle des figues de Mamicha quelques jours avant sa rentrée en troisième.

4

Il faisait encore bien chaud sous le parasol. Célia était occupée à vernir ses ongles de pieds, changeant de couleur pour chaque orteil. À côté d'elle, Solal mâchonnait frénétiquement un stylo-bille, les yeux perdus dans une carte postale.

— Célia, je sèche... Qu'est-ce que je peux écrire ?
— Ben, je sais pas, moi, dis-leur ce que tu veux !
— Je ne sais jamais quoi raconter... On les a au téléphone tous les soirs, on les voit dans trois jours, les parents vont survivre si on ne leur envoie pas une carte postale pour une fois !
— On a promis une carte. Une promesse, c'est une promesse.
— Elle va arriver après nous à la maison ! C'est idiot.
— On s'en fiche, c'est l'intention qui compte. Et puis, j'ai déjà collé le timbre et fait mon mot. Allez, ne sors pas des prétextes parce que tu as la flemme, écris, c'est tout !

Solal ne se cherchait même pas d'excuses. Il disait la vérité : il n'avait aucune idée de ce qu'il pouvait inscrire sur cette satanée carte postale.

— S'il te plaît, aide-moi. Tu seras la meilleure des petites sœurs de l'univers et de tous les univers parallèles.

Célia soupira, leva les yeux au ciel, mais dans un élan de charité envers son frère reposa le pinceau dans le flacon de vernis bleu et lui proposa une solution.

— Tu peux leur raconter qu'il fait beau, qu'ils te manquent, qu'on joue bien avec Mamicha et que tu t'es bien reposé avant la rentrée. Voilà.

— T'abuses, c'est exactement ce que tu as écrit !

— Non, mais tu vois l'idée : tu racontes ta vie et tu ajoutes « gros bisous », c'est pas compliqué. Je te rappelle que tu as le brevet à la fin de l'année, alors si tu n'arrives même pas à écrire une pauvre carte postale, ça va donner quoi en français ?

— Sérieux, tu te prends pour Maman à me coller la pression ?

— Pffff, tu n'as qu'à te débrouiller, salut !

Célia ramassa ses vernis, se leva avec un air de diva outrée, puis partit en marchant bizarrement vers la maison, les doigts de pieds en l'air pour ne pas risquer d'abîmer sa pédicure.

— Bon débarras !

Le brevet, ça lui paraissait si loin que ça ne l'inquiétait pas. Enfin, pas encore. Il avait beau y mettre de la bonne volonté, de son point de vue, il lui semblait impossible de raconter ce qu'il se passait pendant les vacances chez Mamicha, tant elles étaient riches. Les poser sur papier, qui plus est sur une moitié de carte postale, c'était forcément les réduire. Comment expliquer le temps long, les journées qui semblaient ne jamais se terminer, les promenades à la fraîche au cimetière, les heures à jouer aux cartes avec Célia, les lézards attrapés et relâchés sur les pierres chaudes de la terrasse, les compétitions de bombes dans la piscine, le bisou du soir de Mamicha qui embaumait le chèvrefeuille…

S'il appréciait tant les vacances chez sa grand-mère, c'est parce qu'elles venaient chaque année clôturer son été comme une apothéose. Le rituel était immuable. La première semaine de juillet, c'était stage de voile à l'école près de la maison ; puis trois semaines sur l'île de Groix avec ses grands-parents paternels et ses cousins où il s'enivrait de baignades et de crèmes glacées ; venait ensuite la quinzaine de voyage à l'étranger avec ses parents – les Pouilles, cette année – et la dernière ligne droite jusqu'à la rentrée se faisait pour sa sœur et lui dans la maison du Béarn de sa grand-mère maternelle. C'était réglé comme du papier à musique, ce qui convenait parfaitement bien à son caractère anxieux.

Il aimait terminer son été chez Mamicha parce qu'il pouvait profiter de la solitude nécessaire à son équilibre tout en se sentant choyé. Il savourait aussi ces deux semaines parce que leur mamie n'avait pas d'exigence envers les enfants. Ils pouvaient veiller jusqu'à pas d'heure, marcher pieds nus dans l'unique rue du village, manger leur goûter dès 15 heures et s'adonner aux jeux que les enfants de leur époque n'ont plus le droit de faire : monter aux arbres, allumer un feu dans le barbecue, partir pêcher dans la rivière, dormir dehors pour compter les étoiles filantes, ne pas se laver parce que les bains dans la piscine, ça valait bien une douche… C'était comme si les vacances n'avaient pas de fin et il parvenait à oublier totalement que la rentrée se rapprochait dangereusement.

Vraiment, il était impossible de résumer toute cette liberté sur seulement quelques centimètres carrés de papier.

Alors, de son écriture maladroite, il traça :

Gros bisous,
Solal

5

Solal n'était pas rassuré par cette expédition nocturne parce qu'il avait beau avoir treize ans et la faire chaque été, il avait toujours peur du noir. La nuit d'encre ne lui laissait aucun repère visuel pour se rassurer. Discrètement, il attrapa le bas du gilet de Célia qui marchait à tâtons devant lui. Le contact du lainage élimé le rassura un peu.

— Voilà, c'est parfait, on va s'installer ici, déclara d'autorité Mamicha en dépliant à la volée une large couverture.

Les enfants s'allongèrent au milieu du jardin, laissant une place entre eux pour leur grand-mère. La vision des milliers d'étoiles au-dessus de leurs têtes les laissa sans voix quelques secondes.

— C'est magnifique, souffla Célia.
— On les voit toutes tellement bien : la Grande Ourse, la Petite Ourse, Cassiopée... remarqua Solal.
— Est-ce que tu repères Orion ?

Pour Mamicha, l'éducation de ses petits-enfants ne passait pas par les bonnes manières, mais plutôt pas la transmission de savoirs qu'ils n'apprendraient pas à l'école. Lire le ciel, reconnaître les légumes, apprécier un paysage, c'était ce qu'elle voulait partager avec eux.

Solal ouvrit grand ses yeux et chercha à la fois dans le ciel et dans sa mémoire.

— C'est un piège ! intervint Célia.

— Tais-toi, Madame Je-sais-tout ! Tu t'appelles Solal, toi ? la rabroua son frère. Orion, on la voit surtout l'hiver... En revanche, je distingue bien le Cygne avec le corps et les ailes par ici, dit-il en traçant une croix au-dessus de leurs têtes.

— Bingo, c'est bien lui, confirma Mamicha.

— Pourquoi est-ce que l'on voit mieux les étoiles chez toi que n'importe où ailleurs ? demanda Célia à sa mamie.

— Ici, à la campagne, il n'y a pas d'éclairage public dans la rue. On est suffisamment éloignés de la ville la plus proche pour ne subir aucune pollution lumineuse.

— La lumière permet de mieux voir, pourtant.

— Dans le cas des étoiles, on a besoin que le noir se fasse pour commencer à distinguer leur lumière. Plus l'obscurité est profonde, et plus on peut admirer les étoiles les plus discrètes.

Solal réfléchit longuement à cette explication. Lui qui redoutait tant les ténèbres, il pouvait voir les beautés qu'elles laissaient émerger. Ses pensées furent interrompues par le passage de la première étoile filante de la soirée, accompagnée par les cris de joie du trio. Il fit un vœu, le même que celui qu'il formulait chaque été sous la voûte céleste depuis presque trois ans.

6

Les cloches de l'église voisine sonnaient l'angélus de sept heures du soir alors que les grillons commençaient tout juste à baisser le ton. Il faisait un peu plus frais sur la terrasse ombragée, mais rien n'annonçait clairement la fin de l'été. Personne n'aurait pu imaginer que la rentrée était seulement dans quelques jours. Solal s'était installé à côté de Mamicha qui équeutait les haricots verts ramassés dans le potager quelques minutes plus tôt. Il attrapa l'un d'eux pour l'aider et constata que le légume était encore tiède de la caresse des rayons du soleil. Ils étaient bien tous les deux, dans la douceur de leur silence. La présence l'un de l'autre leur suffisait. Il se souvint alors qu'il restait moins de deux jours avant le retour vers la Bretagne. Il n'en avait pas envie.

Le sixième sens de Mamicha devait tourner à plein tube, elle rompit le silence d'une petite voix.

— Tu vas me manquer, mon loupiot. La maison va être bien calme sans vous.

Elle leur disait à chaque fois que la maison lui paraissait dramatiquement silencieuse et vide après leur départ. Ils venaient, ils éparpillaient leurs rires et leurs chaussettes partout, et tout à coup, ils disparaissaient. Comme un courant d'air. Le contraste était si saisissant qu'elle avait l'impression d'avoir rêvé leur présence.

— Oui, mais tu vas pouvoir reprendre la possession de ta télécommande et regarder ce que tu veux. C'est un avantage non négligeable.
— Oh, la télévision, je ne la regarde pas vraiment. J'ai juste pris l'habitude de l'allumer à la mort de Christian, pour avoir une présence.

Le grand-père de Solal était mort quelques années avant sa naissance, il ne l'avait pas connu. C'était étrange de se dire que Mamicha avait eu une vie radicalement différente, avec un mari alors qu'il l'avait toujours connue seule.

— Il te manque ?

Mamicha continua son travail manuel sans s'interrompre, mais une simple respiration un peu plus profonde permit à Solal de comprendre que le sujet était encore sensible, presque quinze ans après.

— Bien sûr. Il me manque tous les jours. Je l'imagine souvent à côté de moi, à faire les choses qu'il avait l'habitude de faire.

— Tu crois qu'il équeuterait les haricots avec nous ?

— Non, ça n'était pas son genre. Il était à l'ancienne. Il n'aimait pas beaucoup les tâches ménagères, il était plutôt plongé dans les livres ou le bricolage. Il serait sûrement assis à côté de nous à nous lire des extraits de poèmes barbants ou à quatre pattes en train d'essayer de caler cette table qui branle.

Solal continua encore quelques secondes son petit travail, puis demanda doucement.

— Est-ce que ça te rend triste que je te parle de lui ?

— Non, mon poulet. Je ne suis plus triste, pas comme avant en tout cas. Au début, j'ai cru que ma vie à moi était finie, elle aussi. Tu as treize ans, imagine-toi que j'ai vécu près de trois fois ton âge avec Christian ! C'est quelque chose. Après une vie passée ensemble, j'avais l'impression de ne plus savoir rien faire, de ne plus être capable de fonctionner seule. Le quotidien n'avait plus de sens si je devais le traverser sans lui. Je pensais qu'il ne m'arriverait plus rien de bien. Et petit à petit, sans que je ne m'en rende compte, j'ai retrouvé un certain plaisir dans les petites et les grandes choses de la vie.

— C'est-à-dire ?

— Pour les petites choses, je me souviens d'avoir eu envie de relancer mon potager quand j'ai trouvé un pied de tomates qui avait poussé spontanément dans mon composteur. Il était si vigoureux, il sentait tellement bon que j'ai eu envie de manger les bonnes tomates de mon jardin à nouveau. Ni une, ni deux, j'ai cherché ma bêche et j'ai creusé la terre.

— Et pour les grandes ?

Mamicha sourit avec malice.

— J'ai reçu un jour un appel de ta maman. Elle m'annonçait en riant et en pleurant qu'elle attendait un bébé.

— C'était moi ?

— Oui, c'était toi. Mon tout premier petit-enfant. Le jour de ta naissance était l'un des plus beaux de ma vie. J'aurais aimé le partager avec ton grand-père bien sûr, mais j'ai tant de gratitude de l'avoir vécu, tout simplement. On n'imagine pas toutes les surprises que la vie nous réserve, mais je peux t'assurer qu'elle prépare toujours quelque chose en coulisses.

— Que je prépare quoi en coulisses ? demanda Célia en passant la tête par la baie vitrée.

Complices, ils rirent de l'interruption à côté de la plaque de Célia.

— Oh, ça va, Madame Le-Nombril-du-Monde, Mamicha disait que ma naissance était le plus beau jour de sa vie, c'est tout.

— Oui, enfin bon, on est tous au courant que je suis sa préférée, pas vrai ?

— Vous savez bien que je ne vous aime pas tous les deux.

Le frère et la sœur attendaient en souriant la chute de cette boutade qu'ils connaissaient par cœur.

— Je ne vous aime pas, je vous adore !

7

L'arrivée des parents dans l'allée du jardin de Mamicha se fit sous les applaudissements des enfants et les klaxons de la voiture. Après deux semaines de séparation, la tribu Taddeo était aux anges d'être reformée. Tout le monde se serra dans les bras à qui mieux mieux, le tableau familial était parfait.

— Racontez-nous tout, les enfants, ça s'est bien passé, vous avez été sages avec Mamicha ? demanda Antoine Taddeo.

— On est toujours sages comme des images, tu nous connais ! crâna Solal.

— Ils ont été parfaits du début à la fin ! ajouta Mamicha.

— On se ferait pas un petit apéro sur la terrasse ? demanda Mélina Taddeo. On a roulé toute la journée, je boirais bien une bière fraîche, moi !

— Ça tombe bien, j'ai préparé tout ce qu'il fallait, annonça Célia qui avait passé deux heures à dresser une jolie table pour fêter le retour de ses parents.

La troupe fila s'installer dans le salon de jardin autour du festin concocté par la jeune fille.

— Mesdames, messieurs, laissez-moi vous présenter le menu de cet apéritif à base de produits ultra-locaux puisqu'ils viennent directement du potager qui se trouve à cinq mètres de vous : tomates cerises, radis au beurre, tzatziki de concombre, bâtonnets de carottes... Et aussi, plein de petits bouquets pour se régaler avec les yeux. Bon appétit !

Célia avait raison, les fleurs colorées réparties autour des plats les rendaient encore plus alléchants.

— Bravo, ma puce, c'est superbe ! Et les chips saveur paprika, elles viennent du potager aussi ? se moqua sa mère.

— Non, mais l'année prochaine, on les fera avec mes patates, pas vrai ? rétorqua Mamicha en faisant un clin d'œil à sa petite-fille.

— C'est magnifique, merci d'avoir fait tout ça, c'est chouette de se savoir attendus, remercia sa mère.

— Et vous, les parents, ça va ? On ne vous a pas trop manqué pendant quinze jours ?

Mélina et Antoine étaient retournés travailler en Bretagne après avoir déposé leurs deux enfants dans le Béarn. Ils en avaient profité pour faire tout ce qu'un couple peine à faire une fois qu'il a des enfants : aller au cinéma, sortir boire des cocktails avec les copains, faire la grasse matinée, manger sans horaire fixe...

— Quand le chat n'est pas là, les souris dansent ! rigola Mélina en déposant un petit baiser sur les lèvres de son mari.

— Oh, ça va, on a compris les coupa Célia, toujours gênée quand ses parents commençaient à se bécoter.

— Désolée, ma chérie, tu as des parents qui s'aiment, la vie est dure, dit Antoine.

— M'en parle pas, ça va me coûter des années de thérapie. Tout mon héritage va y passer !

Dans cette famille, le second degré et l'autodérision faisaient partie des qualités principales. C'était leur mode de communication, même si parfois les susceptibilités en prenaient un coup.

— C'est fou, vous avez tellement grandi tous les deux !

Mélina Taddeo ne se lassait pas de regarder ses enfants si beaux et si bronzés. Célia bombait le torse de fierté alors que Solal avait l'habitude de calmer les ardeurs de sa mère.

— Détends-toi, on s'est quittés il y a à peine deux semaines.

— Je t'assure que tu as dû prendre au moins deux centimètres !

Il n'y avait vraiment que sa mère et sa grand-mère pour le rassurer sur sa taille et lui laisser espérer qu'un jour enfin il serait grand.

— Mais oui, c'est parce qu'ici je lui fais de la bonne cuisine ! se vanta Mamicha.

— Merci, Maman, tu n'as qu'à dire qu'il mange mal à la maison, se vexa Mélina.

— Mais non, ma fille, je sais que tu fais ce que tu peux pour bien les nourrir, mais tu travailles, tu n'as pas le temps de cuisiner, c'est tout.

— Oui, je suis une mère affreuse qui ne s'occupe pas de ses enfants maigrelets, tout le monde le sait.

— Oh, mais voilà, tu déformes tout ce que je dis !

Les parents de Solal étaient arrivés depuis moins d'une heure que, déjà, la tension était palpable entre sa grand-mère et sa mère. Mamicha était une grand-mère formidable, mais en tant que mère, elle avait dû lire Dolto de travers. Quant à Mélina, elle réagissait comme une petite fille blessée à la moindre parole de sa mère. Bref, ces deux-là se tapaient sur le système en moins de deux. Solal ne comprenait pas comment elles en arrivaient là à chaque fois alors que, séparément, elles étaient toutes les deux plutôt sympas. C'était comme si elles faisaient ressortir le moins beau l'une de l'autre. Pourtant, elles s'aimaient, il n'y avait aucun doute à avoir.

Pour détendre l'atmosphère, Antoine embraya aussi naturellement que possible :

— Je vais lancer le barbecue, sinon on ne va jamais manger ! Tu vas chercher nos affaires qu'on s'installe, chérie ?

Pendant qu'Antoine démarrait la braise, Mélina et Célia sortaient les sacs de la voiture. Solal et Mamicha débarrassaient les restes de l'apéro dans la cuisine dans une ambiance un peu tendue.

— On a battu les records de vitesse d'engueulades, non ? glissa Mamicha en blaguant pour renouer la complicité avec son petit-fils.

Solal n'avait pas trop envie de rire. La bulle de ses vacances idylliques venait d'éclater en même temps que leur dispute. Certes, il n'était pas méchant cet accrochage, mais c'était un rappel à la réalité. Il allait falloir sortir du monde des Bisounours. Les parents étaient venus les chercher et, demain, ils quitteraient ce nid douillet pour reprendre le cours de la vie quotidienne.

8

Antoine Taddeo fit claquer le coffre de la voiture familiale, puis donna le top départ en embrassant prestement sa belle-maman. Mélina Taddeo serra fort sa mère dans ses bras en la remerciant d'avoir si bien veillé sur ses enfants. Célia fit un long câlin à sa grand-mère avant de se réfugier contre sa mère en sanglotant. Les au revoir avec Mamicha étaient toujours difficiles car, contrairement aux autres grands-parents, elle habitait à plus de cinq cents kilomètres de ses uniques petits-enfants. Les prochaines retrouvailles auraient lieu dans seulement quatre longs mois. Elle viendrait fêter Noël en Bretagne, comme chaque année.

Solal préférait attendre que tout le monde ait fait ses adieux pour être le dernier et monter aussi vite que possible dans la voiture pour que sa tristesse ne s'éternise pas. À son tour, il s'abandonna dans les bras de Mamicha. Il inspira à pleins poumons l'odeur du cou si familière de sa mamie chérie, comme pour ne pas en perdre un atome. Il trouva qu'elle sentait un peu comme son beau figuier. Elle desserra l'étreinte pour le regarder droit dans les yeux.

— Allez, mon loupiot, tu commences bien ta troisième et puis tu continues à grandir tous les jours, je compte sur toi pour me dépasser à Noël !

Elle lui avait dit chaque matin au petit déjeuner qu'il avait poussé pendant la nuit. Pourtant, il se savait encore bien petit pour ses treize ans.

— Promis.

Elle l'attira à nouveau vers elle pour une dernière embrassade.

— Viens que je te serre encore un peu plus. Fort contre mon cœur. Aussi fort que je t'aime.

Le câlin de sa mamie le laissa sans voix. Il avait l'impression de lui laisser un petit morceau de son cœur à chaque séparation. La peur que ça soit la dernière fois était toujours présente. Il pouvait s'en passer des choses en quatre mois. Et elle n'était plus si jeune, Mamicha.

Après lui avoir déposé un ultime baiser, il monta à l'arrière de la voiture. Elle s'approcha en souriant, les yeux embrumés. De la poche de son gilet, elle sortit une poignée de bonbons à la menthe. Elle en avait toujours sur elle et les distribuait aux moments opportuns. Elle les tendit discrètement sans un mot à ses petits-enfants avec un clin d'œil complice, les parents n'avaient pas besoin de tout savoir. Célia rit au milieu de ses sanglots en partageant le butin en deux parts équitables.

La voiture démarra et s'engagea dans l'allée. Mamicha faisait au revoir en agitant la main. Solal la regardait sans battre des cils pour pouvoir figer cette image d'elle au milieu de son jardin d'Éden. Il l'observait devenir de plus en plus petite jusqu'à ce que la voiture tourne au bout de la rue et qu'elle disparaisse totalement.

Quelques kilomètres plus loin, le front appuyé à la fenêtre, il se laissait bercer par le ronronnement du moteur. Les arbres maigres défilaient trop rapidement à son goût au point de lui donner la nausée. Il glissa un bonbon à la menthe dans sa bouche et tourna un peu plus la tête vers le paysage pour que Célia ne remarque pas les larmes qui glissaient silencieusement le long de sa joue.

LA BASCULE

9

La plomberie vétuste du collège montrait de sérieux signes de faiblesse depuis la rentrée, deux mois avant. Le principal avait dû se résoudre à fermer l'établissement une journée pour terminer les travaux commencés durant les vacances de la Toussaint. Pour le plus grand plaisir des élèves, il s'agissait du lendemain du 11 novembre, ce qui leur offrait un week-end d'automne de quatre jours. Solal avait profité de sa douillette maison. Il s'était levé tard, puis avait passé la journée en pyjama à alterner entre ses devoirs comme un bon élève de troisième, le rattrapage des vidéos de la semaine de ses youtubeurs préférés, la lecture de mangas qu'il connaissait pourtant par cœur et quelques jeux vidéo avec Célia. Les jours sans école, ses parents se montraient moins stricts qu'à leur habitude et il avait le droit à une rallonge de son temps d'écran.

Ce soir-là, ils avaient regardé un film en famille et il était en train de refaire les combats fratricides entre Loki et Thor avec sa sœur au lieu de se laver les dents. Ils riaient tellement de leurs âneries qu'il en avait mal aux joues.

Il entendit la voix forte de son père l'appeler à travers la maison. Il pensait qu'il allait se faire enguirlander pour le bazar parce qu'il était presque 22 h 30 et que, école ou non, le lendemain, dans cette famille, on se couchait tôt. Il allait encore prendre pour tout le monde alors que sa sœur était aussi fautive que lui dans l'organisation de ce brouhaha. Il choisit de désamorcer les remontrances, tout en mimant un dernier coup de pied vers la tête de sa benjamine, qui feint parfaitement la douleur dans une grimace silencieuse.

— Oui, papa, je me lave les dents tout de suite, promis, on arrête !

— Solal, viens, s'il te plaît.

De mauvaise grâce, il descendit l'escalier. Debout devant le canapé, ses parents n'affichaient plus la même mine que quelques instants auparavant. Sa mère avait les yeux brillants, comme si elle retenait ses larmes. Son père avait l'air si grave que sa ride du lion tressautait.

— Il faut qu'on te parle.

— Assieds-toi, lui conseilla sa mère, en lui indiquant du doigt une place sur un fauteuil.

Son regard allait de l'un à l'autre, nerveusement. L'air qu'il respirait lui semblait étrangement plus épais. Il comprenait que quelque chose n'allait pas, que c'était grave. Il eut une sorte de pressentiment, il était arrivé quelque chose à Mamicha. Mais alors, pourquoi l'appeler seulement lui, et pas Célia ? Les trois secondes de silence avant que son père ne reprenne la parole lui laissèrent le temps de formuler mille autres hypothèses. Il savait très clairement que sa vie allait basculer et que les mots prononcés auraient quelque chose d'irrémédiable. Il ferma les yeux un peu plus longtemps pour balayer cette idée, puis les rouvrit, prêt à encaisser, quelle que soit la nouvelle. Enfin, c'est ce qu'il imaginait à cet instant.

— Il s'est passé quelque chose de grave. Tu as reçu un message d'Arthur.

Son père lui tendit le téléphone. En un instant, Solal déchiffra le SMS de son meilleur ami :

Solal, tout le collège est au courant alors je voulais te prévenir, Sterenn s'est suicidée. Je t'appelle demain.

Un courant glacé remonta le long de sa colonne vertébrale du coccyx jusqu'en haut du crâne. Quelque chose en lui se figea, bloquant ainsi la douleur insoutenable qui menaçait de l'assaillir. Il avait froid partout, cela l'empêchait de ressentir quoi que ce soit. Ses oreilles se mirent à siffler, comme quand, dans les films, le héros se trouve à côté d'une explosion et qu'il en sort complètement désorienté.

Ses parents guettaient ses réactions, inquiets. Solal ne parvenait pas à détacher ses yeux de l'écran du téléphone. Il se disait qu'il avait mal compris le message, il le relisait en boucle. Les mots se mélangeaient, n'avaient plus de sens, pour en finir toujours à la même conclusion : Sterenn s'était suicidée.

— Tu la connaissais ? demanda tout doucement son père.

Solal hocha la tête pour dire « oui ». Le son des os de sa nuque qui craquèrent résonna à l'intérieur de son corps, entre ses oreilles, à la manière d'un iceberg qui se désolidarise de la banquise.

— Tu étais proche d'elle ? demanda sa mère avec le plus de précautions possible.

Il y avait tant de réponses à donner à cette simple question.

— Oui, répondit-il d'une voix blanche qui lui sembla étrange. Enfin, non, corrigea-t-il par habitude. Elle était dans ma classe. Je la connaissais, c'est tout.

Sa mère s'assit à ses côtés, le prit dans ses bras et serra doucement sa tête contre son cœur tout chaud. Il aurait voulu pouvoir tout dire, tout expliquer, mais le froid polaire qui l'habitait lui interdisait la moindre faiblesse, au risque de fissurer la couche de glace protectrice qu'il était en train de construire pour endiguer le vide qui menaçait de l'avaler tout entier.

Il voulait faire marche arrière. Il suppliait tous les dieux de lui laisser remonter le temps.

Quelques minutes plus tôt, il s'amusait avec Célia dans la salle de bains.

Cette joie serait la toute dernière de son enfance à posséder cette insouciance. Toutes celles qu'il ressentirait ensuite n'auraient plus cette pureté.

Il y aurait à tout jamais dans sa vie un avant et un après.

10

AVANT

Solal avait profité de l'été autant que possible. Après deux mois et demi de vacances, il fallait pourtant bien retourner au collège. Ça n'était pas n'importe quelle rentrée. Il était en troisième, il faisait partie des grands. Enfin, tout était une question de point de vue. Avec son année d'avance et son petit gabarit, il avait toujours l'air plus jeune que ceux de sa classe, mais au moins le personnel scolaire le connaissait et ne le prenait plus pour un sixième. Il avait beau ne pas être susceptible de nature, cela devenait vexant.

Il avait rejoint ses copains dans la cour du collège, quelques minutes avant l'appel de chaque classe. Les peaux étaient bronzées, les coupes de cheveux fraîches et les habits bien repassés. Il régnait une ambiance particulière où le plaisir de se revoir se mêlait au stress de se retrouver isolé sans ses amis. Solal croisait les doigts pour se retrouver avec son meilleur ami, Arthur. Ils avaient fait toute leur primaire ensemble – c'était facile car il n'y avait qu'une seule classe par niveau dans leur petite école –, mais ils étaient séparés depuis leur entrée au collège.

Solal et Arthur ne pouvaient être plus différents physiquement et, pourtant, leur connivence dépassait l'entendement. Ils passaient des heures ensemble à parler de tout et de rien. Solal était le prototype du blondinet. Sa peau claire, la finesse extrême de ses traits et ses grands yeux bleu ardoise lui donnaient l'air d'une poupée de porcelaine. Il avait la beauté fragile des grands romantiques. Sa finesse, semblable à celle d'un vase précieux, semblait risquer d'éclater à la moindre bousculade. Malgré les apparences, c'était un sportif accompli et il avait plus d'endurance que bon nombre de ses camarades.

Arthur, lui, avait les yeux marron si foncés qu'ils paraissaient noirs et des cheveux épais et bouclés tout aussi sombres. Il était grand et charpenté. Il chaussait du 46 alors que Solal n'avait pas encore atteint le 37. Sa carrure impressionnait. Comme son ami, il excellait en sport, particulièrement quand il fallait se frotter à l'adversaire lors d'une mêlée de rugby.

Le duo que formaient Solal et Arthur ne ressemblait à aucun autre, et pouvait prêter à rire quand on les voyait côte à côte. Ils s'en fichaient, ils étaient amis, ils se disaient tout, tant pis pour les moqueurs. Solal se sentait protégé par l'aura de son ami. Il savait que ce dernier aurait assommé n'importe qui pour lui. Arthur aimait tenir ce rôle de garde du corps et, surtout, il appréciait son grand cœur et son humour.

Pourtant, malgré toute la force de cette amitié, Solal devait admettre qu'il ne lui disait pas tout. Là, par exemple, à quelques minutes de l'appel, il espérait certes être dans la même classe que son ami, mais il voulait plus que toute autre chose se retrouver dans celle de Sterenn. Et cela, même sous la torture, il ne l'avouerait pas, ni à son meilleur ami ni à qui que ce soit d'autre.

Les mains jointes, le regard vers le ciel, Arthur formulait une prière :

— Faites que l'on soit ensemble. Mon Dieu, ne nous lâchez pas sur ce coup-là !

— Bah alors, Arthur ! intervint un grand jeune homme tout mince aux oreilles décollées, toutes ces années d'école catho, ça a fini par avoir de l'influence sur toi, tu te mets à prier ! Miracle !

C'était Jules, accompagné de son acolyte, Louis. À eux quatre, ils formaient la bande avec laquelle Solal passait le plus clair de son temps au collège. Depuis la primaire, ces deux binômes formaient un quatuor bon enfant. Ils ne faisaient pas partie des « populaires » du collège, mais ils s'en fichaient. Ils passaient les récréations à rire ensemble et avaient vécu suffisamment d'événements ensemble pour partager une complicité parfois opaque pour les autres. Un simple mot ou une légère mimique de l'un pouvait déclencher un quadruple fou rire. C'était rassurant de faire partie de ce groupe et de savoir que l'on pouvait compter les uns sur les autres, quoi qu'il arrive.

Tant que l'appel n'était pas fait, tout était encore possible. Chaque petit clan d'amis espérait être réuni et fantasmait sur son équipe professorale idéale. Louis se mit à rêver à haute voix.

— Imaginez, on est tous les quatre ensemble, comme à la belle époque, ça serait tellement bien ! Solal nous sauverait pour les matières scientifiques, Arthur pour les matières littéraires et Jules avec son talent artistique nous dessinerait des cartes parfaites pour réviser l'histoire-géo... On aurait notre brevet les doigts dans le nez !

— Et toi, tu nous aiderais dans quelle matière, Louis ? questionna Arthur, un sourire ironique aux lèvres.

— Ben, moi, tu le sais bien, je vous filerai des techniques de drague parce que je suis nul en cours !

— Tu es nul en cours *et* en drague, lâcha Émilie qui passait à leur hauteur, en soulignant le « et ».

Émilie était une ancienne camarade de primaire. Elle faisait maintenant partie des « populaires » et elle tenait à ce que cela se voie au premier coup d'œil. Pour elle, pas de sac à dos informe en guise de cartable, mais un sac à main de femme en cuir patiné qu'elle portait sur l'épaule. Et un brushing bien trop apprêté pour une simple rentrée des classes au collège.

— Hé, dis-moi, Émilie, ton maquillage, tu l'as trouvé dans l'atelier peinture du garage de ton père ? rétorqua Louis.

Elle ne se retourna pas. Qu'elle lui ait adressé la parole, même pour jeter une méchanceté, relevait déjà de l'exploit. Habitués à ces attitudes méprisantes, les garçons continuèrent leur discussion. Louis embraya sur ses vacances dans le Sud, Arthur sur ses nouveaux horaires d'entraînement au rugby, Jules fit admirer sa dentition parfaitement alignée depuis le retrait de son appareil dentaire en juillet, ce qui ne manqua pas de faire réagir Louis :

— Le problème, c'est qu'avec des dents aussi droites on remarque beaucoup plus tes oreilles décollées !

Jules lui colla une petite baffe derrière la nuque et ils se mirent à rire bêtement, comme on rit à leur âge.

Solal participa d'abord activement à la conversation tout en se dévissant le cou pour regarder ses camarades. Il avait certes grandi cet été, mais pas assez pour arriver à l'épaule des autres qui avaient continué à prendre quelques centimètres. Puis, comme à son habitude, il continua à suivre le récit tout en laissant son esprit s'adonner à une activité parallèle. Il ne s'ennuyait pas, il était habité par des préoccupations multiples et son cerveau en arborescence parvenait très bien à gérer deux sujets en même temps. Enfin, la plupart du temps. Une partie de lui écoutait en ponctuant régulièrement la conversation pendant qu'une autre mettait tous ses sens en éveil pour la trouver.

Après trois années à la fréquenter de loin au collège, il pouvait deviner sa présence dans les environs sans même la voir. C'était une sorte de sixième sens qu'il avait développé. Quand elle était là, l'air était différent, toute son attention était comme aspirée par sa présence, même si elle se tenait à plusieurs mètres ou dans son dos. Et à cet instant, il ne sentait rien du tout. Est-ce que son radar à Sterenn s'était déréglé durant ces longs mois d'été sans la voir ?

Une angoisse le saisit. Et si elle avait changé de collège après tout ce qu'elle avait subi l'année dernière ?

11

APRÈS

Le matin suivant, il ouvrit les yeux et, comme à son habitude, s'étira langoureusement comme savent si bien le faire les chats. Il aimait les réveils spontanés, plus agréables que ceux qui suivent la sonnerie stridente, les jours d'école. Durant quelques secondes, tout était comme avant. Et puis le souvenir de l'annonce de la veille le figea. Tout son corps se tendit, refusant de bouger. Son cœur s'accéléra, ses côtes enserrèrent ses poumons, il aurait voulu crier de douleur, mais ne parvint à émettre aucun son. Cela dura quelques secondes seulement, puis ses sensations revinrent presque à la normale.

Sterenn s'est suicidée.

Ces mots résonnaient de manière irréelle.

Sterenn s'est suicidée.

Non, ça n'était pas possible, c'était simplement un cauchemar.

Il lui arrivait souvent de faire des mauvais rêves, l'hypersensibilité s'accompagne facilement d'émotions fortes inutiles. Ces nuits-là, il se sentait acculé si intensément qu'il se sentait mourir un peu, la situation était trop horrible pour être réelle ; alors il se réveillait en sursaut et soufflait un bon coup. Ouf, ça n'était qu'un mauvais rêve.

Sterenn s'est suicidée.

C'était une sombre fantaisie, un simple mouvement de paupières et tout serait comme avant. Le seul monde qui valait le coup de sortir du lit, c'était un monde où Sterenn était vivante et où elle riait si fort que plus aucun autre son n'avait d'importance.

Sterenn s'est suicidée.

Et pourtant, la Terre n'avait pas arrêté de tourner. Le Soleil s'était tout de même levé sur ce matin gris. Alors, Solal se leva aussi parce que, s'il ne l'avait pas fait à cet instant, il ne l'aurait plus jamais fait de sa vie.

Comment était son monde avant que Sterenn y fasse irruption ? Il s'en souvenait à peine. Il se rappelait en revanche parfaitement bien de la première fois qu'il l'avait vue. Il venait de faire sa rentrée au collège quelques jours plus tôt et sa carte de cantine ne fonctionnait pas. Il avait patienté devant le bureau de la vie scolaire où un élève de quatrième était en rendez-vous, visiblement pour se faire recadrer à cause de son attitude auprès des professeurs – d'après ce qu'il avait entendu derrière la porte. Solal se tenait debout, attendant sagement comme un nouvel élève qu'il était. Il était si petit à l'époque qu'un surveillant, pensant qu'il s'était trompé d'établissement, lui avait indiqué l'école primaire voisine le jour de la rentrée. Son sac à dos rempli à craquer de manuels scolaires lui cisaillait les épaules. De profil, il ressemblait à une minuscule Tortue Ninja et, si jamais il devait tomber sur le dos, nul doute qu'il ne pourrait jamais se relever. Il avait songé à déposer son sac au sol pour reposer un peu ses articulations, mais il savait que le remettre ensuite lui aurait demandé un effort considérable. Soudain, elle était apparue, au bout du couloir. Il se dégageait d'elle quelque chose de puissant et de doux. Solal avait eu l'impression qu'elle avançait vers lui au ralenti. Il ne se souvenait pas exactement de ce qu'il trouvait beau chez elle – tout, sûrement. En revanche, il pouvait se remémorer exactement la moindre sensation qui avait parcouru son corps ce jour-là. Il n'avait jamais ressenti un tel trouble. Son cœur s'était ouvert à la manière d'une rose qui s'épanouit. Cela avait été aussi délicieux que déroutant.

Elle ne l'avait même pas vu. Elle évoluait dans un autre monde où les Tortues Ninja de sixième ne respiraient pas le même air que les déesses de son acabit. Elle s'était laissée glisser sur une chaise installée dans le couloir, sans même adresser un regard à Solal et avait sorti un livre corné de son sac se laissant absorber dans sa lecture. Il avait jeté un coup d'œil à ses propres mains pour s'assurer qu'il n'était pas frappé d'un sort d'invisibilité. Non, il était bien présent. Juste transparent aux yeux de cette fille à la présence magnétique. L'élève en rendez-vous dans le bureau de la vie scolaire en était sorti en trombe et Mme Borne avait appelé la personne suivante. Solal avait juste eu le temps de lire le titre de son livre : *Le Parfum*.

Bien évidemment, dès qu'il avait pu, il avait acheté et lu le livre pour savoir ce qui pouvait tant passionner cette demoiselle dont il ne connaissait pas encore le prénom. L'histoire de ce tueur en série, obsédé par l'odeur de la peau des femmes, lui avait provoqué des cauchemars durant plusieurs semaines, mais cela n'était pas grave, la simple lecture de ces mots lui avait permis de se sentir proche d'elle.

Quand il arriva dans la cuisine, sa mère lâcha la poêle où elle faisait cuire des pancakes pour le serrer fort dans ses bras et l'embrasser sur le haut du crâne. La veille, elle avait tenté de discuter avec lui pour savoir comment il se sentait. Il n'y avait que le vide en lui, il ne voulait pas en parler, il souhaitait juste rester seul et se laisser avaler par le trou noir qui grandissait silencieusement en lui. Il avait mis du temps à trouver le sommeil, non parce que son cerveau moulinait comme bien souvent, mais parce que justement il semblait gelé. Comme un ordinateur qui serait resté bloqué sur une page sans parvenir à la charger. Erreur 404. Il s'était endormi en ne pensant à rien et c'était sûrement la première fois de sa vie que ça lui arrivait.

Il se dégagea de l'étreinte maternelle et rendit à sa mère un baiser sur la joue. Elle écarquillait les yeux pour ne pas pleurer, mais elle ne pouvait rien faire contre son nez qui rougissait et trahissait son agitation intérieure.

— Comment te sens-tu ? réussit-elle à articuler d'une voix de fausset.

— Ça va.

Il parvenait à mentir de manière tout à fait naturelle. Bien sûr que non, cela n'allait pas, rien n'irait plus jamais. Sterenn avait déteint sur lui. Il savait désormais lui aussi « faire comme si ».

Il fit une bise à son père et à sa sœur qui déjeunaient tout en bouquinant. L'atmosphère était lourde et les mines chiffonnées. L'odeur familière des pancakes au lait ribot le réconforta brièvement. Dès la première bouchée, il eut l'impression de mâchouiller du carton.

— Est-ce que tu veux appeler Arthur ? proposa son père en lui tendant son téléphone.

— Non, je n'ai pas envie, je ne sais pas trop quoi lui dire.

— Tu veux l'inviter à la maison ce week-end pour que vous puissiez en parler ou au moins, être ensemble ?

— Non, je ne crois pas.

Il ne voyait pas ce qu'il aurait pu dire à Arthur, étant donné qu'il ne lui avait pas parlé avant de sa relation avec Sterenn. Arthur était et resterait toujours son ami, cependant, Solal avait préféré garder cette partie de sa vie secrète.

Ce non-dit avait creusé un écart que ce suicide transformait en fossé.

Le samedi fut à l'image de cette première matinée. Les parents se montrèrent présents pour Solal et Célia, en les câlinant et en leur proposant un environnement aussi doux que possible. Comme si l'accumulation de leurs mets préférés et de moments collés-serrés en famille avaient la capacité de les consoler de la douleur d'avoir perdu une camarade d'école. Célia, figée dans une tristesse silencieuse, s'abandonnait avec soulagement aux démonstrations d'affection parentale. Solal les subissait avec raideur. Les accepter, c'était prendre le risque de s'effondrer. S'effondrer, c'était devoir expliquer pourquoi il était aussi ravagé par cette nouvelle. Expliquer pourquoi il était bouleversé, c'était accepter la vérité ; et cela n'avait pas de sens.

Sterenn s'est suicidée.

— Comment vas-tu ? l'interrogea son père alors qu'il lisait dans sa chambre depuis une bonne heure.

— Ça va, répondit-il sans lever les yeux de son manga.

— Tu as envie qu'on discute ?

— Non, je crois que ce n'est pas la peine.

— C'est terrible ce qu'il s'est passé. Tu étais au courant, toi, qu'elle n'allait pas bien ?

— Non, mais ça va, je te dis, ne t'inquiète pas.

Pour retrouver sa tranquillité plus rapidement, il sortit le nez de son livre et esquissa un sourire timide. Cela sembla rassurer son père qui battit en retraite.

— OK, on passe à table dans dix minutes. J'ai fait des burgers avec du bacon, comme tu aimes, tu m'en diras des nouvelles !

Solal était dissocié, dans un état d'anesthésie partielle. Il savait qu'il souffrait, mais il ne parvenait pas à ressentir le chagrin. Il était à distance de lui-même. C'était un peu comme quand on lui posait un patch de crème anesthésiante avant un vaccin quand il était petit. Ça piquait sans piquer. La douleur était là, forcément, sauf qu'il ne la vivait pas.

Sterenn s'est suicidée.

12

AVANT

L'agitation dans la cour s'intensifia quelques secondes, le corps enseignant venait d'apparaître sur les marches du bâtiment administratif, semblable à une armée prête à en découdre avec l'ennemi. Ils avaient tous l'air de bonne humeur, certains affichaient même un joli bronzage et des tenues encore estivales. Cette rentrée se déroulait sous un soleil de plomb et la Bretagne souffrait comme rarement de la chaleur. Le brouhaha se dissipa et M. Bouchon, le principal, brancha le micro, provoquant un larsen qui paralysa d'effroi toute la cour. Un classique de rentrée.

Après un bref discours à l'intention des élèves de troisième à qui il rappelait que c'était leur dernière rentrée au collège de la Sainte-Trinité et que c'était l'une des plus importantes, brevet oblige, il s'éclipsa pour laisser la principale adjointe annoncer la répartition des classes.

Solal, Arthur, Jules et Louis croisaient leurs index et leurs majeurs de chacune de leur main pour se porter bonheur. Mme Floch égrainait les noms d'un ton monocorde et les élèves nommés venaient se ranger à sa droite. La liste de 3e 1 était déjà presque écoulée et aucun d'eux n'avait été appelé. Tant mieux, cette classe pullulait de « populaires », dont Émilie, qu'ils n'avaient surtout pas envie de fréquenter. Pour ajouter à l'angoisse, la professeure principale n'était autre que Mme Quibert, une prof d'histoire-géographie, peu appréciée des élèves et réputée pour sa facilité à distribuer des heures de colle.

Mme Floch appela « Paturel Nina » et, d'ores et déjà, Arthur, Jules et Louis, plus haut dans l'alphabet, savaient qu'ils ne seraient pas dans cette classe.

— Rama Sterenn.

L'estomac de Solal réalisa un magistral salto : si elle était sur la liste, c'est qu'elle n'avait pas quitté le collège. Le soulagement fut de courte durée car personne ne se présenta.

La foule des collégiens se mit à chuchoter de manière inquiétante.

— Silence, silence ! Rama Sterenn ? Sterenn n'est pas là ? interrogea Mme Floch en regardant l'assemblée. Très bien, on continue. Taddeo Solal.

Nouveau salto, dans l'autre sens, pour l'estomac de Solal qui allait devoir passer une année sans ses meilleurs amis, dans la pire classe qui soit, avec la professeure principale la moins sympathique du collège, mais peut-être avec celle qui occupait tant de place dans ses pensées.

13

APRÈS

Le dimanche, il se réveilla de mauvaise grâce après une nuit angoissante où il eut l'impression étrange de ne jamais dormir vraiment. Il tenta de se rendormir, sans succès. Il mit son pilote automatique en marche, celui qui faisait croire aux parents que tout allait bien et évita au maximum les échanges avec sa famille, même si Célia venait toquer régulièrement pour lui demander ceci ou cela. Arthur lui envoya un SMS sur le téléphone de son père auquel il n'avait pas envie de répondre. Il le verrait le lendemain de toute façon.

En début de soirée, après leur balade dominicale sur la plage, les enfants eurent le droit de jouer aux jeux vidéo. Après avoir hésité, Solal s'installa sur son lit et choisit Fortnite, un jeu en ligne où le but est d'abattre tous ses adversaires sans se faire tuer. Il avait dû attendre religieusement d'avoir douze ans pour y jouer. Ses parents étaient les seuls êtres humains sur terre à vérifier l'âge minimum conseillé. Il s'était longtemps senti en marge des autres qui y jouaient activement depuis l'école primaire et même maintenant qu'il y jouait régulièrement, il était toujours assez faible par rapport à ses copains. Il n'y avait aucun de ses amis en ligne alors il lança une partie avec des inconnus sans pouvoir faire équipe. Tout se passait bien jusqu'à ce que Célia débarque en trombe dans sa chambre.

— Tu as vu mon chargeur d'ordi ? Je vais tomber en panne de batterie.

— Non, je ne sais pas où il est, sors d'ici, rétorqua-t-il énervé par cette énième intrusion.

— Le dernier à l'avoir utilisé c'est toi, réfléchis.

— Non, tu te débrouilles avec ton chargeur, dégage de là !

— Je suis déjà bien gentille de te prêter mon câble pour charger ton ordi car tu as perdu le tien, alors tu arrêtes ton jeu et tu m'aides à chercher !

Le ton était dangereusement monté, il détestait quand elle faisait sa petite cheftaine. Il parvenait à gérer la pression du jeu tant qu'on ne venait pas le distraire et là, il était en train de perdre, tout ça parce que sa sœur ne savait pas ranger ses affaires.

— Sors de ma chambre ou ça va mal se passer.

— Non, mais t'es sérieux ! Il est juste là mon chargeur, tu es en train de l'utiliser et tu fais comme si de rien n'était !

Le câble de Célia était effectivement branché sur sa multiprise.

— Ben, c'est bon, prends-le et laisse-moi tranquille !

Tout en marmonnant des injures, Célia récupéra son bien. Dans son énervement, elle tira également sur le chargeur de la console et la fit dégringoler des mains de son frère. Une colère sourde prit possession de Solal qui se rua sur elle. Incapable de comprendre ce qu'il faisait, il avait l'impression qu'une bête sauvage avait pris possession de son corps et il ne comptait rien faire pour l'en empêcher. Il attrapa sa sœur par le cou, elle se défendit en lui collant des claques, le tout dans un concert de hurlements et de pleurs.

Les parents débarquèrent telle la cavalerie au galop pour séparer les deux enfants.

— Ça ne va pas ? Arrêtez ça tout de suite !

Contenu physiquement par les bras puissants de son père, Solal continuait à hurler des insultes à sa sœur. Cette dernière pleurait en criant qu'elle n'avait rien fait et qu'elle en avait marre de lui. Sans demander d'explication, Antoine Taddeo envoya Célia se doucher.

— Solal, tu ne peux pas te défouler sur elle comme ça, lui reprocha sa mère.

— Mais c'est elle qui a balancé ma console par terre !

— Et donc ça justifie ta violence ? Tu te calmes, tu ranges le bazar que vous avez mis et on passe à autre chose, d'accord ?

Dans cette famille, une telle dispute se réglait normalement par une longue discussion suivie d'une punition. Là, les parents passèrent l'éponge. Ils demandèrent quelques excuses réciproques au moment du dîner, rien de plus. Ce week-end était spécial, rien ne semblait avoir le même sens qu'habituellement. Et sans qu'il ne comprenne bien pourquoi, cela irritait Solal plus que de raison. Il aurait sans doute préféré se faire enguirlander, ça aurait été moins étrange.

Le soir, en attendant le sommeil dans son lit, il prit la pleine et entière mesure de cette phrase qui l'avait traversé sans relâche, comme un boomerang, depuis la lecture du message d'Arthur.

Sterenn s'est suicidée.
Elle était morte.
C'était irréversible.

Ça y était. La déflagration qu'il attendait depuis l'annonce lui tombait dessus. C'était une vague immense, il ne resterait rien de lui, il en avait bien peur. Il aurait voulu crier cette douleur insupportable pour l'envoyer le plus loin possible de son corps. Incapable d'ouvrir la bouche pour appeler ses parents au secours, il ravala le flot qui le submergeait en déglutissant avec beaucoup de difficulté. Il imagina toutes ses émotions se figer à l'intérieur de lui. Il les visualisa comme un liquide visqueux empoisonné qui s'insinuait très lentement dans le moindre interstice de son corps, dans la moindre cellule.

Le lendemain, il se lèverait, il irait au collège et Sterenn n'y serait pas.

Elle n'y serait plus jamais.

14

AVANT

Mme Quibert conduisit les 3e 1 vers la salle 201 qui leur était attribuée pour toute l'année scolaire. Sterenn manquait toujours à l'appel. Où pouvait-elle bien être ? Dans l'esprit de Solal, l'excitation de l'imaginer dans la même classe que lui voisinait avec la peur de ne plus jamais la revoir.

Il avait fait le choix judicieux de s'installer près de Titouan, avec qui il était déjà en quatrième, l'an passé. Sans être particulièrement amis, ils s'entendaient assez bien et savaient qu'ils pourraient être compagnons tout au long de cette année scolaire.

Par la magie de la composition des classes, cette troisième comptait tout le gratin des « populaires ». Il s'agissait pour la plupart d'élèves plus intéressés par leur vie sociale et par leur look que par leurs résultats scolaires. Ils étaient souvent considérés comme des poids morts dans un effectif en raison de leur peu d'investissement en cours. À côté de ça, l'autre moitié de la classe réunissait des élèves lambda du collège. Des étudiants sans éclat, dont les notes n'avaient rien d'exceptionnel. Solal était un peu vexé de se retrouver dans cette classe au niveau très moyen alors qu'il comptait parmi les têtes de classe.

Tout en essayant de comprendre ce qui avait pu passer par l'esprit des professeurs qui avaient rassemblé tous les « populaires » dans une même classe, Solal écoutait d'une oreille Mme Quibert. Avec sa paire de lunettes sur le bout de son nez, elle avait un air de vieil hibou mal aimable. Elle détaillait avec une précision chirurgicale l'emploi du temps et ses subtilités : demi-groupes 1 et 2, semaines A et B, option latin, option anglais Cambridge, soutien…

Elle s'interrompit quand on toqua prestement à la porte. Le cœur de Solal sut instantanément qui allait entrer. Il n'avait cessé de penser à elle durant cet été, comme tous les jours depuis qu'il l'avait rencontrée.

Sterenn.

Elle était encore plus belle et lumineuse que dans son souvenir. Et pour cause, elle avait beaucoup changé, son style n'était plus le même. Avant les vacances, elle portait des tenues recherchées, agrémentées de sacs à main sophistiqués, comme Émilie et sa clique. Ses cheveux étaient toujours lissés, ses ongles impeccablement vernis. Elle affichait tout l'attirail qui fait croire aux petites filles que c'est ainsi que l'on devient une femme, une vraie. Cette rentrée, elle avait dit au revoir à tous ces artifices pour un look plus simple, plus en rapport avec ses quatorze ans. Solal avait l'impression de retrouver un peu la jeune fille dont il s'était amouraché devant le bureau de la vie scolaire, trois ans auparavant. Il reconnaissait toute la beauté qu'il entrevoyait derrière les épaisses couches de fond de teint, de rouge à lèvres et d'habits de dame dont elle avait fait usage les deux dernières années.

Il prit tout son temps pour la détailler, oubliant complètement l'endroit où il était.

La peau hâlée de son visage et de ses bras racontait le soleil de l'été. Ses longs cheveux naturellement ondulés descendaient en cascade sur ses épaules. Ils semblaient doux comme la mousse que l'on trouve au pied des chênes. Sa silhouette arrondie aux fesses et aux seins bombés était moulée dans un jean brut bleu foncé et un t-shirt blanc tout simple.

La beauté de son visage laissait rarement insensible ses interlocuteurs et elle le savait. Elle avait un grand front lisse et un teint de pêche sans acné, contrairement à la majorité des adolescents. La nature est injuste, surtout à cet âge. Ses sourcils formaient deux accents parfaits. L'éclat de ses yeux gris foncé était souligné au-dessus et en dessous par une frange de cils noirs et fournis. On aurait dit deux diamants qui brillaient au centre d'un écrin noir. Elle possédait un petit nez fin, légèrement retroussé, constellé par de minuscules taches de rousseur. La carnation rouge franche de sa bouche faisait penser à celle de Blanche-Neige. À cet instant, ses lèvres étaient pincées, mais Solal savait que quand elle souriait, ses dents brillaient comme les perles d'un collier bien lustré. Il y avait une éternité qu'il ne l'avait pas vue sourire et cela lui avait manqué.

Elle affichait un air détendu, presque victorieux. Droite, la poitrine en avant, la commissure des lèvres légèrement bombée, son langage corporel affirmait : « Oui, je suis bel et bien là, vous avez quelque chose à redire ? » Pour se donner une contenance supplémentaire, elle s'agrippait des deux mains à la lanière d'un sac à dos en toile presque vide qu'elle portait sur une seule épaule. Solal devait certainement être le seul à remarquer que les jointures de ses doigts étaient blanches tant elle les serrait fort.

Elle se dirigea vers la place libre indiquée par Mme Quibert, juste devant Solal et Titouan. Quand elle s'assit et balança du même geste ses cheveux vers l'arrière, Solal, enivré par l'odeur musquée de son parfum dont il raffolait, crut s'évanouir de bonheur.

C'en était terminé des matins tristes d'école où réveil rimait avec torture. Il avait trouvé, pour cette dernière année au collège, la meilleure raison de se lever du lundi au vendredi.

15

APRÈS

Solal avait voulu prétexter la panne de réveil pour ne pas se rendre au collège. C'était le premier lundi après le drame, il fallait y retourner. Comment les parents et les professeurs pouvaient-ils imaginer que ses camarades et lui auraient la force de se rendre en cours après ça ? À quel moment de la vie d'un être humain le cerveau se coupait-il autant du cœur pour penser qu'une telle chose était envisageable ? C'était sûrement ça, devenir adulte, faire des choix sans rapport avec les émotions.

Sa mère l'avait réveillé en lui soufflant qu'elle avait préparé des pancakes. Impossible d'y échapper, il fallait y aller. Il s'habilla en vitesse, se brossa les dents et fila sans même faire un tour en cuisine. Il préférait affronter la journée le ventre vide, de peur de vomir de tristesse. Il voulait faire le chemin seul, sans s'encombrer de Célia qui lui collait aux basques.

Pour la première fois de mémoire d'élève, les portes de l'établissement n'étaient pas encore ouvertes alors qu'il était 8 h 25 bien sonnées. Les collégiens s'étalaient en groupes disparates sur le trottoir. Beaucoup pleuraient, au grand étonnement de Solal. La plupart d'entre eux n'avait jamais adressé la parole à Sterenn. Où étaient-ils tous quand elle se faisait harceler et moquer il y a quelques mois ? Ils hurlaient avec la meute et la pointaient du doigt. Les « populaires » enchaînaient les cigarettes en se prenant dans les bras les uns des autres. Même des sixièmes qui ne devaient pas connaître le prénom de la défunte éclataient en sanglots. Célia, qui n'avait pas dit grand-chose du week-end, avait fondu en larmes dans les bras de Juliette, sa meilleure copine. Il trouvait ça grotesque. Tout ce chagrin déballé ressemblait à un étalage d'hypocrisie sur la place publique.

Solal retrouva Arthur, Jules et Louis, leurs mines faisaient peur et, comme tous les autres, ils parlaient de « ça ». Si Solal avait passé ces derniers jours à essayer d'intégrer la nouvelle, les autres avaient semble-t-il tout de suite compris qu'elle s'était suicidée. La question pour eux n'était pas de savoir si c'était réel, mais plutôt de comprendre comment et pourquoi.

— Un ami de ma mère qui travaille à la gendarmerie a dit qu'elle s'était pendue dans la nuit. C'est son père qui l'a trouvée le matin dans sa chambre. C'était trop tard.

L'image fugace des pieds de son amie flottant dans le vide lui fit tourner la tête. Par miracle, il resta debout, sans même une mimique pour le trahir.

— Il paraît qu'elle s'était disputée avec ses parents.

— N'importe quoi, sa mère est morte quand elle était petite, elle vivait juste avec son père. Non, c'est sûrement encore à cause de l'histoire des photos de l'année dernière.

— Moi, j'ai entendu que c'est parce qu'elle ne s'est jamais remise d'avoir rompu avec cet enfoiré de Théo…

Silencieux, Solal écoutait ses amis qu'il adorait faire toutes ces suppositions idiotes sur la personne qu'il aimait le plus au monde et qu'il ne pourrait plus jamais consoler. Il allait devoir vivre avec ce « pourquoi » et le plus difficile, c'était qu'il n'avait rien vu venir. Les sentiments qu'il avait étouffés tout le week-end venaient l'accabler complètement maintenant qu'il était avec ses copains. Même entouré par sa bande de toujours, il se sentait seul et coupable. Terriblement seul. Et surtout, affreusement coupable.

16

AVANT

La météo était au beau fixe sur leur coin de Bretagne depuis la rentrée. Il faisait si chaud que l'on cherchait les courants d'air en ouvrant portes et fenêtres pendant les cours. Même Mme Quibert, pourtant très collet monté, avait déposé les armes et ne portait plus ses horribles collants couleur chair sous ses jupes.

Comme de nombreux autres élèves, Solal et ses trois amis profitaient de cet été qui avait décidé de se révéler tardivement et filaient à la plage une fois les cours terminés. N'était-ce pas une vie rêvée d'adolescent de glisser un maillot et une serviette de bain dans un sac avant de partir au collège ? En tout cas, c'était ce que pensait Solal, comblé par les cadeaux de cette rentrée. Il passait ses journées à humer le même air que Sterenn et pouvait même l'observer et la respirer à loisir quand elle était devant lui en classe, il passait les récréations et les repas à rire avec ses copains, il allait à la plage tous les jours... Sa vie était simple et remplie de petits plaisirs. Il parvenait parfois à se détendre presque autant que lors des vacances dans le jardin de Mamicha. C'était délicieux.

Une semaine après la rentrée, il avait filé avec Arthur, Jules et Louis se baigner dans leur spot préféré. C'était une minuscule plage où le sable fin se mélangeait aux plus jolis coquillages du coin. Elle était délimitée d'un côté par des rochers qui coupaient les pieds, de l'autre par une jetée longue d'une vingtaine de mètres où les pêcheurs aimaient poser leurs lignes. C'était la plage où il venait avec sa famille, là où ils pique-niquaient à quatre certains soirs dès le mois d'avril.

Ce jour-là, après avoir mis en commun et partagé les gâteaux et sodas achetés à l'épicerie en sortant du collège, les copains jouaient à qui saute le plus loin depuis la jetée. Malgré son petit gabarit, Solal avait une détente impressionnante et il se donnait tellement dans l'action qu'il parvenait à rivaliser avec ses copains pubères. De loin, il ressemblait à un chiot qui voulait se mesurer à plus grand et plus sage que lui.

Il avait accepté que Célia, qui n'était qu'une « petite » cinquième, l'accompagne. Sa mère le lui avait demandé comme un service et sa sœur avait promis de ne pas l'enquiquiner. Elle avait tenu parole. Elle avait sauté quelques fois de la jetée avec sa copine Juliette et elles séchaient tranquillement sur leurs serviettes en peaufinant leur bronzage.

Solal avait du mal à supporter sa sœur au quotidien. Ils n'avaient que vingt-et-un mois d'écart et seulement une année civile de différence, Solal étant né en mars, Célia en décembre. Durant la petite enfance, on les prenait souvent pour des jumeaux et leur relation était fusionnelle. Ils voulaient tout faire ensemble, tout découvrir à deux, jamais l'un sans l'autre. En maternelle, ils se retrouvaient aux récréations pour jouer tous les deux dans la cour ou simplement papoter sur un banc. Cette belle entente fraternelle faisait chaud au cœur et tout le monde trouvait cela adorable. Quand, en grande section, Solal avait sauté une classe en cours d'année, la féerie avait brutalement pris fin. Même s'ils restaient dans la même école, ils n'avaient plus les mêmes horaires de pause et de cantine. Ce fut difficile pour tous les deux. Solal avait rebondi plus rapidement que sa cadette et s'était progressivement fait de nouveaux amis en CP, dont Arthur. Célia, elle, avait mis du temps à digérer la colère générée par cette séparation subite et subie. Longtemps, elle avait attendu de sauter une classe à son tour. Sans succès. Il avait pris de l'avance et elle ne cesserait d'essayer de le rattraper. Le fossé entre eux s'était creusé irrémédiablement, nourrissant un sentiment de compétition vivace entre le frère et la sœur jadis si complices. Solal se souvenait parfaitement de la période où ils s'entendaient si bien et cela le rendait parfois nostalgique. Il aurait aimé retrouver cette symbiose avec elle, mais elle l'agaçait bien trop pour qu'il fasse un geste dans ce sens. L'aîné avait cependant remarqué que, quand il se sentait bien dans ses baskets, ses relations avec Célia devenaient plus sereines. Il la taquinait moins, et elle cherchait moins à le faire punir. L'ambiance entre eux était cordiale, presque amicale et cela rayonnait sur toute la famille. C'était le cas en ce moment.

En jetant un regard vers l'emplacement où se trouvait sa sœur, il remarqua de nouveaux arrivants sur la plage. C'était les « populaires ». Ils étaient une petite dizaine et parmi eux, comme une lumière dans la nuit, Sterenn. Ils s'installèrent à l'autre bout, près des rochers, avec leur musique meuglant depuis une enceinte portative. L'un d'eux portait un pack de bières entamé. Les deux premiers jours, forte de son nouveau style, Sterenn avait pris ses distances avec les « populaires » et semblait préférer être seule plutôt que de se mélanger avec eux. Très vite, elle avait pourtant réintégré le groupe, au grand désespoir de Solal qui se motivait chaque jour pour lui proposer son amitié, sans oser passer le cap.

— V'là les popus, marmonna Louis avec dépit. Ils font pitié avec leurs bières en pleine journée, on dirait mon oncle Titi qui a trente ans de plus et qui ne fait pas cinq mètres sans sa binouze !

— Mon pauvre Solal, t'as vraiment pas de chance de te coltiner la reine Émilie et sa cour alors qu'on est tous les trois dans la même classe, renchérit Jules.

— On peut dire que tu sais y faire pour me remonter le moral, mon Julot ! Continue à remuer le couteau dans la plaie, ironisa Solal.

— Tu es sûr que tu ne veux pas demander à changer de classe ? l'interrogea Arthur, les yeux suppliants.

— Non, ils sont débiles. Mais, au moins, j'ai pas à me fouler pour être la tête de classe. Même Mme Quibert trouve que je suis un élève modèle au milieu de ces ânes. Et puis, je crois que j'ai assez de vous entre les cours, si je vous fréquente plus, j'ai peur de faire une indigestion !

La vérité, c'est qu'il était prêt à endurer ces idiots de « popus » et leurs hormones en rut tant qu'il pouvait fréquenter Sterenn au quotidien, même de loin. Il savait que ce n'était pas très sain comme attitude ; pourtant, son âme de poète maudit s'emballait à cette simple idée.

Durant la demi-heure qui suivit, Solal fit de son mieux pour la surveiller discrètement, allant régulièrement voir Célia et Juliette sur la plage, sous prétexte de boire dans la gourde de sa sœur. Il redoublait d'énergie dans ses démonstrations de sauts depuis la jetée, tentant même un salto avant, dans l'espoir d'être admiré, ou du moins aperçu, par Sterenn. À son grand désespoir, cette dernière lui tournait le dos. Elle ne cessait de se chamailler et de rouler dans le sable avec Théo, le mâle alpha de la bande, qui était aussi son ex-petit copain. En la voyant allongée, Théo assis à califourchon sur elle, lui maintenant les poignets derrière la tête, Solal se demanda si les secousses de son corps pour se libérer trahissaient l'amusement ou la frustration.

Solal détestait l'ambiance qui émanait du groupe des « popus ». Les couples se faisaient et se défaisaient comme dans une mauvaise téléréalité. Ces soi-disant amis se parlaient mal, s'insultaient, se moquaient cruellement les uns des autres. Certes, avec ses copains à lui, ils avaient la moquerie facile, mais dès que l'un d'eux semblait sensible sur un sujet, les autres relâchaient la pression. C'était bon enfant et toujours amical. Chez les « popus », les souffre-douleur semblaient tourner et chacun devenait victime ou bourreau à son tour. Sauf Théo qui dégageait une agressivité malsaine constante. Personne n'osait s'attaquer à lui. Solal aurait tant aimé être beau, grand et fort comme ce chef de bande. Il aurait utilisé ces qualités pour faire le bien. Être gentil, c'est important, comme lui répétaient ses parents. Il aurait pu intervenir pour séparer les deux adolescents, mettre une main sur l'épaule du jeune homme en lui demandant calmement de la laisser respirer. D'un sourire, il aurait signifié à Sterenn qu'il était là et qu'elle pouvait compter sur lui.

Ses ambitions étaient à l'étroit dans son corps de garçonnet, il était petit et maigre. « Musclé sec », comme disait affectueusement Mamicha ; une pichenette de Théo aurait suffi à l'assommer pour plusieurs heures.

17

APRÈS

Les élèves étaient réunis dans la cour. La tristesse et la douleur ressortaient de toutes les discussions, toutes les larmes, toutes les expressions.

M. Bouchon fit une brève déclaration où il témoignait de la tristesse immense du personnel de l'établissement et de l'incompréhension de l'équipe éducative. Il expliqua qu'ils allaient tous rester dans la cour pendant une heure afin de parler librement et que chaque classe se réunirait avec son professeur principal pour échanger sur le sujet. Des psychologues tiendraient des permanences durant la semaine et il ne fallait pas hésiter à les consulter si on avait besoin de parler.

— Que vous ayez été proche ou non de Sterenn, c'est un événement choquant. Ne restez pas seuls avec vos pensées, vos questions ou vos inquiétudes. Les adultes et les professionnels de santé sont là, pour vous, au sein du collège. Nous sommes présents, soyez-en assurés.

Solal se demanda où étaient « les adultes et les professionnels de santé » apparemment si bienveillants et vigilants, quand Sterenn était la risée de tout le collège l'année dernière. Ah oui, vraiment, on pouvait compter sur eux.

Malgré l'irritation que ces discours et démonstrations provoquaient chez le jeune homme, une partie de lui ne pouvait s'empêcher de penser que tout cela n'était qu'une gigantesque farce. Que Sterenn allait débarquer et se moquer de tout le monde. La lumière reviendrait en même temps que son sourire, comment pouvait-il en être autrement ?

La réalité reprenait cependant sans cesse le dessus. Solal ressentait physiquement la douleur dans son cœur qui semblait rétrécir un peu plus chaque minute. Il pensait que si Sterenn avait vu les remous provoqués par sa mort, elle n'aurait jamais commis ce geste. Elle n'aurait pas supporté de faire du mal à tant de monde.

En observant tous ces élèves qui pleuraient à chaudes larmes, il se demanda pourquoi lui n'y parvenait pas. Il sentait que c'était quelque part en lui, simplement, cela ne sortait pas. Il ne pouvait pas, c'était trop gros, trop puissant. S'il commençait à pleurer aujourd'hui, il aurait besoin de pleurer plusieurs semaines, plusieurs mois peut-être, et qui pourrait comprendre ?

Il n'écoutait plus ce que ses amis racontaient. Il était comme bercé par le brouhaha des conversations murmurées, entrecoupées de silences et de sanglots. Son regard allait de groupe en groupe, cherchant inutilement la silhouette de Sterenn au milieu du commun des mortels.

— Comment tu vas, mec ? Elle était dans ta classe, ça doit être encore plus dur pour toi ?

C'était Arthur qui l'interrogeait. Solal était à la fois touché et gêné par cette sollicitude. Il lui en voulait de poser cette question à laquelle il ne pouvait répondre franchement. Il se détestait lui-même de lui avoir menti ces deux derniers mois. La seule réponse qui approchait la vérité aurait été celle-là : « J'ai tellement mal que j'ai l'impression que je vais mourir. Personne ne sait à quel point j'ai aimé Sterenn, personne ne sait à quel point on a pu être proches. Et personne ne le saura jamais car elle n'est plus là pour le dire. Personne ne peut imaginer tout ce que nous avons partagé tous les deux. Ma vie ne sera plus jamais la même et je n'ai qu'une envie, fermer les yeux pour la rejoindre en rêve maintenant que je ne peux plus la voir sur terre. »

Il s'entendit répondre :

— On fait aller. Et toi ?
— C'est chaud, j'y ai pensé tout le week-end. On n'a jamais été potes avec elle, mais si on avait su qu'elle allait si mal on aurait peut-être pu l'aider, non ?
— Sûrement.
— Elle devait être bien seule pour en arriver là.

Solal serra les poings si fort que ses ongles imprimèrent leur marque dans la peau claire de ses paumes.

18

AVANT

— Je t'assure qu'avoir Quibert en prof principale, c'est avoir envie de quitter le collège encore plus vite ! déclama Solal avec grandiloquence.

— M'en parle pas, je l'ai eu en sixième, j'ai pleuré chaque matin avant d'aller à l'école jusqu'à la Toussaint tellement elle me stressait, confirma Juliette.

— Elle a déjà collé huit élèves de la classe parce qu'ils n'avaient pas recouvert leur manuel... Elle est dingue !

— Je te crois, Solal, j'ai développé des TOC avec elle l'an passé, je vérifiais mon cartable une dizaine de fois avant de quitter la maison parce que j'avais peur de son regard accusateur derrière ses lunettes !

Il faisait encore doux, Arthur, Jules et Louis étaient rentrés chez eux, Solal était resté traîner un peu avec Célia et Juliette sur la plage. Ils discutaient de leurs professeurs de l'année tout en cherchant paresseusement des coquillages en grattant le sable autour de leurs serviettes. Solal trouva une superbe nacre incurvée de la taille d'une pièce de deux euros, d'un rose pâle et brillant, avec un trou près de l'un des bords. Selon la manière dont il l'exposait au soleil, la nacre prenait des teintes roses, blanches, jaunes ou bleues. C'était sûrement l'un des plus beaux spécimens de toute sa vie de chasseur de coquillages. Comme à son habitude, il comptait l'offrir à sa mère qui les collectionnait comme autant de grigris dans une grosse dame-jeanne. Les filles avaient quitté la plage pour commencer les devoirs à la maison des Taddeo. Solal avait décidé de rester encore pour profiter de la douceur de l'air et s'offrir quelques minutes de solitude comme il les appréciait. Et, s'il s'avouait la vérité, pour rester encore un peu dans le même périmètre que Sterenn.

Alors qu'il s'apprêtait à lever le camp pour ne pas rentrer trop tard, les « populaires » se mirent également en chemin pour quitter les lieux. Ils ricanaient en zigzaguant dans le sable sous l'effet de la bière. Seule Sterenn était toujours près des rochers, assise, les genoux repliés sur le torse, vêtue d'un simple débardeur qu'elle tirait vers le bas pour ne pas révéler la nudité de ses fesses et de son sexe.

Mi-amusée, mi-suppliante, elle hurlait :

— Théo, rends-moi mes habits ! Reviens tout de suite !

Théo, hilare, quittait la plage en secouant sa culotte et son pantalon comme s'il s'agissait de trophées.

— Théo ! Bordel, tu fais chier, reviens !

Elle n'avait plus du tout l'air de rigoler. Personne sur la plage ne faisait attention à ces querelles d'adolescents. Solal bouillait intérieurement, il avait la nausée. Sterenn avait subi suffisamment d'humiliations en quatrième, il fallait lui lâcher la grappe maintenant.

Théo balança ses habits sur le sable avant de disparaître. Émilie les ramassa pour les rapporter à leur propriétaire et les lui jeter à la figure dans un geste humiliant, souligné par une réplique assassine :

— Rhabille-toi, va ! On l'a assez vu, ton cul !

Solal n'osa plus la regarder de peur de la gêner davantage. La jeune fille se rhabilla en vitesse puis quitta la petite plage la tête basse. Il haïssait Théo et Émilie de toute son âme. Chacun de leurs gestes et de leurs paroles dénotait leur cruauté, c'était tellement facile de s'acharner sur une personne à plusieurs. Au fond, plus que quiconque, celui que Solal détestait à cet instant, c'était lui-même. Il se méprisait tant que sa mâchoire était douloureuse à force d'être crispée. Il maudissait sa petite taille qui le conduisait à tant de lâcheté. C'était bien mignon de fantasmer d'aider les jeunes filles en détresse en se contentant de rester en sécurité sur sa serviette. Ses oreilles bourdonnèrent et sa respiration s'accéléra. Il se sentait à la lisière d'émotions trop fortes à gérer entre une explosion en pleurs d'injustice et une crise d'angoisse. Pour couper court à cette rage intense, il fila droit jusqu'à la mer et nagea plus loin qu'il n'avait jamais osé le faire avant. Comme pour se prouver que dormaient en lui quelques grammes de courage.

À sa sortie de l'eau, la colère l'avait quitté pour ne laisser résonner que l'impuissance. L'heure était avancée, il ne fallait pas s'attarder ou alors il se ferait enguirlander par les parents. En quittant la plage, alors que son cerveau fonctionnait à plein régime en essayant de trouver la manière dont il aurait pu intervenir, il distingua un léger mouvement entre deux voitures stationnées. Il comprit instantanément que c'était elle. Assise par terre, accrochée à son sac à dos comme une enfant à son doudou, elle sanglotait silencieusement. Elle se balançait d'avant en arrière comme pour se rassurer. Sans réfléchir à ce qu'il allait faire ou dire, Solal s'approcha d'elle, avec l'envie de réparer son inaction précédente. Sterenn redressa la tête alors que son camarade de classe n'était plus qu'à un mètre d'elle. L'expression de tristesse de son visage se transforma en une grimace de rejet.

Elle le fixa droit dans les yeux et hurla de toutes ses forces :

— Dégage !

Dans un geste d'une douceur infinie qu'il ne saurait jamais expliquer, Solal sortit de sa poche la jolie nacre ramassée plus tôt et la déposa aux pieds de Sterenn, avec dévotion, comme une offrande sacrée.

Il fit demi-tour et repartit tranquillement en marchant. Il pouvait sentir le feu brûlant de son regard sur sa nuque. Quand il fut sûr d'être hors de sa vue, il courut à perdre haleine sans s'arrêter jusqu'à chez lui.

19

APRÈS

Après ce moment hors du temps dans la cour, tous les élèves étaient invités à rentrer dans leur salle, accompagnés de leurs professeurs principaux. Au moment de se rassembler, les 3ᵉ 1 sentirent le regard des autres élèves sur eux. Être dans la même classe que la victime leur donnait une place centrale dans cette tragédie. Comme si le malheur les éclaboussait plus particulièrement. Et c'était une réalité. À peine s'étaient-ils mis en rang que, déjà, l'absence de la jeune fille se faisait sentir.

Ils bénéficiaient, en bonus de la présence de Mme Quibert, de celle de Mme Floch. Ils comprirent rapidement pourquoi, quand, une fois en classe, leur professeur d'histoire-géographie tenta de prendre la parole :

— Mes chers élèves, vous êtes particulièrement touchés par cette disparition et moi aussi…

La fin de sa phrase fut avalée par un couinement aigu. Mme Quibert, toujours si raide et si sévère, se trouvait à cet instant réduite à l'état liquide. Elle pleurait le nez vers le bas, en secouant la tête, comme si elle n'en revenait pas.

— J'ai été son enseignante chaque année depuis la sixième et je suis comme vous, effondrée, je ne comprends pas…

On entendit des sanglots et des reniflements de part et d'autre de la salle de classe. Abattue, submergée par l'émotion, Mme Quibert se tourna vers la principale adjointe et lui transmit le témoin.

— Je suis désolée, je ne peux pas… Vas-y, toi.

Mme Floch s'adressa à la classe et continua d'une voix blanche et solennelle.

— Nous sommes tous ébranlés par le décès de votre camarade. Surtout vous, qui avez partagé son quotidien ces derniers mois. Alors nous vous proposons de parler d'elle pendant une heure, de partager ce que vous ressentez face à cet épisode dramatique. Nous sommes là, Mme Quibert et moi-même, pour vous écouter et vous entourer.

« Face à cet épisode dramatique. » Les mots de Mme Floch faisaient l'effet d'une récitation bien apprise et recrachée avec une application obséquieuse.

On sentait que les psychologues de la cellule de crise avaient donné des consignes et qu'il était difficile de trouver le ton juste pour les appliquer. Parler de ses sentiments, de son ressenti, ça n'était pas vraiment le style de ce collège. Et puis une heure, une toute petite heure, était-ce vraiment suffisant quand on faisait face à si un grand drame avant d'avoir soufflé ses quinze bougies ?

Pas un élève ne prononça un mot. Aucun adolescent n'avait envie de s'épancher devant une professeure principale qui passait son temps à distribuer des heures de colle et une principale adjointe qu'ils connaissaient à peine. Comment parler de ce que l'on a sur le cœur alors que l'on est assis en rang d'oignons face à un tableau ? À l'école, on leur demandait tout le temps de se taire, ils avaient pris le pli. Le silence devint pesant, presque métallique. Quand il fut clair pour les adultes qu'aucun élève ne s'exprimerait, Mme Floch chuchota quelque chose à l'oreille de Mme Quibert. Cette dernière acquiesça et questionna la classe :

— Est-ce que vous voulez que l'on vous laisse pour en parler seuls, entre vous ?

Pour toute réponse, la classe formula un murmure général qui signifiait « oui ».

— Très bien, Mme Floch et moi allons vous laisser, nous serons dans la salle des professeurs si vous nous cherchez. Les délégués, vous avez en charge la surveillance, je vous fais confiance, soyez responsables, ne faites pas n'importe quoi.

— Que voulez-vous qu'on fasse de mal, Madame ? ironisa Mathis, le délégué titulaire.

— Je ne sais pas, moi. Faites ce que vous voulez, mais ne sautez pas par la fenêtre, par exemple…

Tous les regards convergèrent vers elle. Les adolescents sidérés n'en revenaient pas. Avait-elle vraiment dit ça ? Comprenant instantanément sa maladresse, Mme Quibert colla sa main devant sa bouche, comme pour ravaler ses mots, puis sortit de la salle, honteuse, talonnée par Mme Floch. Solal avait presque pitié d'elle, il avait déjà vécu cette situation inconfortable où il faut peser ses mots et où pourtant, une phrase malheureuse vous échappe. Comme si l'inconscient essayait d'éviter la bienséance. Sa mère avait une amie dont la jambe avait été amputée au-dessus du genou après un accident d'équitation. Un jour où elle prenait le café à la maison, Célia était arrivée en pleurant parce qu'elle s'était égratigné le tibia. Solal, comme à son habitude s'était moqué d'elle, prenant sa mère et son amie à témoin : « Vite, donnez-moi un couteau, je vais la lui couper tout de suite, histoire qu'elle arrête de nous casser les oreilles ! »

Il avait regretté sa phrase dans la seconde et avait disparu à l'autre bout de la maison sans attendre de réaction. Il avait toujours en tête cette sortie fâcheuse et maudissait son manque de tact à chaque fois qu'il revoyait cette femme. Il n'en voulait pas à Mme Quibert, il savait bien que cette phrase maladroite, certainement désapprouvée par les psychologues de la cellule de crise, la hanterait toute sa vie.

20

AVANT

Quand Mme Quibert annonça qu'il y avait un court exposé à faire sur « Les causes de la Première Guerre mondiale » par groupe de deux, Solal et Titouan se mirent d'accord pour faire équipe d'un simple regard. Les élèves s'agitèrent pour former les paires, et ça, ce n'était vraiment pas du goût de l'enseignante qui aimait que tout soit calme, bien rangé et, surtout, silencieux. Elle pensa couper court au chahut en décrétant qu'elle allait elle-même composer les duos. Tout le monde soupira de dépit. L'expérience leur avait appris qu'il était compliqué de travailler avec un camarade que l'on n'avait pas choisi, surtout s'il s'agissait d'un « populaire » qui se contrefichait de ses notes.

— Je vais vous répartir par ordre alphabétique et il n'y aura aucun moyen de changer, vu ? Ça vous apprendra à collaborer et à vous adapter à la personne que vous avez en face de vous. C'est un très bon exercice de vie en communauté, une valeur importante de notre établissement.

Le cerveau de Solal, habitué à calculer très vite, récita toute la liste jusqu'à Rama Sterenn et Taddeo Solal... Ça tombait pile-poil, il allait préparer son exposé avec elle. Préparé à la nouvelle, il put cacher son excitation teintée de crainte au moment où Mme Quibert appela leurs deux noms. L'adolescente, elle, ne tourna même la tête vers lui. La veille au soir, il s'était ridiculisé en lui offrant son coquillage. Ce matin, il avait été soulagé de voir qu'elle ne faisait pas plus attention à lui que d'habitude. La nuit précédente, il avait tourné la scène en boucle dans sa tête, perdant le sommeil. Il revoyait sans cesse ses yeux gris emplis de larmes et sa bouche qui s'ouvrait grand pour lui crier « Dégage ». Il ne comprenait toujours pas ce qui lui avait pris de passer à l'acte ainsi et de lui offrir ce coquillage idiot. Pour lui, c'était un geste qui exprimait son amour et son attention. C'était un tout petit geste plein de sens, comme quand il en offrait à sa mère. Un don spontané, un élan de l'âme. Il aurait dû prévoir que ça ne la consolerait pas et que cela le ferait juste passer pour un petit garçon. Il imaginait qu'elle allait l'envoyer paître. Il finirait par faire ce devoir tout seul, blessé par ce rejet...

À la fin du cours, elle lui dit simplement :

— On a perm' en fin de journée, on se retrouve au CDI pour commencer ?

Quelques heures plus tard, il était donc assis face à Sterenn dans le centre de documentation du collège. C'était un endroit familier qu'il affectionnait. L'odeur caractéristique des livres et de la poussière le rassérénait depuis la sixième. Il avait passé de longues heures dans ce lieu à faire ses devoirs et à lire tout ce qui lui tombait sous la main, pour le plus grand plaisir de Mme France, la documentaliste. Pourtant, il se sentait encore plus petit que d'habitude et essayait de faire bonne figure tout en se tenant bien droit. Maigre illusion qui ne comblait aucunement leur quinze centimètres d'écart. Il n'en revenait pas d'être si proche physiquement et, surtout, en interaction avec elle. À cet instant, aucun doute, elle savait qu'il existait. Solal faisait partie du même monde que Sterenn, après tous ces mois d'observation silencieuse, c'était vertigineux. Il était si près d'elle qu'il pouvait compter une à une les taches de rousseur autour de son nez. Baigné dans son parfum sucré, son cœur battait bien trop vite et les mots ne venaient pas aussi facilement qu'à l'accoutumée, comme s'il avait peur de dire quelque chose de mal. De quoi pouvait-on parler avec une fille comme elle ?

Pour le moment, il s'agissait d'histoire et elle avait pris les choses en main. Elle était calme et méthodique. Après avoir photocopié les documents qui leur seraient utiles, elle avait réparti les tâches : elle écrirait les textes, lui chercherait l'iconographie et ferait la mise en page du PowerPoint.

— Je te préviens, tu as intérêt à peaufiner l'exposé, lui dit-elle à la fin de leur préparation.

— Pas de souci, je suis plutôt bon élève et moi aussi, je veux avoir de bonnes notes pour le brevet, la rassura Solal.

— J'ai pas du tout assuré l'année dernière et ça m'a causé des problèmes. Je repars sur de nouvelles bases, je compte avoir des bonnes notes cette année. Bouchon m'a mis la pression dès le premier jour, je n'ai pas le choix.

— C'est pour ça que tu es arrivée après tout le monde le jour de la rentrée ?

— Oui, mon père l'a supplié tout l'été de me reprendre. Il est venu plaider ma cause et a demandé de me donner une nouvelle chance. Le principal a accepté, à condition que je ne sèche plus et que j'aie d'aussi bons bulletins qu'à mon arrivée au collège.

Solal ne savait pas quoi dire pour continuer la conversation, mais il redoutait qu'elle se termine. Comme si elle se parlait à elle-même, Sterenn enchaîna.

— Ça fait dix jours que l'école a repris et c'est facile de retomber dans mes travers. Certaines personnes ont une mauvaise influence sur moi, il faut que je garde mes distances avec elles parce qu'elles ne m'apportent rien de bon.

Un nuage encore plus gris que ses yeux traversa son regard. L'humiliation de la veille avait laissé des traces.

— Bref, tu me donnes ton numéro de téléphone que l'on puisse voir comment on avance ?

Solal eut envie de se rouler en boule derrière une étagère de livres. Il devait être le seul élève de troisième à ne pas avoir de portable. La honte. Merci Maman, merci Papa, grâce à vous, je passe pour le nul de service. Je pourrais avoir le numéro de la plus belle fille du collège et je pourrais même lui envoyer des messages, mais comme vous êtes bloqués dans les années 1990 parce qu'à époque des dinosaures, « on se débrouillait parfaitement bien sans ce fil à la patte », elle va me prendre pour un toquard. Pire, pour un gamin.

— Je n'en ai pas.

— Quoi ? Tu n'as pas de téléphone ? Tu es puni ? Tu as fait quoi comme bêtise, tu n'as pas fini ton assiette ?

Ouille, ça faisait mal. Elle le prenait effectivement pour un bébé.

— Mes parents refusent que ma sœur et moi ayons un téléphone avant le lycée, ils n'en voient pas l'utilité. Si on a besoin d'appeler nos copains, on peut utiliser les leurs ou le fixe.

— Je ne sais pas comment tu fais, je crois que je mourrais si je n'avais pas de portable ! C'est devenu une extension de moi. Quoique, tu dois être bien tranquille loin de toutes les histoires des réseaux sociaux. Parfois, je me dis que je serais mieux sans le mien.

Elle se confiait à lui à une vitesse qui le sidérait. Il mobilisait tous ses sens pour ne rien louper de leurs échanges. Il ne voulait oublier aucun détail qui lui permettrait de mieux la connaître.

Théo entra à ce moment-là dans le CDI, coupant court à leur conversation. Il se dirigea vers eux d'un air mauvais et balança à Sterenn.

— Alors, tu t'es trouvé un nouveau mec ? Tu te tapes un Minion, maintenant ?

Depuis l'hiver précédent où Solal était arrivé avec une doudoune jaune poussin qu'il adorait et portait avec fierté, les « populaires » le surnommaient le « Minion », en référence aux personnages de dessin animé : petits, jaunes et rigolos. Il se fichait pas mal de leurs moqueries, mais face à Sterenn c'était un coup bas qui lui donnait envie de se ratatiner sous la table.

Il mordit ses lèvres et envisagea un instant de se lever pour confronter Théo. Pour apaiser son bouillonnement, Sterenn posa une main sur son épaule et se redressa.

— Théo, sache que je préfère me taper tous les mecs du collège, de la sixième à la troisième, profs inclus, plutôt que d'imaginer me remettre un jour avec toi.

Vexé, Théo pouffa. Dans un geste de dépit, il fit glisser la trousse ouverte de Solal par terre et écrasa à dessein le réservoir de son taille-crayon en plastique. Un sourire de satisfaction sur les lèvres, il quitta la pièce.

— Quel gros con ! Désolée pour ton taille-crayon, murmura-t-elle en aidant Solal à ramasser ses fournitures éparpillées au sol.

— Oh, c'est pas grave.
— Si, justement. C'est trop facile de s'en prendre à toi.
— Je m'en fiche, c'était un vieux taille-crayon.
— Et puis, elle te va très bien, cette doudoune, ne l'écoute pas.

Elle avait donc connaissance de son existence déjà l'an passé puisqu'elle l'avait vu en doudoune jaune. Cette idée lui provoqua d'étranges chatouilles dans le ventre.

Pendant qu'il finissait de récupérer les derniers éclats étalés au sol, Sterenn griffonna rapidement son numéro de téléphone au dos de son cahier de liaison.

— Si jamais tu as besoin, tu peux m'appeler. Tu connais le cimetière ? interrogea-t-elle.
— Celui qui se trouve à côté de la mer ?
— Oui. On s'y retrouve demain après les cours. On pourra avancer sur l'exposé tranquillement.

En quelques secondes, elle remballa toutes ses affaires et s'éclipsa sans bruit du CDI.
Solal eu l'impression d'avoir rêvé. Le prénom et le numéro écrits devant ses yeux à l'encre violette lui confirmèrent que la scène s'était bien déroulée dans le monde réel.
Alors que la veille elle lui avait hurlé de partir et qu'il pensait ne jamais pouvoir lui parler, il avait rendez-vous avec elle le lendemain.
Comme souvent, Mamicha avait raison : « On n'imagine pas toutes les surprises que la vie nous réserve. »

21

APRÈS

À peine Mme Quibert et Mme Floch sorties, les élèves déplacèrent les chaises et certains s'assirent sur les tables pour former un cercle. Les filles s'enlaçaient pour se soutenir, les garçons, moins à l'aise, ne savaient pas quoi faire de leur corps encombrant et ne cessaient de bouger, cherchant la position adéquate dans une telle situation. Malgré le départ des adultes, les langues ne se déliaient pas. Le silence reprit possession de la salle 201, comme un brouillard qui s'immisçait dans chaque recoin. Il flottait dans l'air un besoin de mettre un peu de solennité, de sacré, dans ce moment de partage. Ce n'était pas un moment gênant, c'était une minute de silence spontanée à la mémoire de leur camarade.

Ce fut Mathis, un élève apprécié pour son franc-parler et qui s'entendait bien avec tout le monde, qui ouvrit la discussion.

— Est-ce que quelqu'un savait qu'elle allait mal ?

Comme plus tôt dans la cour, les réponses incertaines fusèrent.

— Non, elle avait l'air d'aller mieux.
— Moi, je l'ai vue pleurer une fois avant les vacances.
— Elle sortait avec un lycéen depuis quelques semaines, ils avaient peut-être rompu, on ne le voyait plus sur ses stories.
— Elle s'en foutait de lui, c'était juste pour rendre jaloux Théo.

Solal encaissait ces suppositions. Ils s'étaient disputés au début des vacances de la Toussaint. Elle s'était donné la mort avant qu'ils n'aient le temps de se rabibocher. Deux semaines dans une vie d'adolescent, c'était comme s'il ne la connaissait plus vraiment.

— Est-ce qu'elle a laissé un message ?
— J'ai entendu mes parents dire que les flics n'ont pas trouvé de lettre pour expliquer son geste.
— Quand elle avait disparu l'an dernier, c'était pas parce qu'elle avait déjà fait une TS ?
— Elle avait quand même les bras pleins d'entailles à l'époque, je vous signale ! On aurait dû se douter que ça n'allait pas.
— N'importe quoi, elle séchait juste parce que tout le monde la traitait de sale pute à cause de ses photos !

Le malaise à l'évocation de cette période fut palpable. Plus personne n'osa parler durant quelques longues secondes. Si on commençait à pointer du doigt un élève, alors, ils auraient tous leur responsabilité.

— Je ne comprends pas, mercredi, ça avait l'air d'aller en cours, intervint Émilie, éplorée. J'ai même discuté avec elle la journée de sa mort sur Insta, elle ne m'a rien dit. Elle s'est tuée quelques heures après, c'est pas logique.

Solal aussi se refaisait le déroulé de la dernière fois où il l'avait vue. C'était mercredi matin, au collège. Deux jours après le retour des vacances de la Toussaint. Solal et Sterenn s'étaient ignorés, comme à leur habitude. Il avait guetté l'occasion de reprendre le fil de leur relation sans trop savoir comment s'y prendre. Il avait beaucoup pensé à elle durant ses vacances en Grèce et décidé qu'il ne chercherait pas à en savoir plus sur ce qui la préoccupait ; tout ce qui comptait, c'était d'être avec elle. Il n'était plus vraiment fâché après la scène qu'elle lui avait infligée juste avant les vacances, mais, quand même, il avait été sacrément blessé par son attitude, il lui faudrait un peu de temps pour digérer ses mots durs. Elle lui avait manqué, il chercherait bientôt un moyen de reprendre contact avec elle. Il ne savait pas si elle avait envie de renouer avec lui. Ce qu'elle lui avait dit était si cruel que cela semblait sincère.

Il essayait d'analyser l'attitude de son amie ce mercredi matin, moins de quarante-huit heures avant qu'elle ne se pende. Elle ne semblait pas différente des autres jours. Ils avaient eu deux heures d'EPS, puis une heure de français et, enfin, une heure de maths. Elle avait couru comme tout le monde pour s'entraîner avant le cross inter-collèges. Solal se souvenait de l'ample survêtement gris qu'elle portait. Elle lui avait dit quelque temps avant qu'elle préférait mettre des tenues larges en EPS pour éviter de se faire reluquer les fesses et les seins par les papis qui jouaient à la pétanque à côté du stade. Il n'avait jamais imaginé à quel point c'était lourd au quotidien d'être une jeune fille.

Elle avait ensuite suivi les cours avec attention comme elle le faisait depuis le début de l'année. En mathématiques, ils avaient fait de la géométrie. Elle s'était retournée pour lui emprunter son taille-crayon. Il avait trouvé qu'elle ne manquait pas d'air d'oser lui demander ça comme si de rien n'était après les mots blessants qu'elle lui avait balancés quelques jours auparavant. Il avait peur qu'elle le garde en otage alors qu'il tenait à ce maudit taille-crayon Minions comme à la prunelle de ses yeux. À la fin du cours, alors qu'il avait terminé de ranger ses affaires, elle le lui avait rendu.

— Merci, Solal ! Tu videras le réservoir, il a l'air plein ! lui souffla-t-elle en souriant.

Sous le coup de l'émotion, il avait saisi l'objet et l'avait glissé dans la poche avant de son sac de sport pour éviter de rester face à elle plus longtemps. Il était en même temps heureux et frustré de cet échange. Si elle lui avait souri, c'est qu'elle voulait à nouveau être son amie, non ?

Voilà à quoi se résumaient les derniers moments passés avec elle. C'était un dialogue affreusement plat et pourtant plein de promesses. S'il avait pu revenir en arrière, il aurait pris le temps de lui sourire et peut-être de lui parler. Le Solal du passé était encore trop mal à l'aise pour pouvoir le faire, celui du présent le regrettait amèrement.

Il n'écoutait plus vraiment les paroles de ses camarades. Il comprenait cependant que c'était un choc et une incompréhension pour tous. Même pour Émilie et Théo qui lui en avaient fait voir des vertes et des pas mûres. Ils avaient l'air sincères. Théo était affligé, hébété. Lui aussi devait réexaminer les moments où il avait mal agi avec elle. Et ils étaient nombreux.

Quand sonna l'heure de la récréation, les élèves remirent la salle en ordre et sortirent prendre l'air. En quittant la pièce, Solal jeta un regard sur la place habituellement occupée par son amie.

Durant une heure, il n'avait été question que d'elle. Pourtant, personne n'avait prononcé son prénom.

22

AVANT

Solal n'avait jamais attendu avec autant d'impatience la sonnerie de 16 h 25. Quand elle le délivra enfin, il balança son sac sur son dos alors même que le professeur d'anglais donnait encore les consignes pour les exercices du lendemain sur le prétérit. Sterenn ne lui avait pas adressé un mot ni même un regard de la journée. Il se demandait si c'était normal et s'il n'avait pas inventé toute cette histoire.

Il avait prévenu Célia et ses parents qu'il irait travailler chez un camarade de classe afin que personne ne s'inquiète. Étant donné qu'il n'avait pas de téléphone portable, il devait simplement revenir à l'heure promise. Le gros avantage était que ses parents ne l'appelaient pas pour un oui ou pour un non comme le faisait – par exemple, la mère d'Arthur qui voulait tout le temps savoir où il était. Et comme son meilleur ami laissait tout le temps son téléphone en silencieux, il ne répondait pas, ce qui créait la panique chez sa mère. Finalement, les parents de Solal étaient bien plus sereins !

Emporté par la fougue de ses treize ans, il arriva en quelques minutes au cimetière qui se trouvait de l'autre côté du port. Il attendit sagement Sterenn devant les grilles hautes et blanches. Il se trouva idiot de s'être dépêché car il avait bien vu qu'elle prenait tout son temps. Il mit à profit son attente en inspirant et expirant aussi lentement que possible. Cela s'appelait la respiration longue et profonde et ça lui faisait un effet incroyable. Il avait entendu parler de cette technique dans un podcast de yoga qu'écoutait sa mère en voiture. Il fallait commencer par inspirer en gonflant le ventre devant et derrière, puis en gonflant les côtes en sentant leur expansion à droite et à gauche, puis laisser l'air pénétrer jusque sous les clavicules en poussant vers le haut. Pour l'expiration, il suffisait de faire le chemin inverse : vider l'air sous les clavicules, puis les poumons, enfin le ventre. Et repartir en inspirant... Le tout le plus lentement et profondément possible. Quelques minutes de respiration lui permettaient de calmer ses battements de cœur intempestifs, de s'endormir plus facilement, de maîtriser ses colères... C'était un outil vraiment magique – encore fallait-il qu'il pense à l'utiliser.

Elle arriva d'un pas tranquille sur le sentier qui passait devant le cimetière. La lumière à contre-jour la nimbait d'une aura blanche, Solal eut l'impression d'assister à l'apparition d'un ange. Ou peut-être avait-il simplement trop forcé sur la respiration yogique.

— Bienvenue dans mon royaume, annonça Sterenn en ouvrant grand la grille qui grinça en retour.

Elle referma derrière eux, puis se dirigea vers le fond du cimetière avec l'air de celle qui sait où elle va. Solal n'était jamais entré dans cet endroit, il n'en avait jamais eu l'occasion, même si ses promenades dominicales familiales l'amenaient souvent à passer devant. Le lieu était charmant malgré les fleurs en pots disposées ici et là, qui souffraient du soleil de plomb de cette fin d'été. Ici, tout semblait bien rangé, aligné, à sa place. Il ne pensait pas qu'il s'y sentirait aussi bien, lui qui redoutait plus que tout les films d'épouvante.

Au bout du cimetière, l'adolescente contourna un petit baraquement en parpaing, peint en blanc. Elle se faufila péniblement entre le bâtiment et le mur d'enceinte, puis grimpa le long du mur à une sorte d'échelle en métal incorporée dans le béton. Solal la suivit aisément, aidé par son petit gabarit, juste un peu alourdi par son maudit cartable. Arrivé en haut, il ne put réprimer une exclamation de stupéfaction.

— C'est pas mal, pas vrai ? crâna Sterenn, en habituée.

Ils se trouvaient sur le toit de la remise à outils, avec une vue imprenable sur le port et la mer. Un parapet courait le long du toit. Sa hauteur était suffisamment haute pour les cacher du regard des visiteurs du cimetière. Une sorte d'auvent en palettes abritait un vieux canapé en cuir marron, desservi par une grosse bobine en bois de câbles de chantier qui faisait office de table basse. À gauche du canapé, un vieux réfrigérateur couvert d'autocollants ronronnait en faisant tressauter une cafetière en plastique blanc jauni et un énorme cendrier en verre qui trônaient par-dessus. Plus avant sur la terrasse se dressait une table de jardin et quatre chaises en métal, toutes dépareillées mais repeintes du même vert bouteille. Solal ne comprenait pas exactement où il avait atterri.

— Mon père travaille pour les espaces verts de la ville et notamment à l'entretien du cimetière. Il a installé cette chouette terrasse avec ses collègues pour y déjeuner le midi et pour jouer aux cartes quand il fait beau. Il ne sait pas que je viens ici alors il faut toujours remettre l'endroit comme on l'a trouvé, OK ?

De nature obéissante, il n'était pas très sûr de vouloir rester là si ça n'était pas autorisé. Ses plus grosses transgressions consistaient à utiliser son ordinateur portable la nuit pour regarder des vidéos sur YouTube ou à piquer des carrés de chocolat dans la réserve soi-disant secrète de ses parents. Pour ne pas perdre la face ni passer pour un gamin – sa plus grande crainte face à elle –, il répondit nonchalamment que c'était « OK ». Elle tira de son sac une petite bouteille marron avec une étiquette jaune qu'il ne connaissait pas. Elle sortit du frigo la même bouteille et la remplaça par celle de son sac. Elle saisit le briquet qui se trouvait à côté du cendrier et, d'un geste sûr, fit sauter la capsule jaune de la boisson avant de porter le goulot à ses lèvres et de boire avec gourmandise.

— Tu en veux ? lui dit-elle en tendant la petite bouteille marron.

— C'est quoi ? s'inquiéta Solal qui n'avait jamais bu une goutte d'alcool de sa vie.

— C'est du Cacolac, patate !

— C'est quoi, du Cacolac ?

— Ben, c'est juste du lait froid avec du cacao. Un chocolat au lait, mais froid. Du Cacolac, quoi ! Tu ne connais pas ? C'est ma boisson préférée, et celle de mon père aussi depuis qu'il a arrêté la bière. Faut avouer que c'est mieux pour son moral !

Solal n'en avait jamais entendu parler. Il fut soulagé que cela ne soit pas de l'alcool car évidemment, il aurait sûrement essayé pour l'impressionner et il n'en avait aucune envie. Le Cacolac, c'était tout ce qu'il aimait. C'était frais, chocolaté, sucré, doux. Ça avait le goût de l'enfance. Comment était-il possible qu'il n'ait jamais goûté à cette merveille ?

— Bon, on s'y met, à cet exposé ?

Sterenn s'installa sur une chaise en métal et il fit de même de l'autre côté de la table, en déballant son ordinateur portable. Ils travaillaient bien, avec fluidité, les échanges étaient simples et clairs. L'un proposait une idée, l'autre l'enrichissait, ils formaient une équipe parfaitement complémentaire. Il ne se doutait pas que

Sterenn était une élève aussi intelligente, même si la lecture un peu exigeante pour un sixième du *Parfum* de Patrick Süskind avait déjà pu lui donner un indice. En une bonne demi-heure, l'exposé fut bouclé et il était plutôt réussi.

Alors que le jeune garçon rangeait ses affaires tout en cherchant une excuse pour prolonger ou réitérer ce moment, les yeux de l'adolescente s'illuminèrent.

— Solal, j'ai une proposition à te faire...

Pour la première fois de l'histoire de l'humanité, elle avait prononcé son prénom. Entendre ces deux syllabes dans sa bouche avait suffi à son bonheur. Il n'avait aucune idée de ce que Sterenn allait lui proposer, mais il savait déjà que la réponse serait « oui ».

23

APRÈS

Ce lundi avait ressemblé à une longue agonie. Chaque cours qui avait suivi n'avait été qu'une étrange copie du précédent. Chaque nouvelle heure, le professeur en charge de la classe s'associait avec une sincérité non feinte à la détresse et à la douleur des élèves tout en leur rappelant que la cellule psychologique pouvait les accueillir quand ils le souhaitaient. En vérité, Solal avait voulu s'y rendre, sans vraiment trop savoir ce qu'il oserait confier, mais la queue de collégiennes en larmes qui patientaient dans le couloir devant la permanence l'en avait dissuadé. « J'essaierai demain », avait-il pensé.

La bourde de Mme Quibert avait presque été égalée par celle du professeur de techno qui avait clamé d'une voix claire « Rama Sterenn » lors de l'appel, avant de se rendre compte avec effroi de sa bévue. Quelques filles s'étaient remises à pleurer, l'une d'elles était même sortie de la classe. D'une certaine manière, cette maladresse avait réconforté Solal. Entendre les autres professeurs sauter son nom avec précaution, comme si elle n'avait jamais existé, lui vrillait les tripes. Il avait l'impression que l'on tentait d'effacer de leur mémoire sa présence en 3e 1.

La constante de la journée avait sans aucun doute été que les adultes avaient pataugé sérieusement, autant que les collégiens. Solal trouvait que ça les rendait plus humains, tout en acceptant le sentiment désagréable que cela n'était pas rassurant de les voir perdre pied ainsi. Il aurait aimé les voir forts pour avoir l'illusion de pouvoir s'appuyer sur eux.

En sortant des cours, sa première impulsion fut d'aller faire un saut au cimetière. Il se ravisa. À quoi bon y aller, sans elle ? Il croisa Arthur qui lui proposa de passer chez lui, il n'avait pas assez le moral pour aller à l'entraînement de rugby ce soir.

— Viens, on pourrait jouer un peu à la console et proposer à Jules et Louis de venir ? Tous les quatre, comme au bon vieux temps.

Solal s'entendit décliner ce programme parfait. Il n'avait qu'une envie, rentrer à la maison et se cacher sous sa couette. Durant une heure, une journée, un an, une vie. Il avait entendu trop de choses aujourd'hui, son cerveau ne parvenait plus à traiter les informations. Entre ce qu'il savait, ce qui se disait, ce qu'il imaginait, c'était le chaos le plus complet.

À la maison, Célia était déjà en train de prendre son goûter. Leur mère était là, elle était revenue plus tôt du travail et avait préparé une génoise fourrée à la confiture de myrtilles. Il avait du mal à supporter son regard inquiet qui pesait sur lui et ne lui laissait pas une minute de répit. Il sentait qu'elle épiait la moindre de ses mimiques pour y déceler quelque chose. Quoi ? Il se le demandait bien.

Sa sœur racontait à sa mère la journée, l'heure étrange passée dans la cour, les pleurs partout, les histoires plus fantaisistes les unes que les autres et les détails sordides qui avaient circulé si rapidement d'un groupe à l'autre, comme la couleur du foulard – verte – avec lequel elle s'était pendue. Solal connaissait ce foulard vert émeraude, elle le nouait parfois autour de son cou comme une écharpe, et d'autres fois autour de sa tête comme un turban. Porté ainsi, il lui donnait l'air d'avoir plus que ses quatorze petites années.

— Et pour toi, Solal, comment s'est passée cette journée ? demanda sa mère avec une sollicitude appuyée.

— Ça s'est passé.

Un peu agacé, il se tourna vers sa sœur et l'interrogea abruptement.

— Pourquoi tu as pleuré, ce matin ? Tu ne la connaissais même pas !

Célia reçut la remarque de son frère avec la même expression qu'elle affichait quand on la punissait injustement lorsqu'elle était petite. Se remettant à pleurer, elle se défendit vigoureusement.

— Si, je la connaissais ! Ça fait deux ans que je suis au collège, je te signale, et que je la croisais tous les jours ! Une fois en permanence, elle m'avait aidée à faire mon devoir d'anglais. Elle avait été gentille, tout simplement. C'est pas parce que j'étais pas dans sa classe que cela ne me touche pas. D'ailleurs, toi, on dirait que ça ne te fait rien alors que tu passais tes journées en cours avec elle ! Tu ressembles à un robot sans cœur !

— Oh, doucement avec les accusations, Célia ! l'interrompit sa mère. Chacun vit les choses à sa manière. Solal, ta sœur a raison. Même si elle n'était pas proche de Sterenn ou dans sa classe, elle a le droit d'être sous le choc, on est tous touchés et...

Solal ne laissa pas sa mère terminer sa phrase. Il ne voulait rien entendre de la douleur des autres. Elle lui semblait impudique et malvenue. Ils n'avaient pas le droit de la pleurer comme lui aurait été en droit de le faire. Et malgré sa douleur, il restait digne, alors ils pouvaient bien se tenir ! Il monta les escaliers quatre à quatre, se réfugia dans sa chambre, s'enferma à double tour et se blottit sous sa couette.

Qu'il s'agisse d'Arthur, de Célia ou de sa mère, son entourage ne lui avait jamais semblé si lointain. La solitude était le seul refuge possible pour survivre dans un monde dont elle ne faisait plus partie.

24

AVANT

La proposition était simple et honnête. Sterenn prit le temps de tout lui expliquer. Ils allaient utiliser leur complémentarité scolaire et travailler ensemble pour traverser cette année du brevet avec brio.

Elle voulait faire une troisième exemplaire pour rattraper les deux années précédentes où elle avait été plus préoccupée par ses histoires d'amitié, d'amour et par son allure que par sa scolarité. Elle avait failli se faire renvoyer parce qu'elle avait beaucoup séché l'école, notamment en raison du harcèlement qu'elle avait subi en quatrième, mais M. Bouchon, dans sa grande clémence catholique, lui avait accordé une dernière chance. Avec l'épisode de la plage deux jours avant, elle avait enfin compris, dans la douleur, qu'il fallait qu'elle se détache des « populaires » si elle voulait changer en profondeur et pas seulement en apparence avec son nouveau look bien sage.

Elle avait des facilités en langues et en français, en revanche, elle peinait carrément dans les matières scientifiques. Comme c'était le fort de Solal, elle lui proposait un échange où chacun aiderait l'autre dans les matières qui leur posaient problème. Ils pourraient se retrouver chaque soir après les cours sur la terrasse du cimetière où ils ne seraient pas dérangés. Et puis quand le froid arriverait, ils chercheraient une autre solution.

Elle prévint aussi Solal qu'elle ne lui adresserait pas la parole au collège. C'était déjà assez compliqué de gérer ses amis les « populaires » et de garder des distances saines avec eux, elle ne voulait pas qu'ils utilisent cette relation scolaire pour les harceler l'un ou l'autre. L'épisode du CDI avec Théo venait appuyer sa théorie.

Solal accepta les conditions sans broncher, il aurait même signé un contrat avec son propre sang tant la perspective de passer quelques heures, même studieuses, en tête à tête avec elle, l'enchantait.

Cette proposition inespérée changea radicalement son quotidien. Il expliqua à ses parents qu'il faisait partie d'un petit groupe d'élèves qui révisaient ensemble après les cours – ce qui en soi était vrai – et qu'il ne rentrerait donc qu'à sept heures chaque soir. Cela ne leur posa pas de souci.

La journée se déroulait comme avant : il passait les heures de cours à côté de Titouan, retrouvait ses fidèles Arthur, Jules et Louis aux récréations et à la cantine. Une fois la classe terminée, il fonçait ventre à terre vers le cimetière et il retrouvait Sterenn. Ils s'installaient autour de la table en métal, partageait le paquet de gâteau rapporté par Solal et le Cacolac de Sterenn, puis s'attaquaient aux devoirs du jour. Ils étaient vifs et rapides, quand l'un expliquait, l'autre comprenait vite. L'adolescente avait du talent pour partager ses savoirs et une certaine facilité à activer les capacités mémorielles de Solal en citant des cas concrets.

— L'allitération, c'est simple. C'est quand il y a une répétition de consonnes dans une suite de mots rapprochés. Par exemple, « Solal est le seul soleil de la salle ». Il y a une allitération en « s » et une en « l ».

— Et dans « Sterenn Rama », c'est une allitération en « r ».

— Exactement ! Mes parents étaient des littéraires sans le savoir…

Solal se demandait qui pouvaient être ces gens qui avaient donné un prénom si beau, si particulier à leur fille tout aussi exceptionnelle.

Entendre ces deux syllabes assemblées pour la première fois lui avait fait un effet incroyable. Une de ses copines l'avait appelée à travers la cour : « Sterenn ! On est là ! » Tout son corps avait frissonné. Pour lui qui avait toujours du mal à prononcer le prénom des gens – il y voyait une intimité bien trop forte et avait besoin de connaître une personne depuis longtemps avant de pouvoir le faire –, ce prénom singulier ressemblait à une montagne infranchissable. Jamais il n'oserait le prononcer devant elle.

En rentrant chez lui, il avait cherché sur Google et, sans surprise, il avait découvert tout ce que ces sonorités recélaient d'extraordinaire.

« Sterenn est un prénom très rare. Vient du breton "ster" qui signifie étoile. »

Bien sûr qu'elle portait un prénom venu du ciel, il ne pouvait en être autrement.

Le site Magicmaman décrivait une personnalité qui semblait coller parfaitement à ce qu'il croyait connaître de la collégienne : « Typiquement passionnée, Sterenn est également une personne à la fois audacieuse et déterminée. On dit aussi de Sterenn qu'elle est en demande de calme. Elle n'a pas peur de se lancer à la poursuite des objectifs et des paris qu'elle s'impose, et les atteindra. Fiable et loyale, elle peut en revanche être facilement irritable. Comment gérer sa tendance à l'inflexibilité ? Il est pertinent d'être patient et indulgent. Par ailleurs, pour qu'elle apprenne à trouver son équilibre, il faut l'inciter à communiquer. »

C'était un prénom qui semblait venir d'une famille royale nordique, destiné uniquement aux jeunes filles qui descendaient de leur constellation pour daigner vivre une vie d'humaine.

Sterenn.

Solal avait joué longtemps avec ce prénom, le faisant siffler sur sa langue quand il était seul dans sa chambre.

Le dire à haute voix, c'était imaginer lui adresser la parole. Cette simple possibilité lui provoquait des palpitations. Quand il fermait les yeux, il pouvait voir les lettres brillantes argentées de ce prénom magique danser sur un fond bleu nuit.

Sterenn.

Elle était l'étoile qu'il accrochait chaque jour à son cœur, comme une petite lumière qui lui donnait un supplément d'âme.

Maintenant qu'il pouvait le prononcer devant elle à loisir, il n'osait pas encore le faire, de peur que cela ne soit pas aussi beau que dans son imagination.

25

APRÈS

Le reste de la soirée se passa dans le calme. Son père avait rapporté un copieux repas du restaurant japonais, ce qui n'était pas habituel pour un lundi soir. Ce genre de petits plaisirs étaient réservés aux week-ends ou aux vacances. Sa mère avait préparé des mousses au chocolat pour le dessert alors qu'il restait encore du gâteau du goûter. Les parents avaient l'air rassurés de voir leurs enfants manger. On parlait de tout et de rien dans une ambiance assez étrange. C'était comme si le drame s'était immiscé dans chaque espace de la maison et avait tout teinté de gris. On essayait de tromper la tristesse collante du deuil en donnant un air de fête au quotidien. Tout cela sonnait faux. Pour Solal et pour les autres membres de sa famille. Lui-même était partagé entre l'envie de faire comme si tout allait bien pour oublier tout cela très vite et la nécessité de porter ce malheur au creux de son ventre le plus longtemps possible. Il avait un besoin vital de secouer son quotidien parce que dans chaque geste qu'il faisait, dans chaque lieu où il se trouvait, il y avait un peu de Sterenn.

Le matin, quand il avait emprunté l'escalier principal du collège, il s'était souvenu que c'était ici même qu'il lui avait adressé la parole pour la toute première fois. C'était en cinquième, il se dépêchait de grimper les étages jusqu'au laboratoire de sciences. Elle était assise sur les marches en train de rigoler avec ses copines. Impressionné de devoir passer devant elle, il n'avait pas osé lui demander de se pousser. Maladroitement, il avait marché sur son doigt, la faisant hurler de douleur. Il avait filé aussi vite que possible en bredouillant des excuses inaudibles. Cela n'avait rien changé à leur absence de relation, elle n'avait sûrement même pas imprimé son visage à ce moment-là, mais lui savait.

À l'heure du déjeuner, la cantine palpitait encore de sa présence. La fresque qu'elle y avait peinte avec des artistes chiliens s'étendait sur les huit mètres de long d'un des murs. Solal avait tant regretté de ne pas s'être inscrit à cet atelier quand il avait vu qu'elle faisait partie de la dizaine d'élèves du projet. C'était elle qui était montée en haut de l'escabeau pour peindre les étoiles brillantes de cette galaxie inventée par ses camarades et elle. La bombe de peinture lui avait laissé des gouttes argentées sur les mains, ça lui faisait des doigts de fée.

Une fois rentré à la maison, alors même que Sterenn n'y avait jamais posé le pied, tout le ramenait de nouveau à elle. Quand il se brossait les dents, il se souvenait que c'était elle qui lui avait conseillé d'acheter une brosse électrique qui « fait le boulot pendant que tu peux faire autre chose, lire un livre par exemple ». Il avait trouvé cette idée géniale et demandé à ses parents de lui en acheter une. Quand il croisait son pull bleu au fond du tiroir de sa commode, il entendait sa voix lui dire « Tu es beau gosse en bleu, ça fait ressortir la couleur de tes yeux ». Quand il mettait son cahier de liaison dans son sac, le numéro écrit en violet le ramenait à leur premier véritable échange au CDI.

Sterenn s'était infiltrée dans le moindre interstice de son existence. Toute sa vie portait son empreinte si vibrante. Sa mort laissait un trou béant que des miettes de souvenirs tenteraient à jamais de remplir.

26

AVANT

Il faisait une chaleur record en Bretagne pour une mi-septembre. Le mercure devait être à son apogée dans la salle 201 avec son exposition plein sud où les stores de deux fenêtres sur trois étaient bloqués en haut. Ce n'était pas une salle de classe, c'était une rôtisserie. Solal pouvait sentir les gouttes de sueur naître au-dessus de sa lèvre, à l'endroit où pousserait un jour – mais quand ? – une moustache.

C'est dans cette ambiance caniculaire aux effluves de transpirations adolescentes mélangées aux notes entêtantes des déodorants bon marché que Sterenn et lui venaient de présenter leur exposé. Solal avait cru défaillir de stress quand Mme Quibert les avait appelés au tableau. Pourtant, tout s'était passé comme sur des roulettes durant les sept minutes qu'avait duré leur présentation. Même les « populaires », trop écrasés par la chaleur, avaient renoncé à faire une réflexion à Sterenn.

Solal avait laissé la jeune fille lancer l'introduction pendant qu'il faisait défiler le PowerPoint depuis l'antique ordinateur du professeur d'histoire-géographie. Il avait pris la suite, puis ils avaient alterné les paragraphes comme prévu en suivant leur code couleur. Leur devoir avait été préparé avec tant de soin et d'investissement que rien ne semblait pouvoir les arrêter. Tel un train sur les rails, ils déroulaient avec précision les raisons de la Première Guerre mondiale. Il n'y avait aucun doute à avoir, les deux collégiens maîtrisaient leur sujet, et tel un couple de danseurs de tango au championnat du monde, ils ne commirent aucun faux pas.

Au moment de la conclusion, Solal crut bien déceler un air de satisfaction sur le visage austère de Mme Quibert.

— C'est un exposé bien préparé, les informations essentielles y sont présentées et illustrées à propos. Le partage des tâches semble avoir été équitable. Vous obtenez un 17/20. Sterenn, continue ainsi, déclara le professeur sans développer davantage.

— Espèce de suceuse !

Impossible de savoir qui avait lancé cette insulte alors que le duo rejoignait leurs chaises, mais cela venait du fond de la classe où se trouvait Théo. Pour toute réponse, Sterenn lança un baiser avec la main vers l'assemblée et s'assit à sa table en faisant une révérence.

Quelques heures plus tard, les deux adolescents se retrouvèrent au cimetière. Loin des regards, ils purent enfin laisser éclater leur joie et savourer leur réussite ensemble en trinquant au Cacolac.

— Tu te rends compte ? Un 17/20 avec Quibert, ça vaut un 20 avec n'importe quel autre prof ! Je suis trop contente !

— On a tellement assuré, les autres n'ont aucune chance après notre passage…

— C'est clair. Et la prof qui me dit « Continue ainsi » ! Ben oui, Madame, je vais continuer ainsi ! En même temps, elle a raison, je n'avais pas eu une si bonne note depuis la cinquième ! J'avais oublié à quel point ça fait du bien de réussir en classe. Ne bouge pas, on va immortaliser ce moment !

Son téléphone à la main, elle s'approcha derrière lui et posa sa tête sur son épaule pour prendre un selfie. Il sentit sa joue effleurer la sienne. L'appui de son menton saillant lui faisait mal, mais il n'aurait bougé d'un millimètre sous aucun prétexte.

— Souris ! dit-elle avant de prendre une photo d'eux.

Sur le cliché, elle riait toutes dents dehors alors qu'il laissait sa bouche dessiner un mince sourire. Difficile pourtant de dire lequel des deux était le plus radieux en cet instant.

27

APRÈS

Une fois toute la maisonnée couchée, le mal-être assaillit Solal. La machine à laver commença à tourner dans son cerveau en mode essorage à 1 800 tours-minute. Les questions et les certitudes se superposaient les unes aux autres. Il lui fallait des réponses et plus il cherchait, plus il ajoutait de noms sur la liste des responsables de la mort de Sterenn. Théo, Émilie, tous les « populaires », le père de Sterenn, tous les collégiens qui l'avaient harcelée, tous les adultes qui auraient dû la protéger, son soi-disant petit ami lycéen. Et il y avait un dernier coupable, celui qu'il détestait le plus : lui.

Ses parents ne dormaient pas encore, il le savait car il voyait la lumière du couloir filtrer sous sa porte. Il se leva pour aller les voir, afin de tromper son angoisse. Avant de descendre l'escalier pour les rejoindre au salon, il se stoppa net en entendant le prénom de son amie. Mélina et Antoine discutaient de « ça ».

— Comment est-ce possible que ces photos aient circulé sans que personne ne le sache ? se questionnait-elle.

— Les adolescents qui le savaient n'en ont pas parlé, c'est resté entre eux, voilà tout.

— Tu crois que Solal et Célia savaient ?

— Je ne sais pas, ils n'ont pas de portable, il y a une possibilité qu'ils n'aient pas été au courant.

— Je doute, Solal était dans sa classe quand même. La mère de Jules m'a dit que son fils lui avait dit qu'il savait, mais qu'il ne l'avait pas signalé l'an passé parce que ça n'était pas ses affaires.

— J'imagine que tous les gosses ont fait l'autruche de la même manière. Le premier qui en aurait parlé risquait de subir le harcèlement, lui aussi.

— C'est quand même fou de protéger ceux qui ont fait ça.

— Pauvre gamine, elle a dû tellement souffrir pour en arriver là...

Mélina Taddeo fondit en larmes et s'écroula dans les bras de son mari.

— On se croit à distance de ce genre de drame mais ça pourrait être un de nos enfants, Antoine. J'ai tellement peur pour eux. J'ai l'impression que quoi que l'on fasse on ne pourra pas les protéger assez, je me sens si impuissante...

— Je sais, ma chérie. On n'a pas d'autre choix que de les accompagner comme on peut.

— Et Solal qui reste silencieux, une vraie tombe, je suis sûre qu'il va mal.

— On ne peut pas lui arracher ses confidences. Il sait qu'on est là.
— C'est tellement dur de le voir fermé comme une huître, je ne sais pas quoi faire.

Mélina Taddeo sanglota plus fort encore.

Solal retourna à pas de loup dans sa chambre. Ce n'était pas auprès de ses parents qu'il trouverait du réconfort ce soir.

28

AVANT

Forts de leur succès lors de l'exposé d'histoire, les deux adolescents redoublaient d'ardeur au travail. Quand ils terminaient leurs devoirs – avec leurs deux cerveaux réunis, cela ne leur prenait en général pas plus de trente minutes –, ils s'installaient dans le vieux canapé en cuir défoncé. Face à eux se dessinait chaque jour un nouveau tableau aux couleurs différentes selon la météo avec, invariablement, les mâts des bateaux sagement amarrés au port et, derrière, l'océan. Solal n'en perdait pas une miette. Quand il serait grand, il aurait une maison face à la mer. Il était impossible d'être malheureux face à ce spectacle, surtout en présence de Sterenn.

Ils échangeaient sur tout et sur rien en grignotant ce qu'ils avaient rapporté de chez eux. Enfin, c'était surtout Sterenn qui parlait et Solal acquiesçait. Parfois, elle lui posait des questions sur lui, sa famille, ses copains. Il répondait de manière assez fermée de peur de dire une bêtise qui aurait rompu la magie de leur discussion.

L'écouter suffisait à son bonheur. Il avait du mal à croire qu'une fille comme elle, courtisée, regardée, puis montrée du doigt, une fille dont les aventures faisaient partie intégrante de la vie publique du collège, puisse aimer passer du temps avec lui. Malgré son angoisse de faire un faux pas, il ne se sentait jamais aussi bien que quand il était auprès d'elle.

Cependant, un détail le contrariait pas mal. La jeune fille avait son téléphone greffé à la main. Même quand elle parlait, son regard ne se détachait pas de son écran où elle faisait défiler à l'infini les photos des réseaux sociaux. Au bout de quelques jours, il essaya de mettre le sujet sur la table, tout en ayant peur de la froisser.

— Tu fais quoi sur ton portable ?

— Je vais voir sur Snap ou sur Insta si les autres publient des trucs. Rien de vraiment passionnant, en fait.

— Pourquoi tu regardes alors ?

— Parce que je suis habituée à suivre ce qu'ils postent quand on n'est pas à l'école. Ça m'angoisse de risquer de louper un truc intéressant.

— Je ne comprends pas, c'est quoi pour toi un « truc intéressant » vu que tu ne veux plus les fréquenter ?

— C'est compliqué. J'ai besoin de savoir de quoi ils parlent. Je reste en veille, au cas où.

— Au cas où quoi ?

— Ben, tu te doutes bien, non ?

Solal n'était pas idiot, il imaginait ce qu'elle redoutait. L'épisode des photos devait être encore très douloureux. Il aurait pu le deviner. Il s'en voulait de l'avoir obligée à évoquer le sujet. Il réfléchissait à la manière d'en introduire un autre pour lui changer les idées quand elle posa son téléphone sur la grosse bobine de chantier. Elle se tourna face à lui pour le regarder droit dans les yeux. Ses sourcils froncés lui donnaient un air sérieux, sa bouche pincée semblait chercher comment commencer sa phrase. D'un geste décidé, elle fit virevolter ses longs cheveux derrière ses épaules pour se donner de l'élan, puis elle se lança dans un long monologue :

— Quand tu as un téléphone, tu es en quelque sorte condamné à vérifier ce qu'il s'y passe. Si tu manques un message, si tu ne réagis pas à la publication de quelqu'un, ça peut être très vite mal interprété. Et ça peut partir très rapidement en sucette. L'an dernier, quand les photos sont sorties, je ne m'y attendais pas du tout. Émilie m'avait confié que Théo la draguait alors que j'étais en couple avec lui. J'étais folle de rage. Vexée, je lui avais envoyé un texto pour lui dire que ce n'était qu'un gros salaud. J'avais ignoré ses messages et j'avais coupé mon téléphone pendant une soirée pour lui faire les pieds. Je voulais qu'il se pose des questions, qu'il souffre, comme moi. Et surtout, qu'il me supplie de ne pas le quitter. Pour se venger de mon silence Théo, ou je ne sais qui, a créé un faux profil et envoyé sur Snap deux photos de moi toute nue à tous les gens que je connaissais. Et ça a circulé à une vitesse inimaginable. Comme une conne amoureuse, je les lui avais envoyées quelques semaines avant. Il m'avait fait une sorte de chantage. Il m'aimait à la folie et je ne voulais pas coucher avec lui. Pas encore, en tout cas. Alors, il m'a dit que si je l'aimais aussi, il fallait que je lui montre à quel point. Je lui ai fait jurer de ne les montrer à personne, de les garder pour lui et j'ai pris ces satanés clichés... Deux pauvres photos où je prends la pause à poil, comme une pute face à mon miroir en tirant la langue. Le pire, c'est que je me trouvais belle et puissante dessus !

Solal voyait très bien les photos dont elle parlait. Tout le collège avait vu ces images. Elles avaient même tourné hors des murs, dans d'autres collèges et lycées, d'après ce qu'il avait entendu. Lui, il les avait vues par accident. C'était Jules qui les lui avait montrées sur son téléphone lors d'une récréation. Il avait eu la nausée. Il ne parvenait pas à croire que Sterenn ait pu prendre ces photos à la limite de la pornographie. Il était infiniment gêné de découvrir ce corps nu, avec ses hanches larges et ses seins lourds de femme. Et encore plus mal à l'aise devant la moue suggestive qu'elle affichait. Ces photos étaient si intimes que les regarder l'avait fait se sentir sale. Il en avait voulu à Jules de les lui avoir montrées. Il nourrissait également une rage sourde contre Sterenn qui les avait prises. Elles écornaient l'image parfaite qu'il avait d'elle. Il essayait de faire bonne figure pour l'encourager à continuer malgré les souvenirs désagréables qui refaisaient surface.

— Le lendemain, quand j'ai enfin rallumé mon téléphone, ça a été l'apocalypse. Les photos avaient été repostées partout. J'ai vécu un tsunami de messages d'insultes sur les réseaux sociaux. Il y avait des messages privés de personnes qui me connaissaient à peine ou même pas du tout. *Salope, grosse pute, bitch, traînée, slut, chienne* et j'en passe, on m'a traitée de tout. On me disait que faire des photos comme ça, à mon âge, c'était la honte, que je n'avais aucun respect pour moi-même, qu'il valait mieux que je me foute en l'air. Le plus dur, c'étaient sûrement les messages vocaux de mes copines qui m'insultaient de tous les noms et pleuraient en me demandant comment j'avais pu faire ça. Émilie a été la plus méchante de toutes, comme si je l'avais trahie, alors que plus tard, quand tout s'est calmé, Théo m'a confirmé qu'il ne l'avait jamais draguée et que c'était elle qui lui courait après depuis des semaines. Bref, après la diffusion des photos, j'ai sombré dans un trou noir. Je ne voulais plus sortir de mon lit, j'étais incapable d'affronter qui que ce soit. J'ai fait croire que j'étais malade pendant quelques jours. En même temps, avec la tête que j'avais et vu comment je me sentais mal, je n'ai pas eu besoin de jouer la comédie. Mon père n'a jamais su pour les photos. Il a fallu que je retourne au collège et là, le cauchemar a recommencé. Je me suis retrouvée isolée, sans amis, tout le monde murmurait sur mon passage, on me regardait en ricanant. Mes amis me repoussaient et personne ne m'a ouvert les bras. Qu'est-ce que j'ai chialé à ce moment-là !

Les images de Sterenn en larmes, cachée dans un coin de la cour lui revenaient en flash-back. Comme lors de l'épisode de la plage, il s'était senti impuissant. Il était soulagé d'être là, à cet instant, auprès d'elle. En l'écoutant, il avait l'impression de pouvoir faire un voyage dans le temps pour la consoler.

— L'isolement, les insultes en vrai et sur les réseaux, l'exclusion du groupe, tout ça a duré un long moment. J'avais des idées noires, j'avais l'impression que rien ne pourrait arrêter la douleur. Il n'y avait plus d'instant où j'entrevoyais le futur. Chaque minute ressemblait à la précédente : oppressante et sans espoir. L'angoisse et la souffrance tissaient mon quotidien. La seule issue, la seule solution qui pouvait tout régler, c'était mourir. Tout allait s'arrêter, je n'aurais plus mal. Les autres regretteraient peut-être alors de m'avoir traitée comme ça. Ça leur donnerait une bonne leçon. J'ai voulu prendre des médicaments. Il paraît qu'on peut mourir juste avec du doliprane. Pas de chance, je n'en avais pas chez moi. J'ai essayé de me trancher les veines dans ma baignoire, comme une vraie tragédienne. Heureusement, je n'ai pas eu le courage d'aller jusqu'au bout. J'étais toujours incomprise. Aussi désespérée et aussi seule. Alors, j'ai commencé à me faire du mal.

Elle désigna sur ses avant-bras les cicatrices blanches qui témoignaient du passage d'une lame de rasoir. Solal les avait remarquées depuis longtemps. Il avait vu les traces rouges du sang coagulé sur le dos de ses poignets apparaître et disparaître au fil des mois. Tout le monde les avait vues, elle ne les cachait pas.

— Et puis, j'ai séché durant presque un mois en écrivant de faux mots d'absence. Ça a inquiété mes anciennes copines. Émilie est venue me voir, on a beaucoup parlé et pleuré, et puis on s'est réconciliées. Je crois qu'elle se sentait plus ou moins coupable, mais ça a été à moi de m'excuser, va comprendre ! Petit à petit, j'ai réintégré le groupe. Les autres ont continué à évoquer les photos en se moquant de moi, j'étais devenue une sorte de pestiférée qu'on acceptait malgré tout. C'était désagréable, mais c'était moins dur que la solitude, alors j'ai accepté que cela fasse désormais partie de mon quotidien.

— Pourquoi tu n'en as pas parlé à tes parents ?

Elle rit bizarrement, désabusée.

— Ma mère s'est suicidée quand j'avais trois ans. Avouer à mon père que j'avais envisagé de mourir à seulement treize ans, ça l'aurait achevé. Ça impliquait de lui parler des photos. Impossible, il n'aurait pas compris et m'aurait jugée. Si ça se trouve, il m'aurait virée de la maison, collée en internat ou en asile psychiatrique. Et surtout, je ne voulais pas voir son regard dégoûté, celui que je croisais chez tous les gens qui étaient au courant. Je ne l'aurais pas supporté. C'était mon dernier refuge, même si on n'est pas hyper proches.

Solal pensa à ses parents qui lui avaient toujours dit qu'ils seraient là pour lui s'il avait un coup dur et que, quoi qu'il arrive, il n'y avait rien d'insurmontable quand ils étaient ensemble ; ils pourraient l'aider à s'en sortir.

— Et à quelqu'un de ta famille, ou un prof ?

— Et que crois-tu qu'il se serait passé ? Tout le monde aurait été au courant, j'aurais dû expliquer encore et encore. Si ça se trouve, ils auraient même appelé les flics parce que c'est interdit de diffuser les photos à poil d'une gamine de treize ans et au final, rien n'aurait changé. J'aurais été étiquetée, sans possibilité d'effacer ces photos de mon parcours durant toute ma vie. Dans cette histoire, j'aurai toujours le mauvais rôle de toute façon ! Celui de la salope qui envoie des photos d'elle toute nue. Comme on me l'a répété, comment espérer me faire respecter si je ne me respecte pas moi-même ?

— Et Théo, tu n'as pas envie de te venger de lui ?

Elle prit le temps avant de répondre, il sentait qu'elle élaborait sa pensée en même temps qu'elle la formulait à haute voix.

— Je ne suis même pas certaine à cent pour cent que ce soit lui. Il m'a dit que c'est un de ses cousins à qui il avait envoyé les photos qui avait fait ça pour le venger. Parce que je l'avais humilié. Il aurait pu l'en empêcher. Il a agi comme un con. Il m'aimait, je l'ai blessé, il s'est défendu. C'est de ma faute aussi, je n'aurais pas dû le croire et lui envoyer ces *nudes*. C'est juste un mec. Je ne peux m'en prendre qu'à moi-même.

— Non, je ne suis pas d'accord avec toi. Tu lui as fait confiance, il n'aurait jamais dû te trahir, c'est dégueulasse de faire ça à quelqu'un.

Il essayait de maîtriser sa colère pour ne pas dévoiler ses sentiments, c'était terriblement difficile en cet instant.

— Tu sais, Solal, quand tu es amoureux, tu fais des conneries. Et plus tu es amoureux, plus les conneries sont grosses et plus tu fais du mal à l'autre. On s'aimait passionnément, et je crois qu'on s'aimera toujours, à notre manière tordue, certes, mais on ne pourra jamais nier notre connexion. Et même si on ne se parle plus à l'école, on continue de s'envoyer chaque jour des messages parce qu'on est liés, quoi qu'il arrive.

Cette phrase lui fit l'effet d'un coup de poing dans le cœur. Une sourde jalousie le cueillit par surprise. Il trouvait Théo odieux et Sterenn merveilleuse. Il aurait aimé qu'elle voie la situation comme lui l'envisageait. Il n'envisageait pas du tout qu'elle éprouve encore de tels sentiments pour cet enfoiré après ce qu'il lui avait infligé. Il eut cette certitude écrasante qu'il ne serait jamais à la hauteur du grand et beau Théo, dans ses yeux à elle.

Cette blessure d'ego demandait à être soignée, et vite. Elle le conduisit à une exigence qu'il ne s'imaginait même pas capable de formuler quelques minutes avant.

— Sterenn, si tu as envie que l'on continue à se voir après les cours, je vais te demander une seule et unique chose.

Ses yeux gris s'ouvrirent avec intérêt.

— Tu arrêtes de consulter ton téléphone pendant quand on est ensemble.

Sans hésiter, elle se leva et d'un geste aussi théâtral que comique, fourra son téléphone dans l'antique réfrigérateur.

29

APRÈS

Après la discussion qu'il avait espionnée la veille, Solal se doutait bien que l'un de ses parents allait venir le questionner sur les photos. Au collège, il y avait une sorte de tabou sur le sujet : tout le monde était au courant, mais personne ne parlait ouvertement de leur origine. Il était clair qu'elles avaient été faites pour Théo qui les avait ensuite partagées avec, au moins, quelques copains. Qui de lui ou des autres avait décidé de les envoyer à toute la terre, cela restait une énigme pour Solal.

C'est son père qui aborda le sujet alors qu'ils venaient de finir de vider le lave-vaisselle.

— Tu étais au courant pour les photos nue de Sterenn ?

— Oui.

— Tu les as vues ?

— Non, tu sais bien que je n'ai pas de portable.

— Pourquoi tu ne nous en as pas parlé ?

Cette conversation lui déplaisait au plus haut point. Ils auraient fait quoi, les parents, s'il leur avait dit qu'une fille de quatrième dont il était fou amoureux avait envoyé des photos d'elle à poil qui avaient fait le tour de la région ?

— Ce n'était pas mes affaires.
— Solal, quand il se passe des choses graves comme ça, ça regarde tout le monde. Surtout si ça concerne des enfants. Il faut en parler aux adultes pour trouver des solutions et aider ceux qui se retrouvent dans une situation délicate comme celle-là, tu comprends ?

Il comprenait surtout que tout le monde voulait se donner bonne conscience avec des « Si on avait su, on aurait pu tout changer ». C'était trop tard, il fallait vous réveiller avant. Elle était morte et personne ne pourrait plus rien y changer, quel que soit le nombre de fois où l'on réécrirait l'histoire.

— C'est facile à dire après. Et puis, on ne sait même pas pourquoi elle s'est suicidée.
— C'est vrai, tu as raison. Je crois que ce que je veux te dire, c'est que quoi qu'il arrive tu peux nous parler. Même si ça te paraît difficile ou insurmontable. Et surtout, si tu te trouves dans une mauvaise passe, on te soutiendra, quoi que tu aies fait, parce qu'on t'aime et que ta vie est précieuse.
— Je sais.

— C'est compliqué ce que tu traverses, tu as le droit de le dire.

Son père l'attrapa par les épaules et le serra contre son torse. Il ne se laissa pas aller complètement à cette étreinte, trop occupé à se demander ce qu'il aurait pu faire pour aider Sterenn avant qu'il ne soit trop tard.

30

AVANT

Comme chaque dimanche, les parents se montraient intraitables en négociation. Comme chaque dimanche, l'un des enfants Taddeo essayait d'échapper à la sacro-sainte sortie dominicale. Quand ce n'était pas Solal qui n'était pas motivé, c'était Célia qui prétextait un mal de ventre. Pourtant, chaque dimanche, ils finissaient par partir à quatre pour cette immuable promenade familiale.

— Solal, ne te fais pas prier, enfile tes chaussures.
— Allez-y sans moi, j'ai envie de me reposer.

Solal n'aspirait qu'à une chose : rester à rêvasser de Sterenn, allongé sur son lit. Il voulait se repasser les moments partagés dans la semaine pour les savourer un peu plus. Ses échanges avec la jeune fille étaient désormais bien réels, il n'avait plus besoin de rêver, il lui suffisait de se souvenir.

— Tu sais bien qu'une fois qu'on y sera, tu seras content d'être venu. On va à la plage en plus, tu pourras rester allongé sur ta serviette si tu es fatigué.

Sa mère venait de marquer un point. Il attrapa son maillot, sa serviette, enfila ses tongs et suivit sa famille sur le chemin de leur plage fétiche.

Une fois sur place, il ne put résister à l'appel de la mer. L'eau translucide était un poil fraîche, mais si bienfaisante en cette fin d'été caniculaire qu'il apprécia la baignade. D'un geste enfantin qu'il ne put réprimer, il arrosa Célia qui mettait du temps à s'immerger. Celle-ci poussa un cri et se lança à sa poursuite, bien décidée à se venger de cet affront malgré la température de la mer trop froide à son goût. Solal partit à grandes enjambées avant de plonger sous l'eau pour échapper aux assauts de sa sœur. Les deux enfants chahutèrent ainsi quelques minutes avant de se lasser et de retourner sur la plage. D'un air conspirateur qu'il connaissait bien, Célia désigna du menton leurs parents encore secs qui bronzaient à plat ventre sur leurs serviettes et lui murmura.

— Attaque de glaçons ?
— C'est parti !

Les deux adolescents ruisselants foncèrent comme un seul homme sur les parents. Célia s'étala de tout son long sur leur père, Solal s'occupa de leur mère. Les parents hurlèrent de surprise avant de se dresser sur leurs pieds pour se débarrasser des deux chenapans. Bien sûr, comme à chaque fois qu'un membre de la famille lançait une attaque de glaçons, tout le monde finit dans l'eau. Antoine Taddeo attrapa ses enfants sous les épaules pour les balancer plus loin dans de grands « splash », sa femme se contenta de sauter sur le plus proche d'elle en mode plaquage de rugby. Jusqu'à réussir à le faire chavirer. Deux solutions différentes pour une même finalité : un fou rire familial partagé.

À l'heure du goûter, alors que Solal croquait dans un cookie aux pépites de chocolat au léger goût de crème solaire, il pensa que sa vie n'avait jamais été aussi belle qu'à cette période. Il avait tout ce dont il avait besoin : une vie stable au collège, une famille aimante, la mer à quelques minutes de chez lui, et Sterenn dans son quotidien. Il se sentait exactement à sa place dans ce monde qui lui faisait souvent peur.

Et puis il ne l'avouerait pas à sa mère, mais effectivement il était bien content d'être venu.

31

APRÈS

Les scènes lui revenaient sous forme de flashs. Il aurait préféré effacer ces souvenirs poisseux de sa mémoire. Pourtant, Solal ne pouvait s'empêcher de passer en revue tous les moments où Sterenn avait été harcelée devant lui. Et ils avaient été nombreux.

Cela avait commencé l'année d'avant, au moment où les photos avaient été diffusées. Celle qui régnait avec assurance sur la petite cour des « popus » était subitement devenue une pestiférée. Solal avait assisté à son arrivée dans la cour le menton tremblant sous les yeux méprisants des autres élèves. Il avait vu une tablée entière à la cantine se lever quand elle s'était assise à côté. Il avait remarqué les coups d'épaule ou les mains aux fesses qu'elle subissait dans les couloirs de la part des uns et des autres. Il avait observé sa manière de raser les murs dans la cour pour se faire oublier. Il avait aperçu ses yeux cernés de mauve, son regard triste, ses poignets lacérés.

Il était compliqué de savoir comment Sterenn vivait tout cela. Selon les moments et son état mental, elle offrait différents visages : celui de la reine de glace que rien ne touche, celui de la fille qui assume pour mieux narguer les autres et enfin, celui qu'elle montrait moins souvent – et malheureusement sûrement celui qui était le plus proche de ce qu'elle ressentait vraiment –, de la collégienne blessée qui tente vainement de retenir ses larmes.

Solal n'avait pas fait partie de la minorité active de son malheur, il était du côté des passifs silencieux. Il se sentait coupable, comme tous les autres, mais ne voyait pas bien ce qu'il aurait pu faire. En parler ? À qui ? Cela aurait peut-être aggravé les choses. Enfin, c'était sa réflexion de l'époque, parce qu'aujourd'hui il ne voyait pas comment l'histoire aurait pu plus mal se terminer.

32

AVANT

En sortant du cours de français en début d'après-midi, Solal croisa Louis dans le couloir devant le labo de chimie.

— Solal, tu viens avec nous, on va faire un saut à la plage après les cours ?

— Non, je ne peux pas, j'ai un truc à faire...

— Allez, viens ! Entre Arthur qui va s'entraîner tous les soirs et toi qui es toujours occupé, on ne s'est pas vus tous les quatre depuis une éternité !

— Louis, arrête de faire ta *drama queen*, on mange ensemble tous les midi et tu passes tes journées avec les deux autres.

— Ouais, mais quand on est au collège, c'est pas pareil.

— Une autre fois, promis, mais ce soir, c'est vraiment pas possible.

Plus tard dans l'après-midi, alors qu'il tournait dans la rue pour filer directement au cimetière à l'opposé de chez lui, Célia le rattrapa, hors d'haleine.

— Attends-moi, tu vas où ? Tu n'oublies pas que l'on doit se grouiller de rentrer à la maison parce que les livreurs viennent installer le nouveau lave-vaisselle ?

Leur père les avait prévenus la veille, mais il avait préféré ne pas retenir l'information. Pour le moment, seul comptait son rendez-vous avec Sterenn. Le reste, il s'en occuperait plus tard.

— Oui, je sais, mais je dois déposer les devoirs à un élève de ma classe qui était absent. Il n'habite pas à côté, j'y vais au plus vite et je te rejoins. De toute manière, on n'a pas besoin d'être deux pour ouvrir une porte.

— Non, mais papa a demandé que l'on soit deux justement. T'es vraiment chiant !

— T'as bientôt douze ans, arrête de faire ton bébé !

— Tu t'arrangeras avec ta conscience quand on retrouvera mon corps dans une mare de sang devant le lave-vaisselle. En tout cas, je vais le dire aux parents !

C'est ça, il verrait ensuite avec sa conscience et ses parents. Il savait ne pas être tout à fait le bon garçon que l'on attendait de lui. En attendant, il fonçait retrouver celle pour qui il était capable de mentir à ceux qui l'aimaient.

33

APRÈS

« *Comment aider une personne suicidaire ?* »

Solal appuya sur la touche « Entrée » de son clavier et vit apparaître des dizaines d'articles pour répondre à sa recherche qui n'avait plus vraiment d'utilité à part le besoin de comprendre. Il n'avait pas le courage de les lire.

Pour l'aider, encore aurait-il fallu qu'il sache qu'elle était suicidaire. Alors il testa : « *Comment reconnaître les signes chez une personne suicidaire ?* ».

Le numéro de SOS Amitié s'afficha en gros sur son écran. Quelle ironie, il se sentait justement si mal de ne pas avoir su être l'ami dont elle avait eu besoin.

Il repassait en boucle les jours précédents dans sa tête pour tenter d'y déceler quelque chose. Quand elle s'est tuée, ils ne se parlaient plus depuis trois semaines. Il essayait de l'ignorer autant qu'il en était humainement capable, mais comme avant, il détaillait tout ce qu'elle faisait le plus discrètement possible. Il la voyait avec les

« popus » rire à gorge déployée ou l'air absent, comme évaporée. Il la connaissait assez bien pour savoir qu'elle passait d'une émotion à l'autre en un clin d'œil, ça ne lui aurait pas mis la puce à l'oreille. Il n'avait pas vu de marques suspectes sur ses poignets qui auraient pu l'inquiéter. Et de toute façon, il ne savait rien d'une grande partie de sa vie : celle qu'elle passait sur les réseaux sociaux.

Sterenn lui avait dit un jour « plus j'ai d'amis sur les réseaux, plus je me sens seule ».

Cette déclaration résonnait étrangement en miroir avec le mantra de la famille Taddeo : « Les gens avant les écrans. »

C'était sa mère qui avait prononcé cette phrase, un jour, alors que les enfants n'avaient pas levé le nez de leur tablette pour dire bonjour à leur mamie qui venait d'arriver. L'expression était restée. « Les gens avant les écrans », ça voulait dire que ce qui se passe dans la vie réelle doit primer sur les jeux vidéo ou les films, et plus tard, quand ils en auraient le droit, sur les réseaux sociaux. Ses parents arguaient aussi que ne pas être présents sur les réseaux permettaient à leurs enfants de ne pas rapporter les problèmes du collège à la maison et d'avoir un endroit où souffler. C'était vrai, la plupart du temps.

En repensant à Sterenn, Solal mesurait à quel point cela ne s'était jamais arrêté pour elle. Elle avait été constamment en relation avec l'amour et la haine, déversés par le biais de son smartphone. Ça avait fini par la définir. Il ne comprenait pas pourquoi elle n'avait pas supprimé tous ses comptes si ça lui faisait autant de mal. Cela se passait si bien entre eux quand elle priorisait les moments qu'ils partageaient ensemble par rapport au *drama* qui s'agitait derrière les petites icônes colorées de son téléphone.

En détaillant tous les signes possibles qui auraient pu l'alerter sur les intentions de Sterenn, il n'en retint aucun. Elle n'avait pas menacé de se suicider, elle ne s'était pas isolée de manière excessive, elle n'avait pas montré d'intérêt particulier pour la mort… À moins que tout ce temps passé au cimetière ne cache ce dessein funeste ? Non, il n'aurait pas pu s'en douter.

Cela n'empêchait pas le regret de n'avoir rien vu de le ronger.

Il tapa dans la barre de recherche « Sterenn Rama », dans l'espoir de trouver son compte sur une des applications qu'elle utilisait. La première proposition du moteur de recherche annonçait son enterrement, le surlendemain.

34

AVANT

— C'est qui, ton meilleur ami ?
— Arthur.

En répondant, Solal ressentit une pointe de culpabilité. Depuis presque deux semaines, il abandonnait lâchement ses amis pour rejoindre Sterenn au cimetière après chaque cours. Pourtant, c'était exactement à cet endroit qu'il avait envie d'être. Le soleil encore haut se reflétait comme dans un miroir brisé sur la légère houle de l'océan. Depuis leur point de vue, ces fragments de lumière dansaient à un rythme lent et hypnotique. L'air tiède de la fin d'après-midi balaya la culpabilité et Solal se laissa aller à ce sentiment de plénitude amplifié par la compagnie toujours irréelle de Sterenn.

— Tu as répondu trop vite, tu es certain que c'est Arthur ?

— Euh, oui... Je le connais depuis huit ans et il ne m'a jamais fait de sale coup. On s'entend bien, on se marre, je trouve que c'est un mec chouette.

— Attends, tu me vends du rêve, là ! Il est célibataire ? Il doit bien avoir un défaut, le grand et beau rugbyman ?

Elle avait donc remarqué Arthur et elle connaissait même ses activités sportives. Un peu jaloux, Solal en profita pour le faire chuter de son piédestal.

— Non, il est parfait. Enfin, si on met de côté le fait qu'il pue des pieds de manière surnaturelle. Franchement, je n'ai jamais, de ma vie, senti une telle puanteur ! C'est un vrai handicap dans ses relations avec les filles, ça me fait de la peine pour lui.

C'était un vilain mensonge car Arthur ne sentait absolument pas des pieds. Enfin, pas plus que n'importe quel autre adolescent de son âge. Mais c'était un bon moyen pour passer l'envie à Sterenn d'envisager un rapprochement. Il n'était pas fier de lui mais aux grands maux les grands remèdes.

— Hum, *charming* ! Bon, bah, je suis quand même vachement déçue.

Le coup en plein cœur fut à la hauteur de la petitesse de son mensonge. Elle avait vraiment des vues sur son meilleur ami. Si ça se trouve, c'était juste pour ça qu'elle passait du temps avec lui ? Pour approcher Arthur ensuite. Il allait se retrouver dans la pire des situations à devoir faire le messager entre son pote et la fille qu'il aimait en cachette. Il pensa à Cyrano – il avait regardé le film en famille quelques semaines plus tôt – qui avait menti ainsi toute sa vie pour le bonheur de ceux qu'il aimait. L'angoisse.

— Ah oui, déçue de quoi ? osa-t-il questionner, d'un ton faussement détaché.

— Ben, je pensais que c'était moi, ta meilleure amie. Tu préfères un mec qui pue des pieds !

La jalousie semblait changer de camp. Son cœur se fit bien plus léger tout à coup. Un jour, il arrêterait d'anticiper toujours le pire.

— Je te parle depuis deux semaines, tu ne peux pas rivaliser avec le type qui m'a vu vomir mes betteraves en plein milieu du cross interscolaire en CM2 et qui est venu me tendre son mouchoir à peine usagé pour m'essuyer. Passe-moi les pop-corn, tu gagneras peut-être des points d'amitié.

Sterenn tendit le paquet de pop-corn ouvert à Solal qui terminait de classer ses cours d'histoire. Les deux adolescents savouraient autant les friandises que les confidences partagées.

— Pas faux. Moi, je crois que je n'ai pas de meilleur ami.

— Pourtant avec Émilie, vous étiez proches.

— On a même été pires que des sœurs, tu veux dire ! On dormait sans cesse chez l'une ou chez l'autre. Je suis partie en vacances avec elle et ses grands-parents, dans un camping tout naze, mais qu'est-ce qu'on s'est marrées ! J'avais vraiment l'impression d'avoir trouvé une âme sœur version amitié, je croyais que je ne serais plus jamais seule parce qu'elle était là.

— Et quand tu as eu besoin d'elle, elle t'a lâchée.

Sterenn avait les yeux brillants. De tristesse ou de colère, impossible de le définir.

— Ouais, comme une vieille chaussette.

Elle ravala ses larmes avant d'ajouter :

— Une vieille chaussette de ton pote Arthur.

Solal admira sa manière de ne pas flancher.

— Quand je dis que je n'ai pas de meilleur ami, c'est vrai. Je n'ai personne que je peux appeler si j'ai besoin de cacher un corps ou juste de me confier. Enfin, je peux le faire avec Émilie, mais j'aurai toujours peur qu'elle me trahisse.

— Moi, tu peux m'appeler si tu veux.

— Tu n'as même pas de téléphone !

— Tu as les numéros de mes parents, ils me transmettent toujours les messages et, même si je ne suis pas ton meilleur ami, je t'écouterai.

— Et pour les cadavres, comment tu comptes faire ?

— Pour cacher un corps, je ne vais pas être d'une grande aide pour l'instant vu mon gabarit, mais si tu attends quelques années avant de te lancer dans une carrière criminelle, je serai assez musclé pour creuser un très grand trou, ou pour soulever une pierre tombale !

Il avait prononcé cette dernière phrase en regardant les tombes autour d'eux affichant une moue qui montrait bien qu'il doutait de cette possibilité. Sterenn rit devant cette mimique exagérée.

— On n'est peut-être pas meilleurs amis, Solal, en tout cas, t'es vraiment un mec cool avec qui j'apprécie de discuter.

Solal essaya de ne pas rougir devant elle pour être fidèle à l'image du mec cool qu'elle venait d'évoquer et qu'il n'avait pas du tout l'impression d'incarner. En tout cas, il ne touchait plus le sol tant les mots entendus le galvanisaient.

Une fois rentré chez lui quelques heures plus tard, il se mit à faire des pompes, puis à essayer de porter les meubles de sa chambre, du lit au bureau en passant par la chaise rembourrée. Il comptait bien être prêt au moment où il faudrait déplacer un corps. Ou pour celui où il serrerait Sterenn dans ses bras, bientôt musclés.

35

APRÈS

— On peut entrer ? demanda son père.

Les parents de Solal passèrent le nez par l'embrasure de la porte. Il était allongé sur son lit, un manga dans les mains. Il parcourait de manière automatique un ouvrage qu'il avait déjà lu des dizaines de fois. C'était rassurant, il en connaissait la fin, il savait qu'il n'aurait pas de mauvaise surprise au bout des dizaines de tomes avalés. Il détestait faire les choses pour la première fois, il y avait trop d'inconnues. Il aimait la répétition et les algorithmes, sortir de sa zone de confort se faisait souvent dans la douleur.

— On voulait te parler de l'enterrement de Sterenn qui a lieu demain matin. Les élèves qui souhaitent s'y rendre peuvent y aller par leurs propres moyens. Comme elle était dans ta classe, on a pensé que tu avais peut-être envie d'assister à la cérémonie, commença son père.

— C'est une possibilité, rien ne t'y oblige, c'est vraiment comme tu le sens, compléta sa mère.

Il se posait la question d'être présent ou non à l'enterrement, craignant de ne pas avoir l'air suffisamment légitime. Il craignait aussi de ne pas tenir le coup et de trop en révéler sur son attachement à Sterenn. Paradoxalement, il ne pouvait se résoudre à ne pas y aller. Il sentait que ça n'était pas facultatif. Elle n'aurait pas compris son absence.

Le matin, Titouan lui avait confié qu'il aurait bien aimé s'y rendre, ils avaient décidé d'y aller ensemble avec deux filles de la classe, Youna et Lison. Être en groupe rendait la chose moins effrayante. Solal avait juste omis d'en parler à ses parents.

— Oui, je vais y aller, on est plusieurs de la classe à vouloir y assister.

— C'est bien, c'est un moment important qui aide à faire son deuil. Un enterrement n'est jamais facile, mais ça permet de passer à autre chose, précisa sa mère. Tu me donnes ton cahier de liaison que je t'écrive le billet d'absence. Je passerai te chercher vers dix heures au collège et on ira à l'église à pied.

— C'est gentil, je préfère y aller sans toi.

Ses parents échangèrent un regard, inquiets.

— Solal, c'est hors de question, objecta sa mère affolée.

— Je ne serai pas tout seul, j'y vais avec des copains de la classe, je viens de te le dire.

— Je ne crois pas que ce soit une bonne idée, tu n'as jamais assisté à un enterrement, ça peut être compliqué émotionnellement.

— T'inquiète, je gère.

— Je ne suis pas obligée de rentrer avec toi dans l'église, je t'attendrai dehors si tu préfères.

— Non, c'est bon, je n'ai pas besoin de chaperon.

— Solal, s'il te plaît, tu n'as aucune idée à quel point cela peut être dur... Enterrer un enfant de son âge, c'est...

Sa mère allait visiblement se mettre à pleurer, elle préféra sortir de la chambre avant de s'effondrer. Antoine Taddeo regardait son fils avec une angoisse mêlée de fierté.

— Je veux y aller seul, papa, je n'ai pas besoin de vous.

— OK, mon grand, je comprends. C'est juste qu'on essaie de te protéger comme on peut.

— Je sais bien, mais je ne suis plus un petit garçon, j'ai treize ans.

— C'est vrai, on a du mal à s'en rendre compte. Mets-toi à notre place aussi. Tu es notre aîné, on découvre aussi avec toi ce que c'est d'être parents. On n'est jamais certains d'être sur le bon rythme. Et puis toi, tu vas toujours trop vite, on a l'impression que tu nous files entre les doigts. Tu nous as pris de court quand tu as sauté une classe. Tu as une année d'avance, mais pas nous, on ne t'a jamais rattrapé !

Solal se blottit contre le torse de son père. Cet endroit connu dans la famille sous le nom de « la meilleure place du monde ». Un jour qu'il se chamaillait avec Célia pour savoir qui avait le droit de s'installer contre lui pour bouquiner, leur mère était intervenue en affirmant : « Cette place, c'est la meilleure du monde. Et je le sais parce que c'est la mienne, alors filez ! » Depuis, Solal savourait à sa juste valeur le réconfort paternel.

— Pourquoi elle est partie en pleurant, maman ?
— C'est dur pour elle aussi.
— Elle ne sait même pas la tête qu'elle avait !
— Le suicide d'une jeune fille de quatorze ans, c'est terrible pour son entourage proche et plus éloigné, ça résonne aussi chez ceux qui ne la connaissaient pas. La simple idée qu'un enfant puisse se donner la mort, c'est très violent pour des parents.

Pour Solal, cela restait très abstrait. Il trouvait ça étrange, presque inconvenant de pleurer une personne que l'on n'avait jamais vue.

— Est-ce que tu veux que je t'explique comment se déroule une cérémonie funèbre, histoire que tu saches à quoi t'attendre, au moins dans les faits ?
— Non, merci, je crois que ça va aller.

Contrairement à ce que pensaient ses parents, cet enterrement n'était pas le premier de la vie de Solal. En revanche, c'était le premier d'une personne qu'il aimait.

36

AVANT

Alors qu'ils révisaient joyeusement les verbes irréguliers pour le contrôle d'anglais du lundi suivant, ils furent interrompus par des bruits de voix. À l'heure où ils se rendaient au cimetière pour étudier, le lieu était relativement calme et ils ne prenaient aucune précaution pour ne pas se faire entendre. Le cimetière était en effet peu fréquenté après cinq heures du soir, les grands-mères veuves préféraient venir à l'heure du café et les enterrements, quant à eux, avaient lieu plutôt le matin ou en début d'après-midi.

Alors que Sterenn insistait sur la prononciation de « *brought, brought, brought* » que Solal écorchait « *brouch, brouch, brouch* », un cortège funèbre, suivi d'un corbillard, fit son entrée. Les deux adolescents mirent de côté leurs fiches de révision pour espionner depuis leur cachette. Une trentaine de personnes à la mine triste entouraient un profond trou rectangulaire fraîchement creusé. Quatre hommes en costume noir portant des mocassins rutilants tout aussi sombres, sortirent un cercueil de bois marron glacé aux poignées en laiton et le déposèrent sur des tréteaux face au trou. Pendant qu'ils entouraient le cercueil de gerbes de fleurs de toutes les couleurs, Solal ne put s'empêcher de commenter.

— Je pensais que tout le monde s'habillait en noir pour un enterrement.

— Tu te fais des films, les gens en noir, c'est bon pour les mammas italiennes ou pour les séries new-yorkaises ! Dans notre patelin, si tu viens propre et bien coiffé, c'est déjà un bel hommage au mort. Regarde, les employés des pompes funèbres sont toujours mieux fringués que la famille. C'est étrange, non ?

— Carrément, on dirait les Men in Black. Tu as déjà assisté à beaucoup d'enterrements ?

— Au moins trois. Le premier, c'était celui de ma mère, j'étais trop petite pour m'en souvenir, c'est ma grand-mère qui m'a raconté que me voir derrière le cercueil avec une rose dans la main était le souvenir le plus triste de sa vie. Quelqu'un a pris une photo de moi ce jour-là. Elle était en couleurs, mais on dirait un cliché en noir et blanc avec juste des détails rouges qui ressortent : la rose, mon manteau et ma bouche. Le deuxième enterrement, c'est celui de mon grand-père, le père de ma mère. Il est mort d'un cancer des poumons quand j'avais dix ans. Quatre mois plus tard, c'est ma grand-mère chérie, sa femme, qui s'est laissée dépérir. Elle me disait que la perte de sa fille et de son mari, c'était trop de peine à porter pour une seule femme. J'aurais aimé qu'elle reste pour moi. C'était la seule qui me parlait de ma mère et des bons souvenirs qu'elle avait d'elle. Elle me racontait comment elle était, son enfance et tout ce qui était chouette avant qu'elle ne perde la tête et qu'elle devienne suicidaire. Pour mes grands-parents, j'étais aux premières loges. Le plus dur, c'étaient toutes ces personnes que je ne connaissais pas et qui défilaient pour nous présenter leurs condoléances. Je n'avais pas envie d'être avec ces gens, je voulais juste être toute seule tranquille dans mon coin à pleurer toutes les larmes de mon corps, je m'en tapais de leur tristesse à eux. Et toi, c'est ton premier enterrement ?

— Oui, et je t'avoue que je suis étonné car je pensais que je serais plus triste que ça.

Sterenn ne savait pas encore que l'humour pince-sans-rire était sa spécialité. Ils se marrèrent en essayant de faire le moins de bruit possible pour ne pas déranger les funérailles qui se déroulaient juste à côté.

— Alors, c'est comment, cette première fois ? demanda la jeune fille avec un ton ambigu pour souligner le double sens de sa question.

Solal constata que son humour à elle était plus piquant, plus séducteur.

— Je suis un peu déçu, je pensais vraiment que tout le monde serait en noir, que ça serait chic. On naît à l'hôpital devant des gens en pyjama et on meurt entouré de personnes qui ont l'air de faire leurs courses au supermarché. La vie manque de classe, quand même.

— Moi, à mon enterrement, j'aimerais que les gens portent des couronnes de fleurs fraîches et des robes colorées !

— Attends, là, tu confonds avec les rites de bienvenue polynésiens !

— Pourquoi ça devrait être forcément triste ? Si c'était gai, ça serait peut-être moins dur pour ceux qui restent ? J'aimerais qu'on chante du Lady Gaga et qu'on danse sur ma tombe en buvant des bières et des Cacolac !

— Moi, je crois que je préfère être incinéré et qu'on disperse mes cendres dans la mer.

— Et où est-ce que je vais venir me recueillir, moi, si tu n'as pas de tombe ?

— À chaque fois que tu ouvriras le robinet ou qu'il pleuvra, tu pourras imaginer qu'une petite partie de moi est là. C'est bien ça qu'on apprend quand on étudie le cycle de l'eau ?

— Mouais… je ne suis pas convaincue. Je couperai une mèche de tes cheveux pour être sûre que tu sois un peu avec moi.

— Tu feras attention à ne pas massacrer ma coupe, je veux partir en étant beau gosse.

— T'inquiète, je ferai ça bien !

— Au fait, ils sont enterrés où ta mère et tes grands-parents ?

D'un regard souligné par un geste du menton, Sterenn désigna une grande tombe de marbre gris, située à seulement quelques pas du cabanon où ils se tenaient.

37

APRÈS

Le rendez-vous était fixé à l'église à dix heures et demie. Solal ne savait pas si Sterenn était catholique ou même si elle croyait en Dieu. Ce qu'il avait observé, c'est qu'elle convoquait souvent les saints. Quand elle perdait quelque chose, elle demandait de l'aide à saint Antoine de Padoue, la veille d'un contrôle un peu ardu, elle suppliait sainte Rita, patronne des causes désespérées, et quand vraiment la situation semblait sans issue elle s'adressait à la Vierge. Solal lui avait fait remarquer cette habitude d'un autre temps, elle avait souri.

— Tu as raison, je parle comme une grand-mère, comme *ma* grand-mère, plus précisément ! Elle appelait toujours les saints à la rescousse. Mouais, je crois que ça marchait mieux pour elle que pour moi.

À dix heures, il retrouva Titouan, Youna et Lison devant le collège pour se rendre à pied à l'église. Ils firent le chemin en discutant avec légèreté de choses sans aucun rapport avec l'enterrement, mais plus ils se rapprochaient de leur destination moins ils étaient bavards. Quand le clocher fut en vue, ils ne prononcèrent plus un mot.

Une fois sur la place de l'église où était garée une berline noire aux vitres teintées, ils restèrent sur le côté, à bonne distance des autres personnes présentes. Le parvis était rempli de personnes hébétées ou en pleurs. Quelques élèves du collège, notamment les « popus », se tenaient près les uns des autres, comme pour se donner du courage. Le père Joseph, qui venait officier lors des célébrations au collège, se tenait sur le parvis. Le ciel semblait aussi lourd que les cœurs.

Solal reconnut le père de Sterenn qu'il avait croisé une fois et qu'elle lui avait montré en photo dans son téléphone : « Regarde, c'est de lui que je tiens mes yeux gris. » Impossible de distinguer leur couleur à cette distance. Ce qui semblait évident, c'est que ce colosse était comme pétrifié. Il se laissait embrasser par la foule dense qui l'entourait et ne répondait même pas d'un signe de tête. Le regard brouillé, il était absent. Cherchait-il sa fille dans un monde parallèle ? Si c'était le cas, Solal se portait volontaire pour chercher avec lui.

Quatre hommes en costume noir – peut-être bien les mêmes que ceux qu'il avait vus dans le cimetière quelques semaines plus tôt – ouvrirent les portes arrière du corbillard pour en sortir le cercueil blanc surmonté d'une énorme couronne de fleurs, blanches elles aussi. Le soleil fit une brève percée entre les nuages et l'un de ses rayons effleura subrepticement le bois laqué, comme un éclair.

D'une voix douce et forte, le prêtre invita la foule dense à entrer à la suite du cercueil. Les quatre collégiens s'étaient mis d'accord pour pénétrer dans les derniers et pour s'installer au fond de l'église, discrètement. Ainsi, ils pourraient sortir sans déranger si c'était trop pénible ou trop long. Alors qu'ils s'asseyaient sur les bancs à l'arrière, les dames chargées de chanter les cantiques dirigeaient les nouveaux venus pour resserrer les rangs vers l'avant et éviter les trous. Les quatre copains furent ainsi séparés et, par une opération dont il ne comprit pas le déroulé, Solal se retrouva assis au bout du premier rang, sur le même banc que le père de Sterenn et sa famille, non loin d'une jeune femme qu'il avait identifiée comme devant être sa tante maternelle. Alors qu'il cherchait du regard ses compagnons pour essayer de se rapprocher d'eux, la musique commença. Il était à seulement quelques mètres du prêtre qui allait commencer l'oraison funèbre et tout aussi près du petit cercueil blanc.

Solal, qui au quotidien préférait observer les choses de loin pour les intégrer, n'avait pas eu le choix. Il était littéralement projeté aux premières loges de cet enterrement, comme s'il faisait partie de la famille.

Maintenant qu'elle était au paradis, Sterenn avait le bras long. Elle avait dû réclamer directement à la Sainte Vierge une place VIP pour son Solal chéri.

38

AVANT

Le cimetière possédait sans nul doute la plus jolie vue de la ville. Comme les morts n'en profitaient pas, Sterenn et Solal le faisaient pour eux.

Quand ils s'installaient face à ce spectacle unique et apaisant, elle ne pouvait s'empêcher de commenter ce qu'elle voyait. Les reflets d'or des rayons du soleil sur la mer, une mouette qui plongeait, un bateau au pavillon inconnu, une forme de dragon dans un nuage... Sa capacité à détailler ce qu'elle voyait émerveillait Solal. Elle parvenait à exprimer en mots sa sensibilité artistique. Pour lui qui peinait à expliquer pourquoi il aimait telle ou telle chose, cela ressemblait à un superpouvoir.

Une fois, elle lui avait confié qu'elle aurait aimé savoir peindre pour poser sur papier tout ce qu'elle observait depuis cette cachette. À la place, elle dégainait son téléphone portable pour capturer la vue sous tous ses angles.

Dans le placard à fournitures scolaires traînait depuis des années un kit d'aquarelle qui contenait des petits godets de peinture accompagnés de cartes postales vierges à peindre. Après s'être assuré que personne ne l'utiliserait chez lui – il avait fini par savourer la vie familiale sans drame et prenait ses précautions pour que cela dure –, il avait décidé de l'offrir à sa camarade.

Il le trimballait donc dans son sac à dos, se demandant à quel moment il oserait lui donner. Est-ce qu'elle n'allait pas se faire des idées ou trouver que c'était trop ? Est-ce qu'elle allait trouver ça nunuche ? Il passa la journée à écouter les voix dans sa tête et il ne s'était toujours pas décidé quand il retrouva Sterenn après les cours.

Alors qu'ils comparaient le goût du Cacolac avant et après avoir mangé un bonbon Têtes Brûlées – ceux qui sont si acides que l'on peut sentir l'émail des dents se faire la malle en direct –, Solal attendait qu'elle fasse un commentaire sur la vue pour passer à l'action. Contre toute attente, elle lui coupa l'herbe sous le pied et bondit soudainement du canapé.

— J'ai un cadeau pour toi !

Elle sortit de sa poche un petit paquet bombé emballé dans une feuille à grands carreaux. Il crut à une blague. Ou alors elle lisait dans ses pensées et elle se moquait de lui par anticipation. Mais non, elle semblait sincère.

En déballant fébrilement le présent, il découvrit un taille-crayon à réservoir en métal bleu et jaune à l'effigie des Minions.

— C'est à cause de moi que Théo a broyé le tien au CDI. J'ai vu celui-ci à la librairie, j'ai tout de suite pensé à toi. Tu sais que tu es mon Minion préféré ! lui souffla-t-elle.

Solal était rouge de plaisir de la tête aux pieds. L'idée qu'elle pense à lui quand ils n'étaient pas ensemble le comblait de joie. Pour se donner une contenance, il observa les bonshommes qui faisaient la farandole.

— Merci, je le prends comme un compliment. Tout le monde ne peut pas porter la doudoune jaune avec autant de classe que moi.
— C'est vrai que tu as la taille mannequin, on ne le souligne pas assez !
— C'est ça, rigole, on m'a déjà proposé des gros contrats de publicité !
— Blédina ou Pampers ?
— Rien à voir : Mixa Bébé.

Il aimait ses moqueries car il savait qu'elles soulignaient la connivence de plus en plus forte qui les liait. Et surtout, il n'y décelait aucune méchanceté. Être assimilé à un Minion par Théo, c'était vexant. Par Sterenn, cela racontait une histoire. Pour continuer sur sa lancée, il pointa le plus petit bonhomme jaune.

— Regarde, je me suis trouvé !

Elle désigna le Minion d'à côté, bien plus grand.

— Et moi, je suis là !
— J'ai aussi un cadeau pour toi, ne bouge pas.

Solal en profita pour sortir de son sac le kit d'aquarelle. Il n'avait pas voulu l'emballer pour que cela ne fasse pas trop cérémonieux ; maintenant, il le regrettait un peu.

— Il faut croire que c'est Noël en septembre.

La jeune fille prit la boîte dans ses mains comme s'il s'agissait du plus précieux des objets, avant de la contempler longuement en silence.

— Comme ça, tu pourras peindre la vue d'ici.
— Merci, tu n'imagines pas à quel point je suis contente.

Elle l'embrassa prestement sur la joue droite. Une mèche de ses cheveux vint effleurer sa bouche, comme une aile de papillon.

Ce baiser était sans aucun doute le plus joli cadeau que Solal ait reçu, juste après le taille-crayon.

39

APRÈS

Son cerveau menaçait de partir dans tous les sens et de le conduire à un état hors de tout contrôle. Ce lieu, cette ambiance, ces circonstances, cela faisait beaucoup trop d'émotions d'un coup pour Solal qui ne gérait pas toujours bien ce genre de situation. Au bout de quelques secondes, il regretta d'avoir refusé la présence de sa mère. Il aurait aimé sentir sa main dans la sienne, comme une béquille pour ne pas tomber dans le puits de ses angoisses. Il avait décliné, il fallait l'assumer. Il respira longuement et profondément pour éviter une crise de panique qu'il sentait poindre, il invoqua sainte Rita et, à son grand soulagement, il se calma un peu. Dans une église, elle avait dû recevoir le mémo dans l'instant.

Assis à cette place, il n'avait aucune échappatoire, il devrait vivre l'enterrement depuis l'intérieur, au même niveau que le père et la famille de son amie.

Le prêtre parlait avec une voix grave et rassurante. Chacune de ses phrases ou presque commençait par

Sterenn. Il en parlait comme s'il la connaissait bien. Ses mots semblaient choisis pour apaiser les cœurs et les âmes. Il évoquait l'épreuve que représentait pour tous cette perte tragique, il compatissait avec la famille, il repoussait l'idée même de la culpabilité de ceux qui restent et parlait d'une Sterenn accueillie à bras ouverts dans le royaume de Dieu. Solal ne savait pas trop s'il avait envie d'y croire. En tout cas, cela lui faisait du bien de l'envisager.

La cérémonie passa lentement. Chaque psaume déclamé lui paraissait plus long que le précédent. Chaque hommage au micro prononcé maladroitement par une personne dont le cœur était en morceaux se terminait fatalement par une nouvelle salve de pleurs. Quand le prêtre Joseph proposa à l'assemblée de rendre un dernier hommage à Sterenn devant le cercueil, il suivit le mouvement. Qu'auraient pensé les gens s'il était resté assis sur son banc au premier rang alors que toute la famille se dirigeait vers l'autel ? Il prit la file dans l'allée centrale derrière un oncle qui devait peser presque trois fois son poids. Il aurait aimé voir quel était le geste de chacun face au cercueil pour avoir une idée de ce qu'il fallait faire, mais la vue était bouchée par la large carrure de son prédécesseur. Ce qu'il constatait, en revanche, c'est que toutes les personnes qui revenaient dans le sens contraire étaient submergées par le chagrin.

L'oncle fit un pas de côté pour rejoindre son banc et il n'y eu plus personne pour faire obstruction entre lui et le cercueil blanc. De près, sa laque immaculée reflétait le vitrail qui représentait Notre-Dame de l'Assomption au milieu de la nef. Ce cercueil était si petit que Solal ne comprenait pas comment les croque-morts avaient réussi à y installer la grande Sterenn. S'il devait mourir aujourd'hui, son cercueil ressemblerait plus à une boîte d'allumettes qu'à autre chose.

Quand ses doigts effleurèrent le bois blanc et glacé, il comprit. Son amie, son aimée, son étoile reposait juste là, aussi froide que cette boîte rutilante. Ce dernier contact était à l'opposé du tout premier dont il pouvait encore ressentir l'émoi. Il était dans la file d'attente à la cantine avec Arthur et elle faisait la queue juste derrière lui, sans même le remarquer. Il avait eu du mal à se concentrer pour sa commande à la cuisinière du self tant la présence de la jeune fille chamboulait ses sens. Il avait pointé du doigt une viande en sauce – de la langue de bœuf, comme il l'avait découvert quelques minutes plus tard à ses dépens –, et il avait foncé vers la caisse pour passer sa carte. Il avait oublié de se servir en dessert alors, avec empressement, il avait fait glisser son plateau sur les rails en marche arrière, directement vers celui de Sterenn. Dans la précipitation, ses doigts avaient rencontré les siens sans qu'elle n'esquisse une réaction, trop occupée à plaisanter avec ses copines. Ce simple effleurement l'avait infiniment ému. Il s'était longtemps concentré sur la sensation tiède de ce premier contact pour le revivre à loisir, dans ses rêves.

Plus tard, il aurait la possibilité de tenir cette main douce et chaude dans la sienne et rien ne l'aurait rendu plus heureux.

Comme brûlé par le cercueil, Solal en retira prestement ses doigts. Il fallait qu'il sorte d'ici au plus vite.

Il se dirigea d'un pas d'automate vers la droite pour éviter l'allée centrale et gagna la sortie aussi rapidement que possible sans se faire remarquer. Une fois à l'extérieur de l'église, il rassembla ses dernières forces pour courir jusqu'au seul endroit où il avait envie d'être : le cimetière.

Arrivé sur la terrasse du cabanon, il s'installa dans le canapé en cuir en imaginant qu'elle était lovée à côté de lui, la tête sur ses genoux.

À cet instant, l'immensité grise de la mer qui s'étendait devant lui semblait l'appeler. Il visualisa une version de lui-même avancer en ligne droite, sauter du toit et marcher dans l'eau sans s'arrêter, jusqu'à ce qu'il se retrouve immergé totalement. Comme s'il était sous l'océan, il retint sa respiration. Longtemps. Sa tête commença à tourner, mais il continua encore de longues secondes. Tout à coup, il n'y tint plus et inspira bruyamment à pleins poumons, comme un noyé qui sort de l'eau.

À la respiration suivante, il fondit en larmes ; enfin.

40

AVANT

Solal et Sterenn pouvaient discuter des heures sans voir le temps passer. Le garçon partait souvent ventre à terre pour ne pas arriver après les fatidiques sept heures tapantes imposées par ses parents. C'était à chaque fois un arrachement qui mettait à jour une vive angoisse : est-ce que le jour suivant sera aussi bien que celui qui venait de s'écouler ? Il tentait de garder à l'esprit le fameux « Carpe diem » du *Cercle des poètes disparus*, qu'il avait regardé quelques mois auparavant en famille. Antoine Taddeo, amoureux des films, voulait offrir à ses enfants une culture cinématographique la plus complète possible. Alors, tous les dimanches soir, il parcourait sa longue collection de Blu-ray et en sortait un, la mine gourmande, en annonçant triomphalement : « Vous allez voir, c'est un film culte ! » Parfois, il faisait mouche. Célia et Solal s'émerveillaient, appréciant le scénario ou la beauté des images. D'autres fois, c'était un échec cuisant et ils s'ennuyaient à mourir, se moquant à haute voix des goûts douteux de leur père.

Cela dit, ces séances familiales avaient pour qualité première de tromper le blues du dimanche soir, qui s'invitait chez les Taddeo comme dans presque toutes les familles de France.

Carpe diem, c'était facile à dire, c'était quand même nettement plus compliqué à appliquer quand on possédait un cerveau avec option « imagination galopante ».

Les longues journées passées au collège à vivre à côté d'une Sterenn qui l'ignorait avec superbe lui faisait remettre en cause leur amitié quotidiennement. Il avait parfois l'impression de tout imaginer tant cela semblait s'évaporer dès qu'ils quittaient le cimetière. Chaque fois, une certaine lucidité lui faisait penser que demain, tout serait peut-être différent. Il se demandait encore pourquoi elle aimait passer du temps avec lui – insecte insignifiant dans la hiérarchie du collège. Elle pouvait décider d'arrêter leurs rendez-vous quand elle le voulait et, couper court à la relation. Plus leur lien semblait fort lors des moments partagés, plus l'insécurité saisissait Solal quand ils étaient séparés.

Après des années à faire tourner ses angoisses en boucle, Solal avait fini par trouver une stratégie destinée à le rassurer. Elle pouvait se résumer en une phrase : si l'avenir te fait peur, envisage le pire et propose des solutions. Dès qu'il en eut l'occasion, il mit son plan en action.

— Dis, ça te dirait qu'on fasse une liste ensemble ?
— Une liste de quoi ?
— Une liste de choses à faire…

— Genre une liste de révisions avant le brevet ?
— Non, une liste de choses à faire. Enfin, des choses qu'on aimerait bien faire ensemble.

Solal rosit d'avoir fait preuve de tant d'audace. Il scruta l'horizon avec un peu plus d'intensité, de peur d'être déçu ou pire, blessé, par la réaction de l'adolescente. Le silence ne dura que quelques secondes qui lui laissèrent le temps de sentir son estomac se dissoudre sous l'effet du stress.

— Comme une *bucket list* ! Y en a plein qui tournent sur TikTok, j'adore ! On pourrait rédiger la liste des trucs à faire avant le brevet ?

Le brevet, c'était dans huit mois, ça l'emmenait déjà bien plus loin que demain. Son cœur joyeux pompa plus fortement et ses joues prirent une teinte rose camélia.

— Qu'est-ce que tu as envie de faire, toi ? J'ai déjà plein de trucs en tête ! Je vais écrire tout ça !

Joignant le geste à la parole, elle sortit une grande feuille de son classeur et, à l'aide de son stylo-plume à l'encre violette, écrivit en lettres capitales :

LISTE DES CHOSES À FAIRE ENSEMBLE AVANT LE BREVET
S.R. & S.T.

Les idées – bonnes, mauvaises, drôles, réjouissantes ou effrayantes – fusaient. Quand il s'agissait de créativité, les deux adolescents n'étaient pas en reste et la présence de l'un décuplait l'imagination de l'autre. Les propositions empruntées à l'enfance succédaient à d'autres plus adolescentes. Point important : il fallait que les deux amis soient d'accord pour valider une proposition, ce qui donna lieu à quelques négociations.

— Y a pas moyen, je ne veux pas fumer de joint !
— Mais si, Solal, il faut que tu essaies au moins une fois dans ta vie.
— Non, je te remercie, je m'en passe très bien !
— Tu vas voir, c'est drôle ! Juste une fois, pour tester, tu ne risques pas de devenir toxico, t'inquiète !
— Je t'ai dit *non*.
— Pourquoi ?
— Parce que je n'ai pas envie.

La vérité, c'est qu'il était terrifié de devenir un drogué après avoir testé une seule fois.

— Si je suis avec toi pour te surveiller, ça devrait te rassurer, non ?
— Bon, OK, mais juste une taffe alors.
— Juste une taffe !

Ou encore :
— Jamais tu ne me feras regarder *Friends*, c'est une série de vieux !
— Fais-moi confiance, c'est drôle, ça va te plaire, il faut juste que tu donnes sa chance à un épisode et après, tu auras envie de visionner les autres.

— Si on fait un épisode de *Friends*, on mate un épisode de *Stranger Things*.

— Même pas en rêve, je déteste tout ce qui fait peur !

— Ben moi, c'est de regarder des bobos new-yorkais qui boivent des cappuccinos qui me fait peur…

Avant de se séparer, ils avaient réussi à mettre au point une liste en dix points.

LISTE DES CHOSES À FAIRE ENSEMBLE
AVANT LE BREVET
S.R. & S.T.

1 – Dormir à la belle étoile
2 – Faire une blague à Quibert
3 – Manger des chamallows grillés au feu de bois
4 – Aller à Groix
5 – Avoir un 20/20 dans l'année
6 – Faire exploser une bouteille de Coca avec des Mentos
7 – Fumer un joint
8 – Regarder un épisode de Friends *et un épisode de* Stranger Things
9 – Sécher une heure de cours
10 – Se baigner dans la mer en hiver

Ils se promirent que, chaque fois qu'ils réaliseraient une des choses marquées sur la liste, ils la remplaceraient par une nouvelle.

Cette perspective rassura Solal. Au moins pendant quelques jours.

41

APRÈS

Assis à l'avant à côté de sa mère qui conduisait, Solal faisait son possible pour ravaler ses larmes. Il avait rapidement fui le cimetière de peur de croiser le cortège lors de la mise en terre. Assister à la descente du cercueil dans le trou béant qu'il avait aperçu en arrivant était au-dessus de ses forces. Sur le chemin du retour vers l'école, il avait rattrapé ses camarades, aussi mal en point que lui. Aucun d'eux ne se sentait capable de retourner en classe et de suivre les cours comme si de rien n'était. La conseillère d'éducation avait appelé leurs parents pour qu'ils viennent les chercher. Mélina Taddeo avait quitté son bureau en catastrophe pour récupérer son fils. En la voyant passer la porte du bureau où il s'était réfugié, Solal fut instantanément réconforté et compris pourquoi sa mère tenait à ce point à l'accompagner. Elle avait mesuré avant lui l'impact d'un enterrement sur un adolescent de son âge. Il avait peur qu'elle ne le lui fasse remarquer en disant : « Tu vois, je te l'avais bien dit, si tu m'avais écoutée, ça m'aurait évité de quitter le travail comme ça. » Mais elle n'avait dit mot et s'était contentée de poser sa main sur son épaule jusqu'au parking. Avant de monter dans la voiture, elle l'avait longuement serré contre son cœur en silence.

Quand ils furent à la maison, Mélina bricola un déjeuner réconfort composé de coquillettes au fromage râpé et au jambon haché. Le tout formait une sorte de mélange pâteux qui fondait encore un peu plus en bouche. Quand, à ses quatre ans, Solal avait lourdement chuté, le visage en avant, sur un banc en bois, perdant ainsi deux incisives du haut pas du tout prêtes à tomber, ce menu avait été l'essentiel de ses repas jusqu'à ce que l'hématome dégonfle.

Là, il n'avait pas faim. Son estomac noué lui signifia son refus dès la première bouchée. Le voyant touiller sa fourchette dans la mixture, sa mère s'adressa à lui avec douceur.

— Comment ça s'est passé ?
— Pas terrible.
— Je comprends. Tu veux en parler ou c'est trop frais ?

Pour toute réponse, Solal se laissa aller à pleurer à nouveau. Sa mère ouvrit les bras et il vint s'y réfugier comme le tout petit garçon qu'il était encore parfois. Elle le berça longuement en lui parlant à voix basse.

— Je sais, mon cœur, je sais. Personne ne devrait vivre ce que toi et tes copains traversez en ce moment, surtout pas à votre âge. C'était important pour toi d'y assister et d'être avec ceux qui l'ont connue pour lui dire au revoir. C'est dur, mon cœur, mais je te le promets, ça va aller.

42

AVANT

Dans la voiture sur la route des vacances, la famille Taddeo avait pour habitude de tromper l'ennui avec plein d'activités différentes. Il y avait le jeu des plaques d'immatriculation où chacun choisissait une lettre et un chiffre et gagnait un point quand ils croisaient une voiture qui affichait l'un des deux ; le jeu des animaux où l'un d'eux pensait à un animal que les autres devaient deviner en posant des questions fermées dont les seules réponses possibles étaient oui ou non ; le jeu du « aussi vite que tu peux » où il fallait dire la première chose à laquelle on pensait après les questions posées par les autres membres de la famille. Celui-ci était le préféré de Solal. Le cerveau, pris de court, laissait souvent émerger du subconscient des réponses étonnantes. Ce simple amusement révélait toujours des surprises.

Anxieux de n'avoir un jour plus rien à dire à Sterenn, Solal gardait dans un coin de sa tête ces idées de jeux qu'il dégainerait au cas où l'inspiration lui manquerait.

Il avait un plan pour tout afin de ne jamais être pris au dépourvu. Certes, cela lui prenait beaucoup de place sur son disque dur mental, mais ça lui permettait d'évoluer aussi sereinement que possible dans les relations sociales qui n'incluaient ni Arthur, ni Louis, ni Jules – sa Sainte-Trinité à lui.

Ce vendredi-là, ils avaient étudié les paroles du « Chant des partisans » pour le cours de musique et colorié leur carte de géo en un temps record. Sterenn semblait nerveuse, ses jambes battaient la mesure et elle consultait son téléphone de manière frénétique. Solal ne voulait pas faire le rabat-joie car il voyait qu'elle faisait des efforts. À chaque fois qu'elle allumait l'écran de son smartphone, elle le reposait dans la seconde comme s'il était brûlant et qu'elle effectuait un geste automatique dont elle n'avait pas conscience.

Il sentait que son amie cherchait une issue pour s'éclipser. Elle, si curieuse habituellement, semblait absorbée dans une autre sphère. Il aurait pu laisser tomber et rentrer chez lui, mais à l'aube du week-end il avait l'impression de prendre un gros risque. S'ils se quittaient sur ce sentiment d'étrangeté, peut-être qu'il n'y aurait plus rien entre eux le lundi suivant.

— Tu veux jouer à un jeu ?

— Un jeu sur le téléphone ?

— Non, un truc tout simple, qui est rigolo. Je te pose des questions et tu dois y répondre le plus vite possible.

— Et c'est censé être drôle, ça ?

— Mais oui, tu vas voir, fais-moi confiance. Allez, je commence… Ton aliment préféré ?

— Le chocolat.

— Ton animal préféré ?

— Le lion.

— Ton aliment détesté ?

— Les crêpes.

— T'est pas une vraie bretonne, toi ! Ta matière préférée ?

— Le français.

— Ton prof ?

— Quibert !

— Quoi ?

Aussi surpris l'un que l'autre, les deux adolescents explosèrent d'un rire sonore qui fit frémir les oiseaux occupés à picorer entre les pierres tombales.

— Quibert ? Ta prof favorite, c'est Quibert ? Celle qui nous traite d'idiots à longueur de cours, celle qui dit que tu rigoles comme une machine à coudre ? Quibert, vraiment ?

— C'est dingue, ton truc ! En vrai, Quibert, elle est affreuse et rigide au possible, mais je l'ai depuis la sixième, c'est comme un fil rouge. Elle me connaît bien et croit en moi. C'est la seule adulte du collège à ne pas m'avoir descendue quand je suis passée en conseil de discipline pour avoir séché. Elle a juste dit que c'était du gâchis que je sois aussi absente et insolente. Elle avait l'air triste alors que les autres étaient plutôt en colère.

— Eh ben, je ne pensais pas que Quibert pouvait être aimée par un seul élève dans tout le collège ! Surtout par toi qu'elle a dû coller plus de cent heures.

— Vingt-deux heures, juste en quatrième, sois précis, s'il te plaît. Allez, continue, c'est vrai que c'est marrant, ton jeu.

— Bon, ta couleur.

— Bleu.

— Ton acteur ?

— Bradley Cooper.

— Ta chanteuse ?

— Lady Gaga !

— Bradley Cooper et Lady Gaga ? Tu as trente ans ou quoi ?

— Tu n'es pas loin de la vérité. C'est ma tante, la petite sœur de ma mère, qui me les a fait découvrir quand j'étais petite. Lui, c'est clairement l'homme idéal. Il est super intelligent, acteur, réalisateur, producteur et il chante ultra bien. En plus, il est blond aux yeux bleus, c'est clairement mon fantasme.

Un bon point pour moi, pensa Solal qui cochait les standards de la jeune fille.

— Lady Gaga, c'est simple, pas besoin de dépenser des fortunes en psy pour établir le diagnostic, c'est un peu ma mère de substitution. Ma tante a seulement douze ans de plus que moi, elle a été très présente quand j'étais enfant. C'était ma référence pour tout. Elle était fan de Lady Gaga quand elle était ado. Elle me faisait écouter les nouveaux albums, on faisait les chorégraphies dans sa chambre en visionnant les clips en boucle sur YouTube. Je suis encore capable de toutes les faire !

— Chiche ?

— Arrête, tu vas te moquer !

— J'en étais certain, tu me racontes des mythos.

— OK, accroche-toi ! T'es pas prêt pour ce que tu vas voir, Solal Taddeo.

Elle releva le défi, presque trop heureuse. Dans les secondes qui suivirent, son téléphone se mit à cracher les notes de « Bad Romance ». Sterenn commença instantanément à bouger d'une manière qu'il ne lui connaissait pas, tel un robot. Solal suivait la chorégraphie originale du clip d'un œil sur son écran. Elle n'avait pas menti, elle en connaissait chaque détail, ne négligeant aucun regard intense, ni aucune moue de la diva américaine. Quand le refrain commença, elle enchaîna les mouvements de bras avec une précision incroyable. Puis au moment où la chanteuse s'approcha d'un homme dans le clip, Sterenn se dirigea vers lui et il fit soudain très chaud, même à l'ombre. Elle s'arrêta à quelques centimètres de lui, contente de son effet, puis salua à la ronde comme si elle était en concert.

— J'avoue ! Tu assures. Quand tu dis que tu es fan, tu ne fais pas semblant !

— C'est clair. Je connais tout d'elle ! Il n'y a pas que sa musique que j'aime, ça va plus loin que ça. C'est une personne hyper généreuse, elle appelle ses fans ses *monsters* et elle encourage les gens à s'accepter comme ils sont. Elle a été victime de harcèlement au lycée, elle comprend ce que des filles comme moi peuvent vivre. Je ne sais pas comment t'expliquer, elle m'inspire, j'ai l'impression qu'elle m'aime, c'est débile.

Sterenn parlait vite, avec une excitation nouvelle. Elle ressemblait à une petite fille devant un camion de glaces. Elle jubilait tout simplement de pouvoir partager sa passion pour la chanteuse américaine.

Solal aurait voulu la voir toujours comme ça, animée par cette belle lumière qui lui faisait pétiller les yeux et manger ses mots.

— Et tu vas me dire que ton film fétiche c'est *A Star Is Born* ?

Il connaissait ce film car ses parents et sa sœur l'avait vu et avait passé plusieurs mois à écouter la bande originale à la maison. À l'époque, il ne regardait pas de film, que ce soit sur petit ou grand écran, cela provoquait en lui trop de stress. La musique, le scénario à la fin incertaine, les émotions trop fortes qui pouvaient surgir sans prévenir ; non merci, il n'en voulait pas. Pourtant, après chaque projection, Célia lui racontait le film dans les moindres détails et il se régalait des récits précis de sa sœur qui semblait n'avoir peur de rien. Il avait bien évolué depuis. Il n'avait pas vu *A Star Is Born*, mais c'était tout comme, et il avait assez de culture générale pour savoir que Bradley Cooper et Lady Gaga y tenaient les rôles principaux.

— Évidemment ! Meilleur film du monde ! Et Bradley Cooper dans le rôle de l'alcoolique, crois-moi, on voit qu'il sait de quoi il parle. J'avais l'impression de voir mon père avant qu'il arrête. Tiens, on va ajouter « regarder *A Star Is Born* » sur notre liste des choses à faire ensemble. Je te préviens, je suis insupportable quand je visionne ce film, je connais tous les dialogues par cœur !

— Tu me vends ça merveilleusement, j'ai presque hâte.

Elle l'observa brièvement, avec un léger sourire, aussi énigmatique que celui de La Joconde, qui troubla l'adolescent.

— Solal, tu sais quoi ? Je pense que, quand tu seras vieux, tu auras un petit air de Bradley Cooper…

43

APRÈS

Il ne savait pas vraiment à quoi il s'attendait, mais la rapidité à laquelle les choses avaient continué comme avant le drame l'a surpris. Une quinzaine de jours après la mort de Sterenn, la vie au collège avait repris comme si rien ne s'était passé. Les permanences psychologiques étaient levées, les bureaux de la vie scolaire et de l'infirmerie où de nombreux élèves venaient parler et pleurer s'étaient vidés, les professeurs étaient à nouveau exigeants concernant les devoirs non faits, on rebattait les oreilles des troisième avec l'échéance du DNB en fin d'année, les colles recommençaient à fleurir… La vie d'un collège tout ce qu'il y a de plus normal.

Seuls les « populaires » avaient changé d'attitude et ils semblaient encore sous le choc. De plus, une enquête de gendarmerie était en cours au sujet du suicide et de la diffusion des photos dénudées de Sterenn sur les réseaux sociaux. Le monde imperméable des adolescents prenait l'eau et les grandes personnes semblaient enfin s'intéresser aux problèmes des *nudes*, un an après les faits. Chaque membre de ce groupe qui habituellement jouait les caïds au sein du collège faisait profil bas, inquiet des possibles répercutions. Théo n'était plus que l'ombre de lui-même. Ce que disait Sterenn était peut-être vrai, il avait l'air de l'aimer vraiment et de souffrir encore plus sincèrement.

Solal était presque reconnaissant envers les « popus » de ne pas avoir repris leur petite vie d'adolescents idiots exactement comme avant, alors que tout le monde était passé à autre chose. En étant tout à fait honnête, il avait quand même constaté que, pour beaucoup, il s'agissait plutôt de faire « comme si » rien n'était arrivé et il décelait régulièrement des retentissements dans son entourage. Mme Quibert n'était plus aussi sévère et précise, elle semblait constamment lutter contre un épais brouillard pour rester concentrée en cours. M. Bouchon avait perdu les quelques cheveux qui lui restaient sur le crâne. Pourtant, il continuait à afficher le même sourire qu'avant à chaque fois qu'il croisait un élève en lui demandant comment il allait « en cette belle journée ». Mme France, la documentaliste du CDI où Sterenn passait le plus clair de son temps en sixième, laissait un bazar inhabituel dans certaines sections. Elle avait déplacé le stock des brochures de prévention – harcèlement, suicide, anorexie, abus sexuels… – pour les mettre bien en évidence devant la porte d'entrée. Impossible de les manquer, il fallait contourner la table où étaient disposés les prospectus pour entrer dans la bibliothèque. Cela devait la rassurer. Les visages des enseignants et des pions étaient aussi plus marqués, comme si tout le monde avait vieilli de quelques années en seulement quelques jours.

Solal se demandait quoi faire de toute la peine qui l'habitait et qu'il ne pouvait partager. Oh, bien sûr, il avait toujours la possibilité de se confier à ses parents ou à Arthur, mais ça lui semblait inconvenant. Il aurait eu l'impression de profiter de la mort de son amie pour demander de l'attention ou quelque chose comme ça. Il avait aussi très peur qu'on ne le croie pas. Il n'aurait pas supporté cette humiliation. Qui aurait envisagé que Sterenn, la collégienne solaire aux courbes d'actrice italienne, ait passé autant de temps avec lui, le maigrichon qui portait encore des pantalons à élastique réglable ?

Alors, il ne faisait rien de toute cette tristesse. Il la contemplait comme on regarde la surface d'un étang. Il n'osait pas remuer l'eau de peur que la vase ne remonte et transforme l'apparente tranquillité en un marécage puant.

Au collège, le carrelage beige, orange et bleu qui habillait les pièces du sol au plafond – qui avait eu cette idée de décoration farfelue ? – était encore plus morne qu'avant. La peinture écaillée s'effritait davantage, laissant apparaître les teintes des couches précédentes. Malgré les travaux, les fuites d'eau se succédaient, nécessitant régulièrement l'intervention du plombier et la fermeture des sanitaires. Les élèves pataugeaient dans une eau saumâtre dans le couloir du rez-de-chaussée. Dans la cour, le seul et unique arbre, un vieux chêne planté lors de la construction de l'école, courbait salement l'échine face aux prémices de l'hiver. Les murs de l'établissement semblaient porter le deuil que les humains refusaient d'afficher. Rien n'allait. Sterenn, dont *L'Écume des jours* de Boris Vian était l'un des livres de chevet, aurait adoré assister à cet effondrement.

Le plus dur, c'était quand Solal oubliait parfois qu'elle était morte. Il s'attendait à la voir partout. Ou plutôt, il la croisait partout. Il reconnaissait son visage dans chaque grande fille aux cheveux longs qu'il croisait au loin, avant de déchanter dans la seconde quand les traits se précisaient. Il devinait sa silhouette en classe sur la chaise vide qu'elle occupait avant. Il entendait son rire cristallin au milieu de ceux des autres élèves de la classe. Il prononçait mentalement son nom avant le sien à chaque appel en début de cours.

Pour une absente, elle était sacrément présente.

44

AVANT

— Tu as déjà été amoureux ?

Sterenn avait le don pour lancer des sujets de conversation délicats qui ne laissaient aucune échappatoire. Solal ne s'en plaignait pas, c'était ce qu'il appréciait chez elle et ça lui donnait l'occasion de se sentir encore plus proche d'elle. Cependant, il n'avait pas du tout envie de se lancer dans cette conversation avec elle. Il n'aurait su dire s'il était amoureux d'elle. Il ne s'imaginait pas en train de l'embrasser, mais il savait qu'elle comptait plus que quiconque sur terre pour lui. Plus que ses parents, plus que Célia, il ressentait pour elle un amour qui dépassait l'imagination. Il n'avait pas envie de lui mentir et il était impossible de lui dire la vérité.

— Occupe-toi de tes affaires.
— Allez, Solal, raconte-moi !
— Pfff, t'es bête.
— Tu es amoureux en ce moment ?

Pour éviter de répondre à cette question sensible, il orienta la conversation à son avantage.

— OK, j'avoue tout. J'ai été hyper amoureux une fois, pendant mes vacances d'été à Biarritz.

— Han, raconte !

— Elle s'appelait Joséphine, elle était super belle, on s'est rencontrés sur la plage. J'ai tout de suite craqué sur son sourire et sur la manière qu'elle avait de rire quand il y avait des grosses vagues. Le coup de foudre, tu vois. Elle avait un maillot de bain rouge ultra-mignon.

— Et elle, elle te kiffait aussi ?

— Grave ! On se retrouvait tous les après-midi sur la plage du Port-Vieux. On passait notre temps à se regarder en se marrant. On cherchait des coquillages l'un à côté de l'autre. La veille du départ, j'ai pris les choses en main. On a commencé à se rapprocher, je l'ai serrée dans mes bras et je l'ai embrassée. Je lui ai roulé la pelle de sa vie.

— Ah bah, bravo, le consentement ! Je ne t'imaginais pas comme ça ! Et après, que s'est-il passé ?

— Mon père nous a vus et il est venu nous séparer et m'a dit que ça ne se faisait pas de s'embrasser comme ça.

— Quoi, tu as fait ça devant tes parents en plus, t'es un dingue !

— C'était l'heure du goûter donc je suis parti sans me retourner pour manger ma compote et boire mon biberon sur ma serviette.

— Qu'est-ce que tu racontes ?

— J'avais deux ans, nunuche !

— Mais que tu es bête ! J'y ai cru à ton histoire, moi !

— Attends, c'est une histoire vraie, mes parents me la ressortent assez souvent pour que je ne l'oublie jamais !

— Le dossier, tu m'étonnes !

— Et toi, tu as déjà été amoureuse ? Enfin, à part de Théo, je veux dire.

— Moi ? Tu rigoles ? Des millions de fois, je suis un vrai cœur d'artichaut, c'est une catastrophe. Je tombe raide love de tous les beaux mecs que je croise, et surtout, dès qu'un gars me témoigne de l'intérêt, ça me fait craquer. C'est le meilleur aphrodisiaque pour moi. Tu peux être borgne, tu peux être le bossu de Notre-Dame ou un *serial killer*, si tu t'intéresses à moi, je peux tomber amoureuse de toi. J'aime qu'on m'aime. C'est con, hein ?

Solal se demanda si faire vingt centimètres de moins qu'elle le classait dans la catégorie « borgne ».

— Pourtant, il y a une limite que je n'ai jamais franchie…

— Laquelle ?

— Je peux dire « Je t'aime » dès le premier jour, mais impossible d'avouer à quelqu'un qu'il me manque.

— Même à Théo ?

Même à lui.

— Pourquoi ?

— Parce qu'avouer à une personne qu'elle me manque, c'est lui dire qu'elle possède une partie de moi et que je ne peux pas vivre sans elle. J'aurais l'impression de donner une arme chargée pour qu'on me tire dessus à bout portant.

Il comprenait très bien ce qu'elle voulait dire. Lui-même craignait en cet instant le prochain moment où il devrait la quitter pour rentrer chez lui, abandonnant ainsi une partie de son âme entre ses mains.

45

APRÈS

Les premières semaines sans elle, Solal ne parvenait pas à s'endormir. Comme quand il était petit, sa tête et son corps ne trouvaient pas le repos. Sa mère aimait lui raconter que, quand il était dans son ventre, elle pensait qu'il ne dormait jamais. Il bougeait jour et nuit, bien plus que n'importe quel être normalement constitué. Quand il est né, elle avait constaté qu'elle ne s'était pas trompée, ce bébé se faisait un devoir de rester éveillé, comme s'il avait peur de louper quelque chose. Dès qu'il commençait à piquer du nez, il remuait ses jambes et ses bras pour se réveiller complètement.

À nouveau, alors qu'il avait pourtant treize ans et que les poussées hormonales l'encourageaient à dormir davantage, chacun de ses muscles voulait participer à la grande kermesse nocturne orchestrée par ses pensées répétitives. L'image du rat dans sa roue collait parfaitement à la situation. D'ailleurs, il était né l'année chinoise du rat – compliqué d'échapper à son destin.

À peine une idée le traversait qu'elle en entraînait une autre dans son sillage. C'était une sarabande infernale comme dans les contes bretons où les korrigans invitent les imprudents dans leur folle ronde et les font danser jusqu'à ce qu'ils s'embrasent. Impossible de sauter de la roue ou de lâcher la main des esprits malins, il devait laisser son carburant se consumer jusqu'à ce que, sans qu'il ne le remarque, il s'abandonne enfin au sommeil, tard dans la nuit.

Une nuit, alors qu'il était prêt à pleurer tant il voulait que cela cesse, il prit *Le Parfum* dans la bibliothèque familiale et commença à lire, avec l'envie de la sentir près de lui. Grenouille avait beau lui inspirer le plus grand dégoût, quelque chose le fascinait dans sa manière de vouloir capter les odeurs. Une douce idée émergea au milieu de sa lecture. Il ouvrit le tiroir de sa table de nuit, et farfouilla jusqu'à tomber sur une bouteille en verre d'une dizaine de centimètres. Cette trouvaille le remplit d'une joie totale et il ne put s'empêcher de sourire en invoquant ce souvenir.

En cinquième, il avait remarqué que Sterenn ouvrait son casier chaque midi pour se remaquiller et se nimber d'une nuée de parfum. Il aimait plus que tout cette odeur à nulle autre pareille dont il parvenait à humer quelques notes lorsqu'il la croisait d'assez près dans les couloirs. Il réussit un jour à déchiffrer le nom sur le flacon : White Musk de Body Shop. Le samedi suivant, il accompagna ses parents et sa sœur pour une course en ville. Il en profita pour filer ventre à terre dans le magasin où il entra en apnée, comptant le rester le plus longtemps possible. Il détestait ces enseignes où les vapeurs chimiques vous sautaient à la gorge avant même que vous ayez passé le pas de la porte. Toutes ces odeurs fortes mélangées lui soulevaient le cœur et lui collaient un mal de tête pour plusieurs heures. Sans parler de la lumière des spots trop étincelants et du son saturé de la musique pop qui grésillait depuis les haut-parleurs.

Chaque percée dans un tel endroit l'interrogeait sur la capacité des vendeuses, qui y passaient la journée, à supporter tant de sollicitations qui stimulaient tous les sens.

Il repéra l'étagère des parfums et vaporisa le flacon de démonstration étiqueté White Musc sur un fin rectangle de papier cartonné qu'il agita devant ses narines. C'était délicieux, comme une caresse dans les cheveux, juste au-dessus de l'oreille – de ces gestes qui vous procurent un frisson tout le long de la colonne vertébrale. Il déboursa vingt-trois euros, soit presque trois mois d'argent de poche pour trente petits millilitres de volupté.

Une fois rentré chez lui, il fourra le flacon au fond de sa table de nuit. Il le sortait les jours où il avait le cafard ou quand il n'avait pas croisé Sterenn depuis longtemps. Un simple pschitt lui permettait de se sentir près d'elle. Depuis qu'il la côtoyait tous les jours, il n'avait plus ressenti ce besoin puisqu'il profitait de la version originale.

Il contempla la bouteille un long moment avant d'en ôter le capuchon. Il vaporisa une giclée sur son poignet, attendit que les fines gouttes s'évaporent et le porta à hauteur de son nez, en inspirant très lentement, pour apprécier chaque note du parfum. Le souvenir se déploya en douceur. Ce fut d'abord le musc blanc, rond et sucré, qui émergea, puis la touche florale de jasmin, plus fraîche, qui vint terminer l'accord.

Lorsqu'il expira, ses émotions, tel un parfum, exprimèrent plusieurs notes. Il se sentit apaisé, puis triste. Apaisé, parce que ce parfum avait le mérite de raviver la présence de la jeune fille. Triste, parce qu'il avait beau l'évoquer, il manquait les notes acidulées de sa peau et faisait résonner un peu plus fort le manque d'elle.

46

AVANT

Depuis quelque temps, Sterenn semblait plus renfermée. La journée, elle fréquentait à nouveau les « popus ». Elle préférait être en mauvaise compagnie qu'isolée. Solal l'observait jouer la comédie de la grande copinerie avec une pointe de jalousie. Il ne pouvait pas lui en vouloir, il était bien entouré, lui. Il avait de bons copains dans la classe et en dehors. Il aurait aimé pouvoir lui parler au collège comme il le faisait au cimetière. Il n'avait jamais partagé de discussions aussi profondes avec quelqu'un. Quand ils étaient juste tous les deux, il n'y avait pas de filtre, pas de masque. Ils se sentaient en confiance. Chaque confidence de l'un permettait à l'autre de dévoiler sa propre vulnérabilité. Il était tombé amoureux de l'image de Sterenn, la belle jeune fille solaire au corps de femme, qui revêtait son armure quand elle se trouvait en société. Il l'appréciait désormais pour sa finesse d'esprit, sa capacité à partager ses états d'âme et la manière qu'elle avait d'écouter.

Ce jour-là, elle était arrivée en retard à leur rendez-vous habituel. Elle devait être en train de discuter avec les « popus », peut-être même en train de se moquer de lui.

La jalousie rendait Solal paranoïaque. Il ruminait son ressentiment en traçant maladroitement les figures du devoir de géométrie. Il recommençait sans cesse car les aspérités de la vieille table en métal lui compliquaient la tâche.

Elle finit par arriver comme une fleur, et s'installa face à lui.

— Ah, tu as commencé les maths ! J'ai lu l'énoncé, ça n'a pas l'air compliqué. Tu vois, ça finit par rentrer !

Il ne leva pas le nez de sa feuille, occupé à gommer nerveusement la droite qu'il avait mal avait tracée pour la troisième fois. Elle ne s'excusa même pas de l'avoir fait patienter.

— On reprend ensemble et on construit la figure au fur et à mesure, ça te va ?

Il resta silencieux, les lèvres serrées en un rictus contrarié. Elle lui passa la main devant le visage plusieurs fois.

— Houhou, tu m'entends ? Qu'est-ce qu'il t'arrive ?

Il n'allait certainement pas lui accorder l'honneur de répondre, il se contenta de serrer un peu plus fort ses mâchoires, provoquant ainsi le gonflement des veines de son cou.

Le ton de Sterenn changea aussi vite que la météo bretonne.

— OK, je vois. Tu te crois trop bien pour moi ? Va-t'en, rien ne te retient.

Piqué au vif, Solal commença à ranger ses affaires bruyamment avec des gestes saccadés pour marquer son énervement.

— Quand je pense que j'ai cru que tu étais différent, je me suis bien plantée, en fait.

Elle était injuste. Comme quand il se disputait avec sa famille, les reproches finirent par sortir sans qu'il ne puisse les retenir.

— Tu te fiches de moi ? C'est toi qui m'as demandé de l'aide et c'est toi qui arrives avec vingt minutes de retard parce que tu es restée avec tes vrais amis ! Tu oses me faire la morale ? Je suis quoi, moi ? Ton bouche-trou ?

La jeune fille resta sans réponse, désarçonnée. Elle le laissa fermer son sac et partir sans se retourner. Alors qu'il avait le premier pied sur l'échelle en métal, elle déposa les armes.

— Attends, ne pars pas.

47

APRÈS

Agité par l'urgence de la situation, Solal entra sans prévenir dans la chambre de sa mère.

— Maman, il faut me racheter des baskets pour le sport !

Cette dernière était assise sur son lit, occupée à relire des documents sur son ordinateur portable.

— Pourquoi, les tiennes sont déjà trop petites ?
— Non, j'ai perdu mon sac au collège.

L'avant-veille de la mort de Sterenn, il avait oublié son sac quelque part. Après le drame, trop occupé par sa peine, il n'avait pas pensé à le chercher et il avait utilisé ses baskets de tous les jours pour les cours d'EPS. Le professeur l'avait remarqué et avait menacé de ne plus l'accepter : il devait donc agir, et vite.

— Et tu ne l'as pas retrouvé ?
— Ben, non.
— Tu l'as vraiment cherché ? Je te connais ! Tu as demandé à la vie scolaire ?

Il n'avait évidemment rien demandé du tout, le deuil prenait trop de place pour qu'il s'attarde à enquêter sur ses affaires de sport.

— Tu sais, depuis le drame, le bureau de la vie scolaire, c'est le bureau des pleurs… Quand j'y vais, on me demande de sortir car il y a trop d'élèves.

C'était faux, mais c'était comme un totem d'immunité qui neutralisait sa mère. Et comme à chaque fois que le sujet venait dans la conversation, le plus souvent quand elle croisait d'autres parents d'élèves, Solal vit les yeux de sa mère s'embuer. Elle quitta son lit brusquement pour aller se moucher dans la salle de bains.

Il ne supportait plus de voir les stratagèmes qu'elle utilisait pour pleurer discrètement. Depuis le suicide, il avait remarqué qu'elle avait les larmes aux yeux à tout bout de champ. À croire que c'était sa meilleure amie à elle qui s'était suicidée. Il était à la fois énervé de la voir aussi fragile, mais, plus que tout, l'attitude maternelle le dépossédait de sa propre tristesse. Comme s'il devait faire attention à ne pas la heurter, elle. Un comble.

— On ira demain t'acheter une nouvelle paire, laisse-moi terminer mon travail.

— Il faut qu'on y aille maintenant, car demain j'ai sport en salle, le prof ne va pas m'accepter avec des chaussures qui viennent de l'extérieur.

— Écoute, Solal, ça n'est pas possible aujourd'hui. Il fallait me prévenir avant. Laisse-moi tranquille, j'ai besoin de travailler. J'ai préparé des crêpes, tu peux commencer le goûter en attendant ton père et ta sœur.

Son ton était sec et, pourtant, son expression tendait plutôt vers la supplique.

Sans comprendre pourquoi, Solal hurla sur sa mère, sans contrôler un mot de ce qu'il disait.

— Non, on y va tout de suite ! C'est maintenant que j'en ai besoin, pas demain ! Et arrête de chialer tout le temps quand on parle de Sterenn, on dirait que c'est ta fille qui est morte ! Et par la même occasion, arrête aussi de me gaver avec ta bouffe, j'en peux plus de ta bouffe, elle me sort par les yeux, tu comprends ça ? Ou tu es trop occupée à te cacher pour pleurnicher ?

Mélina Taddeo reçu la diatribe de son fils comme une gifle en pleine face. Après quelques secondes de sidération, elle s'allongea de tout son long sur son lit, le visage enfoui dans son oreiller. On aurait dit qu'elle voulait fusionner avec la couette et ne jamais en ressortir. Les soubresauts de ses épaules trahissaient ses pleurs.

Solal ne s'attendait pas à ça. Il pensait qu'elle allait le reprendre et lui crier dessus. Il avait besoin de cette opposition pour sortir toute la rage et la frustration qu'il nourrissait à cet instant. La réaction de sa mère dérouta sa colère qui, à cet instant, n'avait plus d'adversaire.

— Je te déteste !

Il sortit de la chambre avec fracas, en jurant tout ce qu'il pouvait. Il claqua la porte de sa chambre si fort que la maison trembla.

48

AVANT

— Je suis désolée.

Bouleversé par le ton suppliant de son amie, il revint à petits pas sur la terrasse, aussi désemparé qu'elle.

— Pardon, Solal. Tu n'es pas un bouche-trou, c'est moi qui ai réagi comme une conne. S'il te plaît, ne pars pas. Tu es mon seul vrai ami, je ne sais pas ce que je ferais sans toi.

Elle s'avança vers lui, tendant les deux mains en signe de paix. Il hésita une seconde avant de les saisir, impressionné par l'intimité de ce geste. Elle avait les mains douces et tièdes. Il pouvait sentir son pouls à travers le contact de ses doigts fins. Il ne put s'empêcher de constater que ses mains à lui ressemblaient à des mains d'enfants comparées aux siennes. Tout en gardant fermement la pression de leurs paumes, elle l'entraîna vers le vieux sofa où ils s'assirent face à face.

— Je me sens tellement seule, même avec la bande. Avec toi, je peux être vraiment moi. Tu ne me juges pas quand je te parle de mes angoisses, tu ne les utilises pas contre moi. Tu n'attends pas que je sois différente. Quand je suis avec les autres, je dois composer avec toutes les étiquettes que l'on m'a collées : la fille instable dont la mère s'est suicidée, la nana facile, celle qui ne dit jamais non parce qu'elle veut se faire aimer, la salope qui fait des *nudes*, la starlette déchue devenue paria, la cible évidente que l'on vise quand il n'y a rien de plus intéressant à faire...

Il accueillait ses paroles sans savoir quoi lui répondre. Ça tombait bien, elle avait juste besoin qu'on l'écoute.

— Quand je suis à l'école, je ne sais pas d'où les coups vont arriver. Je dois être prête tout le temps à répondre aux attaques. C'est épuisant. Les seuls moments de ma journée où je ne suis pas sur le qui-vive, c'est quand on est ensemble, ici. C'est quand on prend plaisir à apprendre parce que l'on est tous les deux et qu'ensuite on profite juste de l'instant. Après je rentre chez moi, et ça recommence. Je consulte maladivement les réseaux sociaux, je prends mes repas en silence ou presque avec mon père qui n'a aucune idée de ce qu'est ma vie. Je ne lui en veux pas. Il fait de son mieux, il s'intéresse à moi maladroitement, mais il commence trop tard à le faire. Après la mort de ma mère, il a navigué en mode survie pendant des années avant de comprendre qu'il avait une enfant à élever. Il n'a pas les codes. Il pense qu'avoir des bonnes notes, c'est la garantie du bonheur. Il veut mieux pour moi parce qu'il fait un boulot difficile et qu'il sait ce que ça veut dire de gagner sa vie à la dure. Il pense que si je suis autant sur mon téléphone, c'est parce que j'ai une vie sociale épanouie. Il n'imagine pas que c'est ce qui me tue à petit feu. Devant lui, je fais comme si tout allait bien. Je ne veux pas qu'il s'inquiète, qu'il retombe dans l'alcool comme quand j'étais petite, il a assez souffert pour toute une vie. Mais, tu vois, je suis fatiguée de jouer toutes ces comédies.

Dans un geste d'abandon, elle posa sa tête sur les cuisses de Solal et s'allongea sur le canapé, les jambes recroquevillées comme un fœtus. Avec des trésors de précautions, il posa une main sur son front, comme le ferait une maman avec son enfant qui a de la fièvre. De l'autre, il caressa la chevelure aux reflets dorés qui tombait en cascade sur ses jambes.

— Je ne vais nulle part. Je te le promets.

Le temps s'étira doucement, laissant aux deux adolescents le loisir de profiter de la douceur de ce moment face au ciel qui prenait des teintes rosées longtemps avant que le soleil ne se couche. Il admirait également le doux profil de Sterenn, alanguie sur ses cuisses. Elle semblait tellement plus jeune à cet instant, presque petite fille. L'envie de la protéger toute la vie n'avait jamais été si forte. Il aurait voulu crier à la terre entière qu'il tuerait à mains nues quiconque oserait toucher à un seul de ses cheveux ou lui ferait verser une larme. Il se sentait invincible.

— Je vais devoir rentrer, annonça Solal à regret.
— Encore deux minutes, s'il te plaît.

Il devrait courir un peu plus vite pour arriver à l'heure à la maison, peu importe, cela en valait mille fois la peine.

— Tu sais, Solal, j'ai l'impression d'avoir passé mille vies ici.
— Au cimetière ?
— Non, patate. Dans tes bras.

49

APRÈS

L'air blessé, mais les yeux secs, Mélina Taddeo s'assit à côté de son fils allongé sur son lit, le regard perdu vers le plafond. Solal s'était calmé, mais il sentait la colère vibrer encore très fort dans sa poitrine, prête à surgir au moindre mot maladroit. Il se faisait penser au petit héros du livre *Grosse colère* qui libère un gigantesque monstre rouge quand l'émotion le submerge. Il était à deux doigts de mettre sa chambre à sac, faute de pouvoir l'exprimer autrement.

— Tu as raison, Solal. Je te présente mes excuses. Je sais que j'assure mal en ce moment.

En guise de réponse, il soupira bruyamment.

— Le suicide de Sterenn, c'est une déflagration qui touche tout le monde, même les gens qui ne l'ont pas connue, comme moi ou les autres parents d'élèves. Si je pleure tout le temps, c'est parce que cela m'affecte à plusieurs niveaux. Je trouve ça d'une violence inouïe, de savoir qu'une jeune fille de quatorze ans s'est donné la mort. J'ai eu cet âge, je sais qu'on a parfois l'impression que les souffrances que l'on vit n'auront pas de fin, que vivre c'est trop douloureux, que notre vie est fichue. En vieillissant, on se rend compte que tout passe, que les douleurs du passé deviennent supportables, et même, que l'on peut parfois en faire des atouts.

Elle s'arrêta quelques secondes, comme pour souligner l'importance de ce qu'elle venait de dire.

— En tant que mère, j'ai une énorme compassion pour le papa de Sterenn. Je ne le connais pas, mais je n'imagine même pas l'enfer qu'il doit vivre, jour et nuit. Forcément, je m'identifie. Cela pourrait être Célia ou toi, parce que nous, les adultes, nous n'avons pas conscience de ce que vous êtes en train d'expérimenter. On reste à la périphérie de votre quotidien, on ne mesure pas la violence des réseaux sociaux, parce que l'on a grandi sans eux. On veut toujours relativiser, on pense que vous êtes assez forts pour comprendre que ce n'est qu'une période, mais on oublie qu'avant ça il faut la traverser, quoi qu'il en coûte.

Elle fit une nouvelle pause, semblant hésiter à continuer.

— En ce qui me concerne, ce suicide vient réveiller toute une époque de mon adolescence. Je ne voulais pas t'en parler pour ne pas t'encombrer avec ça, mais en voulant te préserver je crois que j'ai empiré les choses.

Les mots de sa mère faisaient redescendre doucement la fureur. Enfin, elle lui parlait au lieu de se cacher derrière son masque figé et ses pâtisseries dégoulinantes. Solal posa une main sur la sienne, qu'elle enlaça tendrement avant de s'allonger à côté de lui.

— Quand j'étais en terminale à Paris, je faisais partie d'une grande bande de copains hyper soudés. Dans ce groupe, nous étions un merveilleux mélange de tout ce qui composait le XXe arrondissement de l'époque, avec des origines et des religions variées. Français plus blancs que blancs, Algériens, Tunisiens, Libanais, Vietnamiens, Sénégalais, Polonais, catholiques, juifs séfarades et ashkénazes, musulmans, athées… Cela nous importait peu, c'était joyeux comme tu ne peux pas imaginer ! On passait notre temps libre dans le parc à côté du lycée. On révisait parfois, on s'amusait tout le temps. L'un de mes amis s'appelait Farid, c'était le gai luron de la bande. Il inventait toujours des histoires incroyables et les contait avec un sens du comique inégalé. Il aurait pu faire une carrière dans le stand-up tant ses répliques faisaient mouche. Il voyait nos défauts et nous les servait à toutes les sauces, douces ou piquantes. Il faisait le ciment de cette bande hétéroclite. J'ai ri avec lui comme je n'ai plus jamais ri avec personne ensuite. Farid était sorti avec Judith, la plus jolie fille de la bande. C'était l'amour fou comme on peut le vivre à cet âge-là. Ils s'étaient séparés quelques mois avant. La famille de Farid voyait d'un mauvais œil qu'il fréquente une catholique alors qu'il était musulman et je crois que c'était réciproque pour celle de Judith. Nous, on s'en fichait bien de nos religions, mais ça avait fini par créer tant de tensions entre eux que la rupture était inévitable. Pourtant, ça crevait les yeux qu'ils s'aimaient encore. On avait bien remarqué que Farid avait moins le moral, mais personne n'avait compris à quel point il était mal. Il donnait le change en nous répondant par une pirouette quand on lui demandait comment ça allait et il se remettait à enchaîner vanne sur vanne. Une nuit de janvier, il s'est suicidé. Une balle dans la tête. Chacun de nous a été aspiré par un trou noir.

Solal sentit ce vide s'ouvrir face à lui et pressa plus fort la main de sa mère. Elle avala sa salive avec peine et continua.

— Comme mon lycée était loin de la banlieue où j'habitais, tes grands-parents ne connaissaient pas la bande. J'avais mon jardin secret que je protégeais. Quand Mamicha a appris que mon ami, qu'elle n'avait jamais rencontré, s'était suicidé, elle a été bouleversée. Elle a pleuré durant des jours dès qu'elle posait les yeux sur moi. C'était insupportable, j'avais l'impression qu'elle se mettait au centre d'une histoire qui n'était pas la sienne et que je n'avais pas de place pour vivre mon deuil comme je le voulais. Je l'ai plus consolée qu'elle ne l'a fait pour moi. La mort de Sterenn a ravivé les plaies que je croyais pansées depuis longtemps. La peine que j'ai eue pour Farid a ressurgi sans crier gare. Quand j'ai constaté que j'étais aussi remuée, j'ai voulu t'épargner, être discrète, pour te laisser vivre ton histoire à toi. J'ai complètement raté mon coup.

— C'est pas grave, je comprends mieux maintenant.

— Après avoir vécu ce drame à hauteur d'enfant, je l'explore avec toi du côté des parents. Cela m'a permis de comprendre la Mamicha de l'époque. La mort de Farid avait fait remonter chez elle une peine enfouie depuis longtemps. Quand j'étais petite, une collègue de Mamicha qui partageait son bureau s'était suicidée. Je n'avais jamais fait le rapprochement avec son désarroi que je jugeais excessif. Maintenant, je vois tout ça. Comme si du zoom de mon histoire personnelle, je parvenais à décentrer et à passer à un cadre grand angle qui inclut l'entourage. C'est ironique comme la vie peut servir le même plat plusieurs fois, juste avec un assaisonnement différent.

La colère qui habitait Solal avait disparu au fur et à mesure de la conversation. L'énorme monstre rouge s'était éclipsé sur la pointe des pieds. Il n'en voulait plus à sa mère, il regrettait d'avoir été horrible avec elle juste avant. Il appréciait le fait qu'elle lui parle sans édulcorer les choses.

Elle le reconnaissait ainsi comme un « presque » adulte. Fort de ce constat, il se permit de lui demander :

— Est-ce que vous avez su pourquoi il s'était suicidé ?

— Non, il n'a pas laissé de lettre et ça a sûrement été le plus difficile à vivre. On se sentait tous coupables de quelque chose. Nous, ses amis de ne rien avoir vu, Judith plus que tous les autres, d'être la cause potentielle de son malheur. Le plus affreux, c'était bien évidemment pour ses parents. Le jour de l'enterrement, la mère de Farid m'a confié en larmes qu'elle aurait préféré une musulmane pour son fils, mais que ce qui comptait avant tout, c'était que son fils soit heureux. Le voyant aussi mal, elle lui avait dit quelques jours avant de renouer avec Judith. Il lui avait répondu qu'il aurait eu l'impression de trahir sa religion et que son amour passerait avec le temps. Son père, quant à lui, nous a dit qu'il s'en voudrait toute sa vie d'avoir introduit une arme sous son toit. J'aimerais pouvoir t'assurer qu'il y a une bonne manière de traverser ce que tu vis pour en faire une force pour plus tard, ou t'expliquer que cela a un sens. Solal, j'en suis incapable. Un suicide dans son entourage, c'est une douleur intolérable accompagnée d'une culpabilité qui s'insinue partout. Tu vas vivre ça à ta manière, et ça reviendra peut-être parfois te hanter. Si tu as besoin d'une épaule pour pleurer, on sera là, ton père et moi.

Les mots de sa mère avaient apaisé son cœur, il se sentait allégé de plusieurs tonnes. Avec un sourire empreint de reconnaissance, Solal conclut cette discussion avec douceur :

— Maman, tu peux arrêter de nous gaver de nourriture, maintenant.

50

AVANT

Depuis une bonne demi-heure, Solal répondait aux questions de Sterenn sur sa famille. Sa curiosité ne semblait pouvoir être assouvie, comme si elle étudiait une matière qui la passionnait.

— Et chaque été, vous partez à Groix avec tes grands-parents, puis dans le Béarn chez ton autre grand-mère ?

— Oui, depuis toujours, c'est immuable. Je ne serais pas contre un peu de changement, mais bon, je fais avec !

— Tu rigoles, ça a l'air génial. Tu as trois grands-parents et tes deux parents encore vivants. Moi, il ne me reste plus que mon père, on a vite fait le tour !

— Tu as quand même ta tante, non ?

— Et des oncles aussi, mais on se voit juste à Noël. On ne part pas en vacances ensemble, on n'organise rien de spécial. Même ma tante, avec qui j'ai passé une bonne partie de mon enfance, a fini par s'éloigner. J'ai l'impression que ça lui rappelle trop la mort de ma mère quand elle me voit.

Solal essayait d'imaginer une vie sans sa famille. Impossible. Il avait beau avoir du mal à les supporter au quotidien, il les aimait du fond de son cœur et appréciait passer du temps avec eux.

Ses parents lui disaient qu'avec l'adolescence ça changerait et qu'il aurait envie de faire sa vie loin d'eux, que c'était la logique des choses. Il en concluait donc qu'il n'était pas encore un ado.

— Et ta sœur, tu t'entends bien avec elle ?

— Célia ? C'est un vrai pot de colle, mais comme je l'ignore elle finit par me lâcher.

— Elle a l'air chouette, elles me font marrer quand je les croise dans les couloirs avec sa copine ! Deux vraies pipelettes !

Il nota que Sterenn se souciait bien plus des autres collégiens que ce qu'il pensait.

— *Chouette*, faut le dire vite parce que c'est une balance de première, elle cafte tout !

— Tu as de la chance d'avoir tout ce monde autour de toi. J'aimerais bien avoir des grands-parents chez qui partir en vacances ou même une sœur avec qui me chamailler. Des gens qui pensent à moi.

Solal était biberonné à cette affection depuis toujours, il n'envisageait pas que ce n'était pas pareil partout. Il aurait aimé partager sa famille avec Sterenn, mais il se rendait compte que cela n'était pas si simple.

— Je pourrais peut-être demander que tu viennes à Groix avec nous l'été prochain ?

— T'es mignon, mais ça m'étonnerait que tes parents soient d'accord.

— Arthur est déjà venu, je ne vois pas pourquoi ça ne serait pas possible.

— Oui, on verra, à ce moment-là.

Le ton de la jeune fille laissait penser qu'elle ne l'envisageait pas. En vérité, Solal non plus n'y croyait pas vraiment. Il avait du mal à s'imaginer expliquer à ses parents qu'il avait invité une fille, dont il ne leur avait jamais parlé, à partir en vacances avec eux tous. La fin de l'année était lointaine, les choses pouvaient changer. Comme avait dit Sterenn juste avant : « On verra. »

51

APRÈS

Solal était arrivé à la maison après sa sœur. Quibert avait gardé la classe de 3ᵉ 1 de longues minutes après la sonnerie pour terminer son cours comme si de rien n'était. Ceux qui habitaient plus loin l'avaient suppliée de les laisser sortir au risque de louper le car scolaire, mais ça n'était pas son problème. Elle irait certainement en enfer pour ça. Heureusement, elle avait fini par relâcher ses otages.

Célia était en train de prendre son goûter sur le canapé du salon.

— Les parents vont t'engueuler s'ils apprennent que tu prends ton goûter sur leur précieux canapé, fit remarquer Solal.

— Bonjour quand même, hein ! Si tu ne leur dis pas, ils ne le sauront pas.

— Si tu laisses des miettes partout, ils vont nous disputer tous les deux.

— Oh, détends-toi, il n'y a rien de grave.

Elle avait raison, il était énervé par Quibert, par la vie au collège en général, par tous les autres.

— Tu as du courrier, je te l'ai mis sur ton lit.

Il ne recevait pas de courrier à part à son anniversaire et c'était dans trois mois. Cela piqua sa curiosité et il fonça à l'étage. Sur son lit, une belle enveloppe en papier nervurée l'attendait. Il reconnut instantanément l'écriture penchée de Mamicha. À l'intérieur, se trouvait une carte postale représentant la constellation d'Orion et sa forme de sablier ainsi que les trois étoiles de sa ceinture si remarquable. Au dos, ce doux message de sa grand-mère :

« *Mon loupiot, j'ai vu cette carte et j'ai pensé à toi et à nos observations estivales dans le jardin. Je sais que les dernières semaines ont été bien tristes. Dans le ciel brille une nouvelle étoile. Et dans la vie, comme dans le ciel, c'est quand l'obscurité se fait profonde que l'on parvient à déceler les étoiles les plus discrètes. Je t'aime, je te retrouve bien vite pour Noël. Mamicha.* »

52

AVANT

C'était Solal qui avait proposé de noter une visite à Groix sur leur liste des choses à faire ensemble. Il avait pour cette île une affection particulière car il y passait de nombreux week-ends et vacances depuis sa plus tendre enfance, dans la maison de ses grands-parents paternels. Elle se situait à seulement dix kilomètres à vol d'oiseau de chez lui, mais le simple fait de s'y rendre en ferry lui donnait l'impression de partir à l'autre bout du monde. Ce lieu avait un goût d'aventure tout en restant familier. Il lui suffisait d'entendre la sirène du bateau, de poser le pied à Port Tudy et de découvrir les façades colorées pour qu'il se sente à la maison. Chaque élément du décor venait convoquer un souvenir, heureux, la plupart du temps. Il avait commandé sa toute première glace à trois boules au glacier du port, il était tombé sur ce rocher du chemin côtier et en avait gardé la cicatrice sur le poignet, il s'était baigné sur la plage des Grands Sables sous la pluie, il avait sauté avec ses cousins depuis la jetée de Port Lay, il s'était rendu malade à dévorer sans modération les mûres sauvages qui bordaient les routes… Comme chez Mamicha, il avait l'impression que ce lieu le protégeait. Partout où se posait son regard, se racontait son histoire. Chaque fois qu'il quittait l'île, c'était comme un petit déchirement tant il se sentait en osmose avec le rythme groisillon.

Emmener Sterenn à Groix, c'était lui ouvrir en grand une porte sur sa vie et créer de nouveaux souvenirs avec elle. C'était partager ce qui faisait battre un peu plus vite son cœur et qui lui apportait tant de moments de joie. Il avait en effet constaté que sa candeur positive déteignait sur la demoiselle. Devant elle, il osait s'extasier sur un coucher de soleil, sur une coccinelle qui se posait sur son cahier ou sur une pièce de cinq centimes trouvée par terre, comme il le faisait avec son trio d'amis en primaire. Il n'avait jamais perdu cette capacité à s'émerveiller des petits riens que sa famille lui avait appris à cultiver. La jeune fille, malgré son apparente spontanéité, ne se le permettait pas avant lui. Quand ils étaient ensemble, elle osait pousser des cris d'exclamation devant un beau voilier qui arrivait au port ou admirer la couleur or des feuilles à l'approche de l'automne. Constater cela lui procurait une grande satisfaction.

Ils avaient soigneusement préparé leur escapade. Sterenn avait regardé les horaires de bateau sur Internet et acheté des boissons et des gâteaux. Solal avait vérifié que ses grands-parents n'allaient pas à Groix ce week-end-là pour que la maison soit libre et avait confectionné des sandwichs jambon-beurre salé-cornichon, parce que le cornichon était pour lui ce qui séparait un bon sandwich d'un excellent sandwich. Chacun avait trouvé une excuse plausible. Solal avait dit qu'il partait suivre Arthur qui participait à une compétition de rugby dans le département voisin, Sterenn avait annoncé à son père qu'elle passait la journée chez Émilie.

Ce qu'ils n'avaient pas prévu, c'est qu'après ces semaines radieuses ce deuxième week-end d'octobre se déroulerait sous une pluie battante.

Ils se retrouvèrent au guichet de la gare maritime, aussi excités et intimidés que s'ils avaient séchés les cours.

— Bonjour, Madame, je voudrais deux allers-retours moins de dix-huit ans pour Groix, s'il vous plaît, par le bateau de 9 h 45, retour à 17 h 45.

— Quels sont ton nom et ton prénom ?

— Bila, ça s'écrit B.I.L.A, Rose, comme la fleur.

Solal ouvrit des yeux grands comme des soucoupes : mais qu'est-ce qu'elle racontait ?

— Et le prénom de ton petit frère ?

Forcément, Sterenn faisait plus que ses quatorze ans, et Solal moins que ses treize ans. Si l'on y prenait garde, ils se ressemblaient un peu, avec leur peau pâle, leurs cheveux cendrés et leurs yeux délavés. Il y avait effectivement un air fraternel.

— Il s'appelle Martin.
— Merci, ça fera trente-huit euros. Bon voyage, les enfants !

Sterenn paya avec l'argent qu'ils avaient économisé pour le voyage et les deux adolescents se dirigèrent vers l'embarquement.

— C'était quoi, ton délire, pourquoi tu as donné des faux noms ?
— Je te signale que nous sommes tous les deux supposés être ailleurs et j'ai toujours rêvé de donner une fausse identité. Rose Bila, c'est le nom que je donnais à ma Barbie quand j'étais petite. Il est sorti spontanément !
— Super, si le bateau coule, personne ne saura qu'on était à bord. Bravo, championne !
— J'espère que tu es bon nageur, alors ! Et d'abord, tu vas te calmer Martin, on ne parle pas comme ça à sa grande sœur !
— Dis donc, Rose, un jour, je serai plus grand que toi et tu feras moins la maligne.
— C'est ça, mec, un jour ! C'est pas des sandwichs que tu aurais dû apporter, c'est de la soupe.
— Tu es folle, y a des légumes dedans !
— Bon, ça suffit, tu te calmes ou alors je le dis aux parents.

L'espace d'un instant ils eurent le sentiment palpable d'appartenir à la même famille. Heureuse et unie.

Ils embarquèrent bras dessus, bras dessous, ivres de rire et de complicité, prêts à profiter d'une parenthèse suspendue loin du monde.

53

APRÈS

Les journées étaient raccourcies à leur maximum. À l'approche du solstice d'hiver, la nuit arrivait bien trop tôt et les réveils se faisaient dans un noir absolu. Solal n'avait jamais trop aimé l'hiver. Dans son coin de Bretagne, pas de températures extrêmes, mais du vent, une humidité qui s'insinue partout et des pluies froides qui vous gèlent jusqu'à l'os pour toute la journée. Cette année plus que les autres, partir chaque matin dans l'obscurité glacée lui demandait des efforts considérables.

Le rythme de l'école lui permettait de se mettre en mode pilote automatique et de penser le moins possible. La routine le cadrait. Il quittait la maison chaque matin à la même heure en compagnie de Célia. Faire le chemin avec elle qui avait toujours une histoire avec moult détails à raconter le faisait paraître moins long. Il suivait les cours avec Titouan, Youna et Lison en essayant de se concentrer au maximum sur ce que racontait le professeur pour avoir le moins de devoirs à faire en rentrant. Il déjeunait à la cantine avec Arthur, Jules et Louis, indéboulonnables comme toujours. Il allait à son cours d'athlé le mercredi, il faisait ses devoirs avec application, il bouquinait avec Célia quand le travail était terminé, il enchaînait les bonnes notes et les points verts pour le contrôle continu du brevet. Il n'avait cependant pas d'autre choix de constater que ses journées lui paraissaient infiniment longues. Les heures passées au cimetière en compagnie de Sterenn laissaient un vide qu'il ne parvenait pas à remplir. Il se demandait comment il avait rempli ses journées avant leurs séances de travail. Il se baladait et jouait avec Arthur, Jules et Louis, mais cette année, pour toutes les raisons qu'ils connaissaient, il s'était éloigné d'eux. Arthur se consacrait au rugby, Jules et Louis traînaient avec d'autres garçons de leur classe. Solal n'avait pas l'énergie pour s'intégrer à un nouveau groupe, même s'il y aurait sûrement été le bienvenu.

Ce dernier point mis à part, il présentait tous les signes de l'élève de troisième parfaitement équilibré.

Tant qu'il était occupé, il parvenait à éviter les idées noires et visqueuses qui tournaient en boucle. Dès qu'il se posait, la culpabilité, la colère, la peine, la honte, l'impuissance, la rage, la douleur s'immisçaient à tour de rôle dans chacune de ses pensées. C'était épuisant, surtout le soir.

Ce qui l'apaisait le mieux, c'étaient les jeux vidéo. Dès qu'il allumait la console, il était projeté dans un autre univers. Un monde où il avait le contrôle, où il sauvait les princesses Zelda et Peach, où il avait le droit à l'erreur. Il pouvait mourir et ressusciter la seconde suivante.

Pour éviter les moments difficiles en tête à tête avec lui-même, il cachait chaque soir sa console sous son oreiller pour l'utiliser à sa guise une fois couché. Quelques minutes après le dernier baiser parental, il se glissait tranquillement dans ces mondes oniriques où rien n'était vraiment grave et où il évoluait sans se poser de questions jusqu'à ce que le sommeil vienne le cueillir. Il mettait les pensées envahissantes en mode OFF et retrouvait une certaine joie de vivre, même si c'était hors de la vraie vie.

Un dimanche matin, Antoine Taddeo vint réveiller son fils pour aller courir, comme ils en avaient convenu la veille. Il le trouva endormi profondément, la console serrée entre ses deux mains. Attrapé en flagrant délit, il ne put nier.

— Ça fait combien de temps que ça dure ?

Son père n'était pas en colère. Il était déçu, c'était pire. Solal aurait préféré se faire crier dessus plutôt que d'affronter son regard dépité.

— Je ne sais pas.
— Évidemment que tu le sais ! Je peux aller vérifier en regardant ton temps d'écran, alors dis-moi !
— Deux semaines.

— Enfin Solal, ça n'est pas possible ! Tu te réveilles chaque matin plus épuisé que la veille ! Ta mère et moi étions inquiets pour toi, nous avions même pris rendez-vous chez le médecin parce qu'on ne t'a jamais vu aussi exténué. Et je découvre que c'est parce que tu passes tes nuits à jouer aux jeux vidéo ? Qu'est-ce qui te passe par la tête, enfin ?

Rien. Justement quand il jouait, rien ne lui passait par la tête. C'est ça qui était bien.

— Tu n'arrives plus à t'endormir, à nouveau ? Tu veux qu'on en parle ?

Solal ne voulait pas mettre un pied sur ce terrain. Il avait tout sauf envie de remuer ses sentiments et ses pensées noires. Il savait que ses parents ne le lâcheraient pas s'il émettait le moindre commentaire sur sa santé mentale.

— Non, j'ai envie de jouer, c'est tout. Et ça va, je ne suis plus un gamin, tous mes potes jouent autant qu'ils veulent.

— Plus un gamin ? Quand tu agis comme ça, si, justement ! Comment veux-tu qu'on te fasse confiance ? On a un accord pour les écrans, tu as un temps de jeu précis. On peut le réévaluer, mais tu en parles, tu ne fais pas les choses dans notre dos. Et tu n'es peut-être plus un gamin, mais tu es en pleine croissance, tu as besoin de sommeil !

Alors que Solal avait passé les dernières années à espérer grandir vite pour être à sa hauteur, il se rendit compte à cet instant que cela n'avait plus aucune importance. À quoi bon grandir puisque, pour Sterenn, il resterait toujours un Minion, un petit garçon.

54

AVANT

L'arrivée à Groix sous la pluie était moins spectaculaire que sous le soleil estival. Solal était contrarié. Il avait vanté les mérites de l'île et sa beauté avec tant de conviction qu'il craignait que son amie soit déçue, ou, plus grave pour son amour propre, qu'elle le prenne pour un menteur. Il était si frustré qu'il avait envie de taper du pied tel un petit garçon à qui on ne donne pas le jouet qu'il convoite. Il osait à peine regarder le visage de Sterenn de peur d'y lire une expression qui le blesserait.

Les mains accrochées au bastingage, la jeune fille semblait perdue dans la contemplation.

D'une voix étouffée, elle chuchota :

— Je crois que je n'avais jamais mis les pieds sur une île avant. On dirait un autre monde, c'est beau...

Comme par enchantement, la pression qui pesait sur son torse disparut. Il se sentit chez lui et sut instinctivement ce qu'il avait à faire. Avec une douceur extrême, il lui prit la main pour débarquer. Surprise, elle le laissa faire.

Ils remontèrent l'embarcadère dans un silence presque religieux. Des papillons plein le ventre, il se sentit aussi fort que Théo. Il la conduisit vers la droite du port, jusqu'à l'escalier en pierre qui menait vers la plage la plus proche quand on arrivait en ferry sur l'île. Devant les marches, il lui lâcha la main à regret, espérant oser la reprendre à nouveau.

Après la raide montée qui les laissa essoufflés, ils redescendirent rapidement sur la plage et s'assirent sur le sable mouillé. Ils restèrent immobiles de longues minutes, épaule contre épaule, à contempler les vagues grises et argentées, sans mot dire. Le bruit des gouttes de pluie sur la capuche de leur ciré rythmait ce moment mieux que n'importe quelle bande-son musicale. Le silence entre deux adolescents est une denrée rare. Il indiquait, à ce moment-là, la plénitude ressentie à être ensemble, tout simplement. Solal ferma les yeux quelques secondes, pour mieux capturer les sensations qui l'habitaient.

Après ce doux instant, presque teinté de mélancolie, les deux adolescents quittèrent la plage pour retrouver le chemin côtier en direction de la maison de ses grands-parents. Ils passèrent par Port Lay, qui abritait une petite plage où Solal venait l'été.

— Tu vois, c'est là que je viens sauter chaque jour depuis la jetée à marée haute.

— Moi, je ne réussirais jamais à faire ça, ça me fait trop peur, j'ai le vertige.

— Une fois, j'ai vu une funambule qui avait tendu un fil entre les jetées et qui marchait dessus. On aurait dit qu'elle avançait dans le ciel. Je regrette de ne pas lui avoir demandé si je pouvais essayer.

— Ça fait un truc à ajouter à ta liste des choses à faire !

— À condition que tu les fasses aussi, tu connais la règle !

— Hum, finalement, ça n'est pas une si bonne idée… Moi, je vais me contenter d'acheter la belle maison juste là pour te regarder plonger depuis ma terrasse, ça sera plus prudent. Allez, viens, mon Minion, on continue !

Elle lui attrapa la main dans un geste évident pour qu'ils quittent la plage. L'émotion fit transpirer les mains du garçon qui tenta de les retirer dans un réflexe de honte. Elle resserra son étreinte avec un peu plus de force pour lui signifier de ne pas la quitter.

55

APRÈS

Les vacances scolaires arrivèrent enfin. La période entre la mort de Sterenn et Noël avait paru interminable à Solal. Il souffla de soulagement en quittant le collège pour deux semaines. Il redoutait tout de même le rythme différent et plus lent des vacances qui risquait de lui laisser plus de temps pour cogiter.

Chaque soir, ses parents vérifiaient que les écrans étaient bien rangés à leur place dans le salon. Impossible pour Solal de les récupérer et de dériver son attention la nuit. Les pensées l'assaillaient par vagues, provoquant un malaise de plus en plus profond. La première nuit sans le soutien psychologique de la console fut presque blanche. Lors du petit déjeuner le lendemain, il demanda à Célia si elle avait envie qu'ils dorment dans la même chambre jusqu'à la fin des vacances, comme quand ils étaient petits et qu'ils fabriquaient des cabanes multicolores avec toutes les couvertures de la maison. Celle-ci ne réfléchit pas longtemps, mais posa ses conditions : dans sa chambre à elle, et il dormirait sur un matelas au sol, elle ne voulait pas sacrifier le confort de son lit douillet. Il accepta, trop heureux de la perspective de ne pas se retrouver seul face à ses démons.

Le soir venu, après une balade sur la plage sous un vent glacé et un plateau-repas devant *Paddington* – le film préféré de Célia –, la fratrie Taddeo alla se coucher sans râler.

Il y avait plusieurs mois maintenant que Solal et Célia s'entendaient particulièrement bien. Leur dernière dispute remontait à plusieurs semaines. Solal savait que ça venait beaucoup de lui et il appréciait de plus en plus la compagnie de sa sœur. Quelque chose en lui avait aussi envie de la protéger. Bientôt, elle grandirait, des garçons lui tourneraient autour, elle tomberait amoureuse, elle enverrait peut-être des photos d'elle dénudée… Comment savoir ? Il avait peur pour elle. La crainte qu'elle ne devienne une nouvelle Sterenn le pétrifiait. Il n'avait pas su protéger son amie, il ne commettrait pas la même erreur avec sa sœur. Seulement, il n'avait aucune idée de comment faire.

Ils discutaient joyeusement, pas trop fort pour ne pas faire râler les parents et les laisser penser qu'ils s'endormaient comme de bons chérubins, avant minuit. Solal adorait ces papotages nocturnes avec sa sœur – cela lui avait manqué. Célia était sûrement la personne qui le connaissait le mieux. Depuis sa naissance, elle avait eu le temps de faire l'inventaire de ses qualités et de ses défauts. Elle savait exactement où appuyer pour le mettre en rage, et c'était réciproque. Ils avaient une conscience aiguë de leur amour l'un pour l'autre depuis la plus tendre enfance. Quand ils avaient respectivement quatre et trois ans, alors que Solal avait coupé une toute petite mèche de ses cheveux courts, Célia avait fait la même chose, se délestant ainsi de l'une de ses magnifiques boucles auburn, pour faire comme son aîné. Leur mère avait été furieuse. Elle avait sorti l'argument massue :

— Et si ton frère saute d'un pont, tu sautes aussi ?

Ce à quoi Célia avait répondu le plus tranquillement du monde :

— Du pont du Bonhomme ? Bien sûr !

Ce fameux pont se trouvait à quelques kilomètres de chez eux et, à chaque fois qu'ils roulaient dessus en voiture, les parents les taquinaient sans jamais se lasser :

— Alors, vous sautez aujourd'hui ?

Ils avaient beau se taper sur les nerfs mieux que personne, l'ambiance entre eux était fraternelle. À ce moment-là, Solal, s'il s'était posé la question, aurait affirmé que sa sœur était également sa meilleure amie.

Après avoir établi des pronostics sur leurs cadeaux de Noël, la discussion dériva sur la vie au collège, les professeurs qu'ils aimaient bien, leurs camarades. À tâtons, Célia posa une question qui semblait la turlupiner.

— Et Arthur, on ne le voit plus trop ces derniers temps. Vous êtes toujours aussi copains ?

— On a du mal à se voir. On se croise souvent le midi, mais il fait beaucoup de rugby. Entre les entraînements et les matchs, il a peu de temps libre.

— Tu n'as qu'à faire du rugby !

— Avec mon gabarit, tu rigoles, je tiens à la vie ! renchérit-il.

— En tout cas, il est différent d'avant.

— Non, je ne trouve pas.

— D'habitude, il me fait des blagues comme si j'étais sa petite sœur. Là, il est plutôt du genre silencieux. Je le trouve assez triste, notre Arthur. Tu n'as pas remarqué ?

Cette phrase lui fit l'effet d'un poignard dans le cœur. Il était incapable de dire quoi que ce soit. Il savait pertinemment qu'il n'était pas complètement présent quand il était avec Arthur. Une moitié de lui était occupée à survivre pendant que l'autre faisait semblant que tout allait bien. Il n'avait aucune idée de comment allait Arthur et s'il prenait deux secondes pour réunir les souvenirs des dernières semaines, il était d'accord avec sa sœur. Arthur semblait ne pas aller bien. À la cantine, c'étaient plutôt Jules et Louis qui faisaient l'animation, il ne lui proposait plus de passer jouer chez lui, il avait même l'air d'avoir perdu du poids.

— Non, je t'assure qu'il est en forme, tout va bien ! mentit-il honteusement.

Célia changea de sujet brusquement. Son cerveau faisait parfois des liens que personne ne comprenait et il n'était pas rare qu'elle passe du coq à l'âne. D'une voix blanche, elle murmura :

— Dis, Solal, est-ce que tu penses souvent à elle ?

Il savait très bien de qui elle parlait.

Cueilli par la question, il ne sut que répondre. Il ressentit des picotements dans la gorge et fit des efforts surhumains pour ne pas éclater en sanglots. Cependant, sa sœur ne semblait pas vraiment attendre de réponse, elle délia le fil de sa pensée.

— Parce que moi, je pense à elle, tous les jours. C'est bête, je ne la connaissais pas bien du tout, mais elle faisait quand même partie de ma vie, tu vois ? Chaque cours d'anglais, j'ouvre mon manuel qui était le sien il y a deux ans et je tombe sur son nom à l'intérieur de la couverture : Rama Sterenn, 5e4. Et j'ai l'impression qu'elle me dit : « S'il vous plaît, ne m'oubliez pas. »

Il aurait pu tout lui confier. Lui dire pour les rendez-vous au cimetière, pour le samedi à Groix, pour cette amitié si forte, pour leurs conversations, pour sa détresse tellement immense qu'il avait peur de ne jamais aller mieux.

Il n'en fit rien.

Dans le noir de la chambre de sa sœur où brillaient seulement les étoiles phosphorescentes en plastique collées au plafond, il laissa les larmes couler sur ses joues et inonder son oreiller.

56

AVANT

La pluie redoubla au moment où ils arrivèrent devant la maison familiale. En farfouillant dans le tas de bois, Solal trouva la clé cachée pour les situations d'urgence – c'est-à-dire, à peu près tous les jours à chaque fois que quelqu'un voulait rentrer avant les autres et avait oublié l'unique clé qu'ils se partageaient. Cela aurait été plus simple de faire un double pour chacun, mais cela ajoutait une ambiance particulière à leurs vacances.

Au moment de glisser la clé dans le barillet, Solal eut une hésitation. Il ne se sentit pas très à l'aise à l'idée de venir ici dans le dos de ses grands-parents. Mentir ne lui posait pas vraiment de problème, surtout si c'était par omission, mais là, c'était un autre niveau. Sterenn comprit que quelque chose le tracassait.

— Ça ne va pas ?

— Je ne sais pas, je crois que je culpabilise de venir ici comme un voleur.

— Tu veux dire, entrer dans un lieu où tu n'es pas supposé être sans le dire aux propriétaires ?

— Oui.

— Tu veux dire : littéralement ce que l'on fait tous les soirs après le collège en allant au cimetière, et qui ne te pose aucun souci de conscience ?

— Pas faux.

— On peut aussi faire demi-tour si vraiment tu te sens si mal et que tu as envie de continuer à affronter ÇA.

Elle désigna la pluie qui tombait à l'horizontal. Devant l'air hésitant de son ami, elle embraya :

— Je crois que c'est le moment de partager l'une de mes devises : « Rien n'est interdit tant que personne n'est au courant. »

— C'est de quel auteur ?

— De moi, patate ! Ne va pas le mettre dans un devoir de français ! Et si tu te fais attraper, tu cours et tu pries sainte Rita qu'elle te vienne en aide !

— Depuis le changement d'identité de ce matin, je me sens déjà dans la peau d'un fugitif. Je crois que nous sommes condamnés à une vie de fuite et de clandestinité, Rose.

— Tout à fait, Martin, cela fait de nous les Bonnie and Clyde bretons. C'est les parents qui vont être fiers de nous !

Rassuré par le ton léger de son amie, Solal ouvrit la porte.

Et puis que risquait-il ? Simplement que ses grands-parents le découvrent. Cela valait bien tous les souvenirs qu'il était en train de confectionner.

Ils pénétrèrent dans la maison, trempés comme des soupes et imbibés jusqu'à leurs sous-vêtements. Ils accrochèrent leurs cirés dégoulinants dans l'entrée puis, dos à dos pour ne pas s'observer, ils ôtèrent leurs vêtements mouillés pour s'enrouler nus dans les douillettes couvertures polaires qui attendaient sur le canapé.

— Regarde, je suis prête pour la plage ! s'esclaffa Sterenn en lui faisant admirer son look. Elle avait réussi à croiser la couverture sur sa poitrine en la nouant derrière son cou, comme un paréo.

— Personnellement, j'ai plutôt l'air d'un empereur romain, répondit-il en constatant avec dépit qu'il avait laissé son flanc gauche à l'air libre.

— Attends, je vais t'aider.

En quelques gestes sûrs, elle arrangea l'accoutrement de Solal pour le rendre plus présentable.

— Là, c'est mieux, conclut-elle en lui tapant sur l'épaule avec contentement.

Ça lui semblait à la fois étrange et naturel d'être dans le plus simple appareil, un plaid en guise de toge romaine, à quelques centimètres d'elle. Il n'y avait pas de gêne ou d'ambiguïté. Il se sentait attiré par Sterenn presque douloureusement, mais il ne ferait pas un geste dans ce sens. Il trouvait ça terriblement grisant et ne se souvenait pas avoir jamais été aussi heureux qu'en cet instant.

En bon habitué des lieux, il démarra un feu dans le poêle noir et déplaça l'étendoir à vêtements juste devant pour sécher leur linge.

Les deux adolescents s'installèrent dans le canapé, face à la baie vitrée avec vue sur le jardin dont la pelouse était encore verte, revigorée par la pluie, et entamèrent leur pique-nique.

Il pleuvait à seaux, c'était encore plus douillet.

— Tu ne trouves pas que l'on n'est jamais aussi bien que lorsque la tempête fait rage dehors et que l'on est abrité, sain et sauf, à l'intérieur ? questionna Solal.

— Si, je me suis rarement sentie aussi en sécurité que maintenant.

— Alors que tu es en compagnie d'un dangereux criminel, je te le rappelle.

Sterenn sourit d'un air las.

— Parfois je me demande comment c'est possible d'être aussi seule alors qu'il y a sept milliards d'êtres humains sur Terre. Mais quand je suis avec toi, je me rends compte à quel point la vie peut être facile. Tu me donnes l'impression que je porte des lunettes roses, je n'ai pas besoin d'être sur mes gardes, je ne vois plus le monde pareil.

— Pourquoi cela te rend triste ?

— Je ne sais pas. Peut-être, parce que cette impression s'efface quand on se sépare et que je me sens encore plus seule que quand tu ne faisais pas partie de ma vie.

— Je suis désolé.

— Surtout pas, andouillette ! Tu me fais du bien, et c'est ça le plus important.

Pour ne pas se laisser submerger par l'émotion, Solal décida de faire preuve d'humour.

— En revanche, il faudrait que tu te fixes sur un surnom : patate ou andouillette, sinon je risque d'avoir des troubles de la personnalité !

— Je refuse de choisir. Tu es ma patate, mon andouillette, mon Minion. Un point, c'est tout.

57

APRÈS

Une fois encore, le réveil fut inconfortable. Célia et lui s'étaient endormis tard, discutant jusqu'à tomber de sommeil.

Son état ressemblait en tout point à ce que ses parents évoquaient quand ils décrivaient la gueule de bois : mal de tête, bouche pâteuse, courbatures, crainte de la lumière du soleil... Il lui semblait qu'il avait rêvé de Sterenn cette nuit, mais il n'en était pas vraiment certain. Solal se demandait combien de temps le deuil avait ce goût de cendre et de désolation. Est-ce que cela s'apaiserait à un moment ou est-ce que tous les matins de sa vie auraient cette saveur âcre ? La simple idée de l'oublier ou que son souvenir puisse s'estomper lui était insupportable. Il préférait porter le fardeau de cette mémoire, quel qu'en soit le poids. Pour un garçon de treize ans et trente-quatre kilos, c'était bien trop lourd, il s'en rendait également compte.

Il était presque 11 heures et la cuisine était déserte. Seul un mot sur la table lui indiquait où se trouvaient les autres membres de la famille. Sa mère et sa sœur étaient parties courir malgré la bruine et la brume hivernales. Son père était au marché. La note était signée par tout le monde à grand renfort de cœurs dessinés en guise de baisers. Tout cet amour au feutre lui fit du bien. Il se sentait soutenu. Il avait toujours reçu beaucoup d'amour. Est-ce que Sterenn avait manqué de ce sentiment si nourrissant, si apaisant ? Si elle avait compris à quel point il l'aimait, lui, cela aurait peut-être tout changé. Peut-être le savait-elle, même s'il ne lui avait pas dit ?

Son couvert était dressé et n'attendait plus que lui : son traditionnel bol breton à oreilles – une commande spéciale car le prénom « Solal » ne faisait pas partie des pièces en stock – et son verre Amora à l'effigie du dessin animé *Cars*. Ces petits repères de l'enfance lui faisaient du bien. Le plaisir simple d'utiliser des objets familiers qu'il chérissait rendait son quotidien plus doux.

Quelques minutes avant, il pensait qu'il n'irait jamais mieux et voilà qu'il sentait un poids le quitter et alléger doucement sa poitrine.

Il avait rempli son bol de céréales au chocolat, son verre de jus d'orange, pressé avec amour par un de ses parents, il ne manquait plus qu'un peu de musique pour que ce petit déjeuner soit parfait. Avec entrain, il se pencha vers la radio pour l'enclencher et dans son élan, il projeta son verre fétiche au sol qui explosa en un feu d'artifice de verre et de liquide orangé.

Le carnage sur le sol de la cuisine le laissa tout d'abord de marbre. Puis, comprenant qu'il avait perdu son verre préféré dans l'incident, il fut submergé par une multitude d'émotions mélangées qui arrivaient dans n'importe quel ordre. Un raz-de-marée, une masse informe que rien ne pourrait endiguer. Cela commença par la gorge avec des haut-le-cœur incontrôlables, puis la douleur le saisit aux oreilles avant de remonter dans ses yeux. Un cri de douleur s'échappa de sa gorge. Ce cri, plus grand que lui, lui fit presque peur. Il en sortit de nombreux autres, venus d'une caverne aussi profonde que le gouffre de sa tristesse. Quand il n'eut plus de cris, il se résigna et pleura. Les larmes coulèrent en torrent, secouant à chaque salve son torse de manière frénétique. Il se sentait minuscule et impuissant, tellement désolé de voir le verre qu'il aimait brisé en mille morceaux. Il pleurait cette perte et tant d'autres choses à la fois. Il se sentait coupable d'avoir été joyeux l'espace de quelques instants, effrayé d'imaginer être heureux dans un monde où elle ne vivait plus. Tous ces sentiments s'agglutinèrent en une marée salée de larmes et de morve. Il aurait voulu pleurer ainsi pour toujours parce que son chagrin était sans fond et qu'il aurait besoin d'une vie entière pour l'étancher.

Il aurait voulu qu'un de ses parents passe le pas de la porte et le trouve ainsi en train de patauger dans le désespoir et le jus d'orange. Il était prêt à fendre l'armure, à dire « pouce », à tout expliquer parce que c'était devenu trop lourd pour lui seul. Et, pour une fois, ils n'étaient pas là.

Tout en continuant à pleurer à gros bouillons, il entreprit le nettoyage du carrelage, en prenant soin de ne pas se couper. Une fois la tâche accomplie, les larmes ne s'étaient pas taries et le trou noir dans son cœur s'était ouvert plus grand que jamais.

Pour faire cesser les larmes, il attrapa dans la poubelle le morceau de verre le plus pointu, s'en saisit comme d'un stylo et traça un trait blanc sur sa peau sur le dos de son poignet. Il repassa plusieurs fois en appuyant de plus en plus fort, jusqu'à ce que sa peau cède et laisse apparaître une fine ligne de sang. Il continua en grimaçant pour tracer deux lignes parallèles qui saignaient légèrement.

La douleur ressentie durant cette opération le soulageait étrangement. L'orage était passé.

58

AVANT

Après le déjeuner, ils restèrent longtemps avachis l'un sur l'autre à regarder les oiseaux qui venaient picorer les miettes de leurs sandwichs dispersées sur la terrasse. L'épaisseur moelleuse du bruit du poêle soulignait l'intensité du silence qu'ils n'avaient pas envie de rompre. Solal les imagina en Adam et Ève, avant que le serpent ne vienne souffler à Ève de mordre dans la pomme. C'était donc ça, le paradis ?

Quand le feu s'éteignit, ils rangèrent tout, méticuleusement, et firent disparaître la moindre trace de leur passage avec l'application de vrais criminels, essuyant jusqu'à leurs empreintes digitales sur les robinets. La maison leur sembla même plus propre qu'à leur arrivée.

Avant de filer rendre visite au menhir qui se trouvait à quelques centaines de mètres de la maison, ils devaient se rhabiller. Solal alla se changer dans les toilettes, puis revint rapidement dans le salon où Sterenn était encore en culotte de coton, en train de s'observer dans le reflet de la baie vitrée. Elle se tourna vers lui, la poitrine offerte à sa vue, impossible de faire comme si de rien n'était.

— Pardon, balbutia-t-il en baissant les yeux.
— Solal, regarde-moi.

Pétrifié, il ne parvenait pas à relever le visage vers elle. Le serpent était intervenu en son absence.

— S'il te plaît, regarde-moi, insista-t-elle d'un ton implorant.

Incapable de calmer son rythme cardiaque, il avait l'impression qu'il allait perdre connaissance. Ses oreilles sifflaient, la réalité se tordait, ses sens chaviraient totalement de désir.

— Est-ce que tu me trouves belle ?

Comment pouvait-elle douter de cela ? C'était un fait indéniable. Elle était la fille la plus sublime de l'univers, toutes galaxies confondues.

Toujours en fixant le carrelage, il répondit comme une évidence :

— Tout le monde te trouve belle, Sterenn.

C'était la première fois qu'il prononçait son prénom à haute voix devant elle. Comme s'il venait de triompher d'un rite initiatique, il s'enhardit un peu et leva les yeux pour la contempler. Ses habits tombés au sol à ses pieds, elle avait le regard perdu dans le vide. Ses seins fermes et ronds, son nombril parfaitement marqué et ses cheveux éparpillés de part et d'autre de ses épaules lui conféraient la grâce de la Vénus de Botticelli. Une Vénus rayonnante de beauté, mais tellement triste. Elle lui paraissait mille fois plus lumineuse que sur les clichés envoyés à Théo.

— Avant, je me trouvais belle et j'aimais m'admirer dans le miroir. Depuis les photos, j'ai l'impression que les autres regardent mon corps différemment, comme s'il était sale, répugnant. Comme s'il appartenait à tout le monde et qu'il n'avait plus de valeur. Quand j'ose faire face au miroir, je ne vois plus que de la laideur et des cicatrices, souligna-t-elle en caressant machinalement ses poignets.

Solal s'approcha sans faire de bruit pour ne pas l'effrayer, comme on approche un animal sauvage.

— Sterenn, tu es la plus belle personne que j'aie jamais rencontrée. Tout le monde peut voir que tu es belle, ça crève les yeux.

Il marqua une pause, pas tout à fait sûr de parvenir à développer son idée jusqu'au bout. Après une seconde de réflexion, il ne put s'empêcher d'ajouter :

— Moi, je vois la personne magnifique que tu es, ici.

D'un geste délicat, il posa la pulpe de son index entre ses deux seins ronds, à l'endroit exact où sa mère lui avait un jour indiqué le chakra du cœur. Elle frémit légèrement en se penchant imperceptiblement vers lui, ce qui fit accentuer la pression exercée par son index. Il se passa un nombre de choses incroyables dans ce petit centimètre carré. Il put y sentir à la fois la douceur de sa peau, la pulsation de son cœur, les battements de son propre pouls, le flux de son sang, la fraîcheur de leur souffle, le mouvement de leur respiration. Toute la création fut concentrée dans la rencontre de ces deux infimes parcelles d'êtres humains.

Quand il se décida à retirer son doigt, il n'aurait su dire combien de temps avait duré cette divine transe, peut-être une seconde, ou une éternité. La tête lui tournait, il était ivre de cet instant et regretta de l'avoir interrompu. Il eut envie de la toucher à nouveau, comprenant vite qu'il était trop tard, le moment de grâce était passé.

Puis, avec beaucoup de tendresse, il ramassa ses vêtements par terre et l'aida patiemment à se revêtir, comme il aurait pu le faire avec un enfant.

59

APRÈS

Mamicha débarqua dans la maison le jour des vacances scolaires avec sa valise pleine de cadeaux et son habituelle bonne humeur. L'ambiance pesante qui flottait depuis le suicide de Sterenn, six semaines auparavant, s'évapora en même temps que son arrivée. Chez les Taddeo, on refermait ce chapitre, la vie continuait malgré tout. Noël était la parfaite occasion pour passer à autre chose sans culpabiliser.

Solal n'avait pas réitéré les coupures sur son poignet. Quelques minutes après avoir tracé la dernière entaille, il s'était souvenu de son angoisse quand il avait remarqué les cicatrices semblables sur les avant-bras que Sterenn ne prenait même pas la peine de cacher. Il ne voulait pas infliger cela à sa famille.

Aussi, quand son père, sa mère et sa sœur étaient rentrés après son expérience de scarification, la cuisine était propre comme un sou neuf et ses plaies au bras désinfectées, protégées par un large pansement, soigneusement dissimulées sous les manches longues d'un sweat-shirt. Il avait eu un électrochoc. S'il était capable de se blesser en y trouvant du soulagement, alors il était facile de suivre cette pente et de se blesser de plus en plus si la douleur ne s'apaisait pas. Évidemment, il pensa à Sterenn qui lui avait expliqué qu'elle se blessait quand elle ne croyait plus en l'avenir. Quand il n'y avait plus d'issue, c'était la porte qu'elle empruntait. Et puis le temps passait et elle entrevoyait à nouveau un jour meilleur. La dernière fois, elle n'avait pas su patienter suffisamment.

Mamicha avait pris possession de la cuisine pour lancer sa production de petits sablés de Noël pendant que les parents Taddeo étaient au travail et que les enfants faisaient la grasse matinée. En arrivant dans la pièce, Solal apprécia la douceur de son foyer. Le four ronronnait et une délicieuse odeur de sucre et de cannelle s'en dégageait, réchauffant ainsi l'atmosphère. Le joyeux chaos culinaire de Mamicha n'avait pas son pareil pour lui donner l'impression que rien ne pouvait lui arriver.

— Salut, mon loupiot ! Bien dormi ?
— Impeccable. Et toi ?
— Je dors toujours mal loin de chez moi, mais ça va.

Après une bise sur la joue de sa grand-mère, il s'installa devant le bol de chocolat au lait fumant qu'elle lui avait préparé et commença à beurrer ses tartines. Il observait les mains agiles de Mamicha qui pétrissaient, étalaient, façonnaient. Ses gestes étaient si précis qu'elle aurait pu ouvrir une chaîne YouTube d'ASMR culinaire comme celles que regardait Célia.

Solal détestait les moments de vide dans les conversations. Il avait l'impression qu'on attendait de lui qu'il les comble, ce qui le rendait encore plus mal à l'aise. Heureusement, quand il était avec sa sœur, elle parlait pour deux ! Ce qu'il aimait avec Mamicha, c'est qu'ils pouvaient rester sans parler sans que cela n'alourdisse l'ambiance. Au contraire, il trouvait que partager le même espace sans se sentir obligé de le combler montrait à quel point ils étaient à l'aise ensemble. Ils restèrent ainsi de longues minutes : elle à malaxer la pâte, lui à rêvasser en sirotant son cacao. Quand elle eut enfourné une nouvelle plaque de gâteau à l'anis, elle s'assit à côté de lui, comme elle le faisait dans sa propre cuisine.

— J'en profite pour te faire une confidence parce qu'on est seulement tous les deux et que ça ne regarde que nous. J'ai été très peinée par la mort de ta copine de classe.

Solal ne s'attendait pas du tout à ce que son petit déjeuner idyllique prenne cette tournure.

— Tu ne le sais pas, mais quand j'étais jeune, Nicole, une de mes collègues de bureau s'est suicidée.

— Si, je le sais, Maman m'en a parlé.

Mamicha prit son air contrarié.

— Ah bon ? Elle t'a raconté ça ? Elle était toute petite à l'époque, je ne pensais pas qu'elle s'en souvenait.

— Si, elle s'en souvient bien. Elle m'a aussi parlé du suicide de son ami quand elle était au lycée.

Mamicha prit le temps de réfléchir avant de continuer. Solal la voyait lutter contre l'émotion et pouvait presque voir le film des souvenirs se dérouler dans ses yeux délavés par la cataracte. Il aurait tant aimé ne pas avoir à discuter de tout cela. C'était trop tard pour reculer, et Mamicha continua :

— Farid, oui, quelle tristesse... Enfin, ce que je veux te dire, c'est que quand cela arrive on a tendance à tout cacher sous le tapis et à se dire que la vie continue. C'est vrai, la vie reprend son cours, mais si on ne contemple pas la douleur, elle revient. Plus on va la nier, plus elle va prendre de force, jusqu'à nous envahir complètement. Au travail, on faisait comme si elle n'avait pas existé parce que nous pleurions tous quand on évoquait son nom. J'ai mis dix ans à pouvoir parler du suicide de Nicole et je regrette de ne pas l'avoir fait plus tôt.

Solal comprenait complètement ce qu'elle voulait dire, mais la boule qu'il avait dans la gorge lui indiquait qu'il était encore au stade où la souffrance de parler de Sterenn risquait de l'engloutir intégralement.

— La mort de Farid aurait pu nous rapprocher, ta mère et moi, ça nous a séparées encore plus, car nous sommes restées chacune dans notre coin avec notre malheur. Et ça, on ne le rattrapera plus. Ce que je veux que tu entendes, c'est que j'ai vécu la même chose que toi, ta mère aussi sait par quoi tu passes, mais tu es le seul à pouvoir choisir la manière dont tu traverses ça. On est là pour toi, quand ça sera ton moment.

Solal se demanda si ça n'était pas maintenant, le moment. Il n'eut pas le loisir de se poser la question plus longtemps, Célia arriva dans la cuisine en courant vers le four qui fumait :

— Qu'est-ce que vous fabriquez, les gâteaux sont en train de cramer !

— Oh, mon Dieu, je les ai oubliés ! paniqua Mamicha en enfilant les maniques.

« Sauvé par le gong », pensa-t-il.

60

AVANT

Une fois rhabillée, Sterenn avait retrouvé sa bonne humeur, comme si la scène d'avant n'avait jamais existé. Solal avait remarqué qu'elle pouvait passer d'une émotion à l'autre sans transition, et que les grandes tristesses, chez elle, succédaient aux grandes joies, sans logique apparente.

La pluie avait cessé, ils avaient cheminé main dans la main depuis la maison. La découverte du menhir faisait toujours de l'effet à ceux qui le visitaient pour la première fois. D'ailleurs, on avait l'impression qu'il se méritait car il était mal indiqué et on pouvait passer à quelques mètres de lui sans imaginer qu'il était là. On y arrivait par un petit chemin creux bordé d'herbes folles et il apparaissait soudain au détour d'un dernier virage. Il se dressait droit vers le ciel, comme une prière païenne, majestueux par sa simple présence tranquille au milieu d'une toute petite clairière. Le premier rayon de soleil de la journée s'invita à l'exact moment où le menhir s'offrit à la vue des adolescents dans toute sa splendeur.

— Quelle merveille, on dirait qu'on est dans un conte de fées ! déclama Sterenn en gambadant vers le mégalithe.

— Tu as raison, il est magique ! C'est ici que ma mère a fait un vœu pour avoir un enfant, il y a très longtemps.

— Et ça a marché ?

— J'en suis la preuve vivante ! annonça Solal en faisant la révérence.

— Raconte, c'est quoi cette histoire ?

Ses parents lui avaient narré mille fois l'anecdote qui faisait partie intégrante de la légende familiale. C'était évidemment sa préférée.

— Mes parents voulaient un enfant, mais après plus d'un an et demi à essayer en secret, rien ne se passait et ça commençait à les inquiéter. Lors d'un week-end avec des copains dans la maison de mes grands-parents, ils ont découvert l'existence du menhir. Après un barbecue bien arrosé au rhum, ma mère et ses copines sont parties en randonnée nocturne jusqu'au menhir. Elles se sont prises pour des sorcières et se sont mises à danser dans la clairière. Elles ont décidé de formuler des vœux ; alors ma mère a demandé un bébé. La légende précise que c'était une nuit de pleine lune, mais j'ai vérifié sur Internet, c'était deux jours après. Quoi qu'il en soit, un mois après, elle était enceinte de moi. Donc, à chaque fois que l'on vient, on passe remercier l'esprit présent ici d'avoir béni ma conception. La classe, ou quoi ?

Sterenn n'avait pas loupé un mot du récit. Elle dévisagea son compagnon avec attention.

— Je comprends pourquoi tes yeux sont de la même couleur que lui, dit-elle en posant ses deux mains contre le granit légèrement tiède et humide.

Solal sourit intérieurement, c'était aussi ce que lui disait sa mère. Si ces deux-là devaient se rencontrer un jour, elles s'entendraient bien.

— Viens, on va lui offrir un bouquet, pour le remercier d'avoir fait descendre sur terre un mec aussi chouette que toi.

Ils cueillirent des fougères et quelques-unes des minuscules fleurs blanches qui poussaient aux alentours. Au milieu d'une touffe d'herbe, Solal trouva un petit glaucophane bleu, une pierre très rare. L'île marquait en effet la limite entre deux plaques tectoniques, à l'endroit où l'une plongeait sous l'autre dans l'océan. Il n'y avait presque plus de glaucophane à la surface du globe, sauf à quelques endroits, dont Groix, où le ramassage était justement interdit pour cette raison. Il le savait très bien et avait toujours respecté la règle, mais cette journée dans la peau d'un hors-la-loi l'incita à le glisser discrètement dans la poche de son ciré.

Une fois qu'ils eurent terminé, ils déposèrent une ravissante gerbe au pied du mégalithe qu'ils quittèrent presque à regret.

Sur le chemin du retour, alors qu'ils avaient déjà marché quelques minutes, Sterenn stoppa net et partit en courant dans le sens inverse.

— Attends-moi là, je reviens ! J'ai oublié de faire un vœu !

61

APRÈS

Alors qu'il rédigeait son commentaire composé pour le devoir de français, Solal avait du mal à se concentrer. Quand il rencontrait des difficultés dans les matières littéraires, il se demandait toujours ce que Sterenn lui aurait conseillé, le soir, au cimetière, lors de leur travail commun. Elle lui avait ouvert tant d'horizons en lui expliquant avec passion comment étudier un texte qu'il avait parfois l'impression de l'entendre lui répéter ses conseils par-dessus son épaule.

Avec la nuit qui tombait plus tôt et la météo peu clémente de l'hiver, il demandait souvent comment leur collaboration aurait évolué. Seraient-ils encore amis ? Il regrettait tellement de ne pas avoir fait le premier pas vers elle au retour des vacances de la Toussaint. Mais il n'avait su comment et surtout, à quel moment le faire. Peut-être lui avait-elle tendu une perche qu'il n'avait pas su saisir quand elle lui avait emprunté son taille-crayon ? Il était symbolique, cet objet. Ils savaient tous les deux que c'était elle qui le lui avait offert. Le pire, c'est qu'il l'avait perdu. C'était une habitude chez lui de disséminer ses affaires, mais cet objet, il y tenait et il s'en mordait les doigts. Il aurait tant aimé avoir quelque chose qui vienne d'elle qu'il aurait conservé constamment avec lui.

Peu concentré sur son devoir, il laissa son stylo-bille se promener sur sa feuille à grands carreaux. Il commença à dessiner des formes plus ou moins régulières, puis à tracer machinalement des petits serpents dressés alignés les uns à côté des autres. Très vite, il constata que ce n'étaient pas des serpents, mais des « S ».

S, comme « Solal ».
S, comme « Solitude ».
S, comme « SOS ».
S, comme « Suicide ».
S, comme « Sorry ».
S, comme « Sans toi je crois mourir ».
S, comme « Si tu savais comme tu me manques ».

S, comme « Sterenn ».

Il sortit du tiroir de son bureau un cahier de brouillon encore vierge et aligna les S, bien serrés les uns contre les autres.

Il avait décidé de le remplir intégralement avant la fin des vacances.

Ce n'était pas une lubie, c'était une déclaration d'amour.

62

AVANT

L'étape suivante les conduisit à trois kilomètres, sur la plage des Grands Sables. Là encore, c'était un endroit qui se méritait et qui vous en mettait plein la vue. On y arrivait par un long chemin de sable qui surplombait le niveau de la mer. Avant de piquer vers le bas, on pouvait admirer cette superbe étendue convexe de sable blanc argenté et l'eau turquoise transparente depuis une percée dans la végétation. L'été, les vacanciers s'y éparpillaient tout le long profitant de l'espace. À cette période de l'année, il n'y avait pas un chat. La plage était toute à eux.

— À part la température de l'eau, ça ressemble pas mal à une plage des Caraïbes, pas vrai ?

— Je ne connais pas les Caraïbes, mais quand je pense que j'aperçois Groix depuis chez moi et que je n'étais jamais venue voir cette beauté de plus près, je trouve ça fou, s'exclama Sterenn.

— C'est une belle métaphore de la vie, non ? Genre « les plus beaux trésors sont sous nos yeux et on n'y prête pas attention ».

— Mais dites-moi, monsieur Taddeo, je vois que mes cours particuliers en français portent leurs fruits !

— C'est clair, je suis à deux doigts de déclamer de la poésie en alexandrins ! Il faut que j'arrête de te fréquenter.

Le soleil surplombait à nouveau l'île, faisant briller les micas du sable comme des milliers de diamants. Alors qu'ils s'étaient allongés sur leurs cirés, Sterenn se leva d'un bond.

— Allez hop, c'est parti, on va se baigner !

— Quoi ? Mais, tu es folle ! Elle doit être à 12 degrés.

— Dis donc, tu étais d'accord quand on a écrit « se baigner dans la mer en hiver » sur la liste !

— Justement, j'aimerais revenir sur cette idée idiote ! Techniquement, on est encore en automne et puis on commence tout juste à se sentir au sec dans nos habits !

— Hors de question... On y va !

— J'ai pas de maillot.

— Eh bien, on y va en sous-vêtements et on rentrera sans slip chez nous. On ne va pas attraper une angine du cul !

La jeune fille se déshabilla en moins de temps qu'il ne fallait pour le dire. Emporté par sa fougue, Solal fit de même. Leurs doigts enlacés, ils piquèrent un sprint jusqu'à l'eau glacée, hurlant et riant si fort que même les dauphins au large purent témoigner de leur félicité.

63

APRÈS

Malgré les circonstances, Solal passa le plus joli Noël de son existence. Ses grands-parents des deux côtés étaient réunis pour le réveillon du 24 et les festivités avaient continué jusqu'à l'anniversaire de sa sœur, le 26. Ils avaient tous les deux été gâtés plus que de raison – un Lego hors de prix en ce qui le concernait –, et l'ambiance à la maison n'avait pas été aussi joyeuse depuis leur petite enfance. Il y avait dans l'air une douceur de vivre qui semblait contagieuse.

Cette pause entourée de sa famille où il partageait des moments de complicité avec Célia lui faisait un bien fou. Il avait du mal à se l'avouer parce qu'il avait toujours cette impression de trahir Sterenn, mais il parvenait de nouveau à passer de bons moments et à rire de bon cœur. Et ce, alors que cela lui semblait impossible seulement quelques semaines auparavant.

Mamicha était une professionnelle du Scrabble et ils faisaient des parties intergénérationnelles qui pouvaient durer des heures. Tout le monde était particulièrement mauvais joueur dans la famille, mais Mamicha détenait la palme. Elle était prête à tout, même à tricher contre ses petits-enfants pour ne pas laisser la victoire lui échapper.

Ce jour-là, alors qu'elle affichait un retard abyssal sur Solal et Célia, elle posa avec le plus grand naturel possible le mot « Pétunions », en utilisant le « PE » mis juste avant par sa petite-fille qui essayait de se débarrasser de ses dernières lettres pour terminer la partie.

— Pétunions ? C'est quoi ça, Mamicha ?

— Enfin Solal, tu es quand même un peu plus savant que ça, c'est une fleur, voyons.

— Pétunia, OK. *Pétunions*, c'est non.

— Mais, si, c'est justement le bouton de pétunia, on les appelle les pétunions. Voilà, vous vous coucherez moins sots ce soir !

— Mamicha, ne nous oblige pas à sortir le dico...

— Vous savez que vous pouvez faire confiance à votre mamie chérie...

— Haha, même pas en rêve ! dit Célia en saisissant le téléphone de sa grand-mère pour chercher dans Google.

— Non, mais tu sais, ces machines d'Internet, ça ne connaît pas tout, faites confiance à mon expérience.

— Bon sang, j'y crois pas, hurla Célia... Pétunions, ça existe !

— Mais non ! cria Mamicha, encore plus étonnée que ses petits-enfants.

— Mais si, c'est la conjugaison du verbe « pétuner » qui veut dire « priser du tabac » !

Les enfants n'en revenaient pas, Mamicha non plus ! Trop heureuse de son braquage, elle se leva et se mit à chanter « We Are The Champions », plus royale que Freddie Mercury à Wembley. Prise dans son élan, elle monta sur la table basse où elle manqua de renverser le plateau du jeu.

Ils rirent comme Solal ne l'avait pas fait depuis longtemps, comme avant la mort de Sterenn. Son dernier fou rire remontait à leur baignade glacée à Groix, quand il avait ramassé une brassée d'algues pour se la coller sur tête, imitant ainsi la chevelure bouclée et noir corbeau teintée de bleu de Mme Quibert. Devant cette imitation quasi parfaite, son amie avait hurlé de rire. Provoquer son hilarité l'avait comblé. Il était si heureux à ce moment-là qu'il avait bu la tasse accidentellement et avait cru mourir noyé.

Bref, la vie reprenait son cours, et à son grand étonnement, il ressentait du soulagement. Vivre avec le fantôme de Sterenn lui coûtait plus que ce qu'il n'avait imaginé.

64

AVANT

La journée groisillonne avait passé bien trop vite pour les deux adolescents. Dans le ferry du retour, ils s'étaient assis côte à côte à l'intérieur. Solal avait cédé la place près de la fenêtre à son amie. Ils ne quittaient pas des yeux la surface de la mer sur laquelle la nuit était en train de tomber, espérant voir des dauphins nager près du bateau. Il régnait dans l'air une douce chaleur qui réchauffait leurs cheveux salés encore humides de l'eau gelée de la baignade. Le roulis du bateau les berçait si doucement qu'ils auraient pu s'endormir. Sterenn avait incliné sa tête sur l'épaule du garçon, seulement quelques secondes car celle-ci était trop basse. Solal avait alors posé sa tempe sur son épaule à elle, pile à la bonne hauteur. Elle avait tourné la tête pour déposer un long et chaud baiser sur son front.

Il ne s'était jamais senti autant à sa place qu'en cet instant. Tout était parfait, même le sable collé sur ses fesses qui le grattait. Ivre de bonheur et épuisé par sa journée, il s'était assoupi de longues minutes.

Quand il avait rouvert les yeux, il regretta d'avoir perdu du temps à dormir alors qu'il aurait dû profiter de la présence de Sterenn durant la traversée.

— Alors, on ne tient pas la route, moussaillon ? se moqua la jeune fille quand il redressa sa tête encore ensommeillée vers elle.

Il leur restait moins de dix minutes avant d'arriver à Lorient et de prendre un autre bateau pour rentrer chez eux, pile à l'heure prévue.

Cette journée avait été si merveilleuse qu'il avait envie d'en faire durer la magie encore un peu. Il farfouilla dans la poche de son ciré pour attraper le joli glaucophane qu'il avait ramassé près du menhir. Le petit caillou aux creux de sa main, il expliqua sérieusement à Sterenn :

— Tu vois cette pierre ? C'est un glaucophane de Groix. On n'a pas le droit de les emporter car l'île est une réserve géologique. Enfin, c'est ce que disent les Groisillons. Parce que moi, je connais la vraie raison.

— Pourquoi, alors ? interrogea-t-elle sincèrement curieuse.

— La vérité, c'est que ce sont des pierres magiques. Les habitants les gardent précieusement et ils ont raison !

— Magiques comme ton menhir ?

— Elles ont le pouvoir de ne conserver que les bons moments et de s'en souvenir, même quand l'homme les a oubliés. Tu imagines tout ce que cette pierre a pu voir comme bons moments ?

— Martin, tu veux dire que tu as encore commis un méfait ?

— Chut, Rose, parle moins fort ou la police pourrait m'arrêter à notre arrivée dans le port. Il nous reste encore une étape avant d'être chez nous sains et saufs. Et puis, c'est pour toi que j'ai volé cette pierre.

— Pour moi, vraiment ?

— Tu crois que je ne sais pas que c'est ton anniversaire aujourd'hui ? Même la vie de fugitif ne me ferait pas oublier la date de naissance de ma sœur. Tiens, je te l'offre, pour que tu la remplisses de bons souvenirs, en incluant notre escapade du jour.

Qu'il était bon de pouvoir plaisanter ainsi, de dire toutes les bêtises qui lui passaient par la tête... C'était décidément une journée exceptionnelle.

— Je l'accepte, même si c'est un pillage barbare et que mon anniversaire, c'est le 7 juillet.

— On n'a qu'à dire qu'on retournera à Groix le jour de tes quinze ans pour la rendre au menhir. C'est un emprunt, pas un vol dans ce cas-là.

— OK, ça me va. Mais tu crois que tu vas me supporter jusqu'au mois de juillet ? Tu risques de te lasser avant, tu ne crois pas ?

— Aucune chance. Et d'ici-là, je serai peut-être assez grand pour que ça soit toi qui poses ta tête sur mon épaule sur le bateau du retour ?

— Qui sait ? C'est peut-être le vœu que j'ai fait au menhir...

L'air mystérieux et les yeux plissés de Sterenn ne permettaient pas à Solal de savoir si elle se moquait de lui ou si elle était sérieuse. Il choisit d'y croire et espéra plus que jamais faire une poussée de croissance spectaculaire avant la fin de l'année.

Le ferry était en train de s'amarrer, l'escapade touchait à sa fin.

Alors qu'ils remontaient le quai en descendant du bateau, Sterenn se figea.

— Merde, mon père est là.

65

APRÈS

— Maman, je vais chez Arthur lui souhaiter bonne année !

— Ça marche ! Je fais des pancakes pour le goûter, dis-lui de venir, ça fait longtemps qu'on ne l'a pas vu à la maison.

En parcourant le kilomètre qui séparait sa maison de celle d'Arthur, Solal réfléchissait à la manière de renouer avec lui. Cela aurait été bien plus simple s'ils s'étaient disputés. Il aurait suffi de s'excuser et de se serrer la main. Ils s'étaient éloignés et c'était bien plus délicat comme situation. Ils ne savaient plus qui ils étaient l'un et l'autre, ni ce qui habitaient leurs pensées alors qu'ils partageaient presque tout il y a encore si peu de temps.

Tout en marchant sur les pavés glissants de la rue piétonne, il se repassait le film des derniers mois. La dernière fois qu'il avait vu Arthur en dehors de l'école, c'était en début d'année scolaire, à la plage. Depuis, ils déjeunaient chaque jour ensemble à la cantine, mais ils ne se retrouvaient plus sur leur temps libre hors du collège comme ils le faisaient auparavant. Entre les devoirs, les entraînements et les matchs, les deux amis avaient perdu leur connexion si intime.

Quand Célia lui avait fait remarquer qu'elle ne trouvait pas son ami très en forme au début des vacances, il avait ouvert les yeux. Il ne l'avait même pas remarqué. Il ne pouvait se le cacher plus longtemps, il avait négligé son ami. Ça n'était pas facile de le reconnaître et ça lui serrait la gorge rien que d'y penser. À sa décharge, depuis la mort de Sterenn, il avait l'impression d'évoluer dans un brouillard qui commençait tout juste à se lever. Désormais, il y voyait clair. Arthur, c'était la prunelle de ses yeux. C'était le yin de son yang, le Laurel de son Hardy. Il comprenait après coup que sa relation avec Sterenn avait été très exclusive et qu'il avait sûrement mis de côté son vieux pote. Il se promenait avec cette culpabilité peu agréable au creux du ventre. Solal avait fini par rejoindre l'avis de Célia. Quelque chose ne tournait pas rond chez son ami qui, d'ailleurs, l'évitait soigneusement. Ce que lui avait confié sa mère sur son ami de lycée qui s'était suicidé lui trottait en tête. « On avait bien remarqué qu'il n'allait pas bien. »

Arrivé à destination, il n'avait toujours pas de plan en tête, si ce n'est celui de passer à l'improviste lui souhaiter la bonne année. Arthur vivait avec ses parents et son grand frère lycéen. Solal n'aimait pas trop venir chez Arthur. L'ambiance y était différente de chez lui, ça le déstabilisait. Il flottait dans l'air une odeur étrange, un mélange d'humidité, de cigarette froide et d'huile de cuisson, qui l'écœurait. La télévision était tout le temps allumée même si personne n'était dans le salon, le plus souvent sur une chaîne d'information en continu. On pouvait l'entendre depuis n'importe quelle pièce, impossible d'y échapper. Ses parents étaient très sympathiques avec Solal, mais l'ambiance entre eux le mettait mal à l'aise. Contrairement à ses parents à lui qui se donnaient des signes d'affection et qui échangeaient chaque soir sur leur journée en préparant le repas, ceux de son ami s'adressaient à peine la parole et semblaient vivre côte à côte sans se voir. La seule chose qui lui plaisait dans cette maison, c'était Arthur.

C'est avec une forte appréhension qu'il toqua à la porte. La maman d'Arthur ouvrit. Dans ses souvenirs, elle avait l'air plus jeune et moins cernée.

— Oh, Solal, cela faisait un bail que je ne t'avais pas vu ! Bonne année ! Tu as drôlement grandi, dis-moi ! l'accueillit-elle avec un ton surjoué.
— Bonne année, Madame. J'ai eu pas mal de devoirs, c'est l'année du brevet.
— Arthur aussi a peu de temps libre cette année. Entre, il va être content de te voir !

Ce dernier ne semblait cependant pas complètement ravi de voir Solal débarquer chez lui sans prévenir, mais il ne dit rien dans ce sens. Ils montèrent tous les deux dans sa chambre et commencèrent une partie de Mario

Kart, leur jeu fétiche. Ils avaient commencé en bas de l'échelle, mais à force de s'entraîner ils étaient devenus de redoutables compétiteurs. La plupart du temps, Arthur gagnait. Sûrement parce qu'il avait un poste de télévision dans sa chambre et qu'il pouvait jouer sans limite de temps. Au fur et à mesure des manches et des victoires, Arthur se détendit et parvint même à quitter le masque tendu qu'il affichait depuis l'arrivée de son copain. C'était le moment pour Solal de s'engouffrer dans la brèche.

— Je ne sais pas trop comment te le dire, mais... je voulais m'excuser.

Le visage d'Arthur se durcit.

— De quoi ?
— De ne pas avoir été très disponible depuis le début de l'année.
— Oh, ne t'inquiète pas, moi non plus je ne l'ai pas beaucoup été. J'étais occupé avec le rugby.
— Oui, c'est vrai. Pourtant, tu m'as proposé plein de fois que l'on se retrouve hors du collège, et moi, j'ai eu tendance à esquiver. Pardon.
— C'est pas grave.
— Si, c'est grave, et il y avait une raison à ça. Je passais du temps ailleurs. Je ne peux pas te dire pourquoi, je t'en parlerai peut-être plus tard, mais pour le moment, c'est un peu trop difficile à expliquer. Je comprendrais que tu m'en veuilles. En tout cas, je suis désolé.

Arthur prit quelques secondes, comme s'il décidait à cet instant s'il allait lui en vouloir ou non.

— C'était à cause d'une fille ?
— Oui.
— Bah, écoute, c'est pas grave, on est là tous les deux à jouer comme avant, ça me va bien. On remet la balle au centre.

Les yeux rivés sur l'écran, Arthur n'affichait pourtant pas l'air aimable qui le caractérisait. Solal remarqua qu'il avait beaucoup changé ces derniers mois. Sa musculature se dessinait sous son sweat-shirt. Il avait l'air exténué et triste.

— Et toi, tu vas comment, mon pote ? J'ai l'impression que ce n'est pas la grande forme depuis quelques semaines, je me trompe ?

Arthur resta silencieux, les yeux concentrés sur la route arc-en-ciel que parcourait son kart dans un décor psychédélique.

— Tu n'es pas obligé de me parler. Je veux juste que tu saches que si tu as besoin, je suis là. Personne ne doit se retrouver aussi seul que...

Il eut un peu de mal parce qu'il allait falloir prononcer son prénom, puis se lança.

— ... aussi seul que Sterenn.

Les karts passèrent la ligne d'arrivée au son d'une musique électronique joyeuse qui jurait avec la situation. Arthur coupa le son de l'écran, sans dire un mot. Ni l'un ni l'autre n'osait continuer la discussion. Un ange passa. C'était peut-être elle.

Solal réussit à reprendre le fil de ce qu'il essayait de formuler juste avant.

— Quoi qu'il arrive, quoi que tu aies à affronter, je t'aiderai du mieux que je peux. Tu m'as assez défendu quand on était petits, je te rendrai la pareille. Je suis ton ami, ton vieux copain. Tu ne te débarrasseras pas de moi.

Arthur balança sa manette devant lui pour signifier la fin du jeu. Il donna une bourrade virile dans le dos de son ami.

— Merci, mec. Je crois que moi aussi, j'avais oublié que tu étais là. Comme pour toi, c'est un peu compliqué, je ne sais déjà pas très bien moi-même où j'en suis.

Il détailla Solal en souriant et enchaîna :

— Mais dis-moi, tu n'aurais pas pris quelques centimètres pendant les vacances ?
— Hum, j'aimerais bien, mais je ne crois pas.
— Te décourage pas, l'espoir fait vivre. Regarde, après toute une vie de Bugs Bunny et trois ans de bagues, Jules a désormais la plus belle dentition du collège. Tout

peut arriver, tu pourras peut-être même me dépasser un jour ! Non, oublie, ça n'arrivera pas.

— Allez viens, c'est l'heure du goûter. Si on se grouille d'aller chez moi, Célia n'aura pas eu le temps de finir tous les pancakes ! Il n'y a rien qui peut mal se passer quand on a un bon quatre-heures dans le ventre, pas vrai ?

En s'entendant prononcer cette phrase, Solal constata avec un peu d'inquiétude qu'il utilisait les mêmes méthodes que sa mère pour consoler ceux qu'il aimait.

66

AVANT

Un homme petit et trapu aux cheveux gris attendait effectivement près de la gare maritime, l'air contrarié. La jeune fille se baissa pour refaire un lacet qui n'était pas défait.

— Continue d'avancer et fais comme si tu ne me connaissais pas, ça sera plus simple pour nous deux.

Solal ne comprenait pas ce que le père de l'adolescente fabriquait là. Il sentit le sol se dérober sous ses pieds et fonça droit devant, n'osant même pas poser le regard sur lui quand il passa à sa hauteur. Il aurait voulu faire quelque chose, mais il se sentait totalement impuissant, une fois de plus. Il attrapa de justesse le deuxième bateau pour rentrer chez lui. Le plan s'était déroulé sans accrocs, ou presque.

Il arriva à l'heure promise à ses parents, qui lui posèrent des questions sur sa journée avec Arthur. Il esquiva, prétextant la fatigue du déplacement en se jurant intérieurement qu'il ne raconterait plus de mensonges inutiles. S'il leur était vraiment arrivé quelque chose, personne n'aurait su où ils étaient.

Pour le moment, il avait juste besoin d'une bonne douche chaude pour se réchauffer et enlever le sable accroché à son cuir chevelu.

Alors qu'il sortait de la salle de bains, il sentit l'angoisse monter. Il avait besoin de parler à Sterenn, ça le rendait fou de ne pas savoir ce qu'il lui était arrivé. Il emprunta le téléphone de son père et composa le numéro qu'il avait appris par cœur dans la minute où elle l'avait noté sur son cahier de correspondance au CDI. Il tomba directement sur son répondeur. Il essaya à nouveau sans succès.

Au moment de se coucher, mort d'inquiétude pour Sterenn, il pensait encore à elle et à la silhouette de son père au loin qui lui avait donné l'impression d'être pétrifié sur place. Sa nuit fut remplie du même rêve répétitif et angoissant : sa belle amie tombait du ferry dans un océan déchaîné. Il voulait sauter à l'eau pour la sauver, mais il était trop petit pour enjamber le bastingage et il assistait à sa noyade sans pouvoir l'aider, jusqu'à voir sa main tendue être finalement engloutie par les vagues.

67

APRÈS

Parmi les manies un peu bizarres de Solal, il y avait : manger d'abord ce qu'il aimait le moins dans son assiette pour terminer par ce qu'il préférait, prononcer mentalement à l'envers le prénom d'une personne la première fois qu'il l'entendait, bloquer sa respiration le plus longtemps possible au début de chaque contrôle – plus cela durait, plus il avait de chance de réussir –, ne jamais se servir du dernier verre d'eau dans le pichet, chercher toujours le moyen le plus rapide de sortir d'une pièce qu'il découvrait et, cela allait avec le point précédent, ne jamais utiliser les toilettes du fond quand il allait dans des WC communs.

Ce jour-là, après avoir déjeuné au collège avec Arthur, une envie pressante le saisit. Alors qu'il comptait uriner dans la première cabine comme à son habitude, il constata que celle-ci était condamnée, tout comme celle du milieu, en raison d'une nouvelle « fuite en cours de réparation » comme l'annonçaient les affichettes plastifiées placardées par l'administration. Si ça continuait à ce rythme, ce bahut serait bientôt amphibie.

Contre la volonté de son cerveau, mais en accord avec celle de sa vessie, il se dirigea à contrecœur dans les toilettes du fond, en faisant taire tous les scénarios catastrophes qui se frayaient un chemin dans son imagination galopante.

C'était donc la première fois que Solal utilisait cette cabine. Il se moqua de lui-même et se félicita intérieurement d'avoir fait preuve d'un tel courage au bout de quatre années scolaires. Décidément, il s'était posé tout seul des limites bien inutiles.

Ainsi détendu, ses yeux parcoururent distraitement les différents graffitis et inscriptions au marqueur qui « décoraient » les murs beigeasses dont la dernière couche de peinture devait remonter à l'année de naissance de ses parents. Ses congénères collégiens ne brillaient vraiment pas par leur raffinement. Au milieu des injures salaces et des blagues de mauvais goût, une inscription attira son attention : « J'aime la bite, appelle-moi au… »

Le numéro qui suivait, il le connaissait par cœur et il le reconnut aussitôt.

Après sa dernière heure de cours, il retourna dans cette fameuse cabine du fond, équipé de feutres indélébiles à larges pointes et il recouvrit consciencieusement chaque chiffre en noir pour réparer l'outrage. Et il ajouta en lettres capitales rouges : « ELLE ÉTAIT TROP BIEN POUR VOUS. »

68

AVANT

— Un de ses collègues m'a reconnue quand on a débarqué sur l'île et s'est empressé d'appeler mon père pour lui demander s'il était à Groix, histoire de boire un café avec lui. Tu imagines son état alors qu'il me croyait sagement chez Émilie ? Il n'a pas du tout aimé.

Ils s'étaient réfugiés sur le canapé du cabanon pour s'abriter au mieux. Il bruinait et il faisait froid, les conditions n'étaient plus aussi agréables que lors des semaines précédentes. Il leur faudrait sûrement trouver un autre endroit pour travailler à l'avenir. Avant de s'occuper de cela, Solal voulait surtout savoir ce qu'il s'était passé à leur retour de Groix.

— Son collègue lui a dit que j'étais avec toi ?
— Non, apparemment, il n'a rien dit à ce sujet. Ça m'aurait saoulée que tu aies des soucis à cause de moi, Monsieur Petite-vie-bien-rangée.

— J'ai bien culpabilisé de n'avoir pas prévenu mes parents et je me suis inquiété pour toi. Il t'a engueulée ?

— Je te confirme, j'ai pris une sacrée soufflante, mais j'ai souligné que je n'avais rien fait de très grave, que j'étais une élève modèle depuis la rentrée, que j'avais des bonnes notes et que je n'avais aucune heure de colle depuis le début de l'année. C'est pas comme si j'avais séché les cours ou que j'avais été impertinente avec un prof !

— J'y ai repensé, il suffisait peut-être que l'on prévienne nos parents, ils ne nous auraient sûrement pas interdit d'y aller.

— Ça aurait été moins marrant quand même, tu ne crois pas ?

— Si, mais je t'avoue que ce n'était franchement pas la grande rigolade de passer le reste du week-end sans savoir ce qu'il t'était arrivé.

— Pourquoi tu ne m'as pas appelée, patate ! Tu as mon numéro.

— J'ai essayé, tu étais sur répondeur. Et après, j'ai eu trop peur de tomber sur ton père. D'ailleurs, je ne suis pas rassuré de traîner ici maintenant que j'ai vu qu'il pouvait écraser ma cage thoracique d'une seule pression de ses grandes mains !

— Lui ? Il ne ferait jamais de mal à une mouche. C'est un gros nounours dans une enveloppe de granit. Et de toute façon, personne ne vient ici en fin de journée, c'est le moment où ils rangent leur matériel et après ils rentrent chez eux, on ne craint rien.

— En tout cas, c'était vraiment trop bien, cette petite journée.

— Ouais, carrément trop bien ! Tu te rappelles la pluie battante quand on était sur la plage et puis la course jusqu'à la maison, j'ai bien cru que tu allais te dégonfler et faire demi-tour !

— Le plus drôle, c'était quand même la baignade en slip ! Je crois que j'ai encore du sable dans la raie des fesses !

Comme il l'avait espéré, cette aventure avec elle avait créé des souvenirs à chérir toute une vie. Elle avait les yeux qui brillaient, elle avait l'air heureuse.

— C'est clair, c'était tellement n'importe quoi ! Il faut que l'on remette à jour notre liste. On peut barrer la visite à Groix et la baignade en hiver, même si c'était l'automne, vu la température de l'eau, on ne va pas chipoter !

— On peut ajouter « retourner à Groix pour rendre le glaucophane ».

— OK, je note. On pourrait prévoir un truc aussi durant les vacances de la Toussaint ?

— Je ne serai pas là, on part en vacances en Grèce.

— Les deux semaines ?

— Oui, on fait une halte à Paris au retour pour voir des amis de la famille.

— Tu m'abandonnes pendant deux semaines. Je vais faire quoi, moi, sans toi ?

— Tu restes ici ?

— Comme à peu près toutes les vacances. Tu as trop de chance, ça doit être bien, la Grèce. Avec ta famille en plus.

Le ton avait changé imperceptiblement. Était-ce de la jalousie ou du dépit qu'il entendait dans sa voix ? Solal ne parvenait pas à le distinguer. Il avait conscience de la chance qu'il avait d'avoir une famille unie et vivante alors que son amie était orpheline de mère et n'avait ni frère, ni sœur avec qui grandir. Ses parents pouvaient lui offrir de confortables séjours à l'étranger, ce qui n'était pas le cas du père de Sterenn dont les moyens semblaient plus modestes. Il se sentait coupable de cette abondance d'amour et de moyens qu'il n'aspirait qu'à partager avec elle.

— Oui, c'est vraiment chouette, ça va être de belles vacances. Je te rapporterai un cadeau, si tu veux.

— Encore un caillou ? Ou peut-être un coquillage, fit-elle moqueuse.

Cette réplique lui fit l'effet d'une gifle. Il ne sut que répondre face à tant de mesquinerie. Il ne comprenait pas ce qu'il avait fait de mal.

— Oh ça va, je te taquine, ne fais pas cette tête-là !

Il hésita à prendre son sac et à partir sans se retourner. Il ne le fit pas. Il avait bien trop peur qu'elle ne le rappelle pas comme lors de leur dispute. Ils commencèrent les devoirs dans une ambiance un peu plus lourde qu'à l'accoutumée.

L'idylle groisillonne lui sembla tout à coup bien plus lointaine que les dix kilomètres à vol d'oiseau qui les séparaient de l'île.

69

APRÈS

C'était en cours de physique-chimie qu'il sentit que quelque chose avait changé. Il ne mit pas le doigt dessus toute de suite, mais le sentiment étrange d'avoir oublié quelque chose l'habitait. C'était la deuxième heure de cours de la matinée et il n'avait pas encore pensé à elle.

Un peu plus tôt, il s'était levé en retard, avait sauté dans ses habits, avait renoncé au petit déjeuner, s'était brossé les dents en catastrophe et était parti ventre à terre pour rattraper Célia qui avait tenté maintes fois de le réveiller avant d'abandonner. Il avait franchi les grilles du collège avec une minute de retard, au moment où le surveillant tournait la clé dans la serrure. Celui-ci avait été assez chic pour le laisser rentrer en lui conseillant quand même de s'activer un peu. Il était arrivé pile au moment où les « popus » entraient en traînant des pieds dans la salle de classe où Mme Quibert avait déjà aligné son petit matériel sur le bureau devant elle. Il n'avait pas eu le temps de reprendre son souffle que leur professeur d'histoire-géographie, agacée par le brouhaha dès la première heure, leur colla une interrogation surprise sur l'Empire musulman. Ils avaient eu cours sur le sujet la veille, Solal en avait retenu la majorité. Il n'eut pas trop de peine à rendre une copie potable.

Sans transition, les 3e 1 étaient montés au labo pour enchaîner avec les travaux pratiques de physique-chimie. Les TP occasionnaient toujours beaucoup de chahut et le travail n'avançait pas. Le professeur forma lui-même les duos pour éviter les bavardages et sépara les élèves qui s'entendaient trop bien. Solal se retrouva avec Théo qui avait fait l'effort de venir en cours. Il n'était pas très assidu ces derniers temps et faisait profil bas avec les professeurs comme avec les élèves. Personne ne savait où en était l'enquête de la gendarmerie. Certains élèves avaient été auditionnés, dont Théo, mais le mystère planait sur son rôle dans la diffusion des photos. On ne l'entendait plus parler plus fort que les autres et rire bêtement. Il avait perdu de sa superbe, son visage était moins parfait, sa peau plus terne, ses épaules plus voûtées. Théo se ratatinait.

Quand il s'installa à côté de lui, Solal ne put empêcher le souvenir de Sterenn l'envahir. Comme une grosse bulle qui remonte à la surface d'un étang et répand son parfum nauséabond. Depuis son réveil en fanfare, le drame n'avait pas effleuré son esprit. Il avait oublié qu'elle était morte, et même qu'avant ça elle avait été vivante.

— Un peu de silence, vous allez réaliser l'expérience de la page 73 de vos manuels pour déterminer l'acidité d'une solution. Vous avez tout ce qu'il faut devant vous avec dix liquides à tester. Tout est disposé dans le même ordre que dans le livre, il vous suffit de lire ce qui est écrit et de noter vos résultats « acide, basique ou neutre » sur la feuille que je vais vous faire passer. Une feuille par binôme, vous partagerez la note, je vous invite donc à collaborer, et dans le calme. Merci, vous avez quarante minutes.

Deux examens surprises le même jour après une panne de réveil et pour couronner le tout, il fallait collaborer avec l'idiot en chef qu'il haïssait pour un devoir noté. Le début de cette journée ne pouvait pas être pire.

— Je te laisse faire ? Déjà que je ne capte rien à la chimie, je ne vais pas être d'une très grande aide avec ma gueule de bois.

C'était donc ça, l'odeur l'alcool. Solal pensait qu'elle émanait des solutions, mais c'était son camarade qui en était encore imbibé. Il avait envie de lui en vouloir, mais il ne ressentait que de la pitié. Ne pas avoir encore quinze ans et arriver saoul au collège, ça n'était vraiment pas reluisant. Il essayait en vain de voir ce que Sterenn lui avait trouvé, sa belle gueule évidente et sa musculature saillante mises à part.

— OK.

Cette proposition les arrangeait visiblement tous les deux. Théo posa sa tête entre ses bras croisés sur le carrelage froid de la paillasse et s'assoupit aussitôt. Tranquillement, Solal nota leurs noms sur la feuille et commença l'expérience avec méthode.

De temps en temps, il jetait un coup d'œil à son voisin qui dormait comme une pierre. Est-ce qu'il pensait à elle aussi souvent que lui ? Est-ce qu'il se sentait coupable ? Lui était-il aussi arrivé d'oublier qu'elle s'était suicidée sans prévenir personne ?

Les quarante minutes furent largement suffisantes. Quand le carillon qui marquait la fin du cours retentit, Théo leva une mine enfarinée et engouffra ses affaires dans son sac.

— Ça va, on va avoir une bonne note ? interrogea-t-il.
— Ça devrait aller.
— Cool.

Avant de partir, Théo marqua une pause, regardant quelque chose fixement sur la table. Sur le carnet de liaison de Solal, le numéro de Sterenn était toujours inscrit en grands chiffres violets. Il posa le doigt dessus.

— Tu l'appelais souvent ?
— Non.
— Ça m'étonnait aussi.
— Pourquoi ?

— Parce que tu n'étais pas vraiment son genre, rétorqua-t-il.

Il voulut répondre qu'effectivement, son genre à elle, c'étaient plutôt les brutes sans cerveau et sans cœur qui prenaient un malin plaisir à piétiner le sien.

Il n'eut pas le temps, Théo murmura un déchirant « Elle me manque, putain » avant de sortir de la classe comme une âme en peine.

70

AVANT

Quelque chose avait changé dans la dynamique de leur relation. À l'image de la météo d'automne qui s'installait petit à petit et des jours qui raccourcissaient vitesse grand V, la relation entre les deux adolescents s'obscurcissait. Solal était inquiet car les conditions étaient de plus en plus compliquées pour travailler : froid, vent, pluie, manque de lumière... Il avait apporté un plaid et des lampes de poche pour améliorer la situation, sans que cela ne fasse des miracles.

Cependant, les devoirs étaient toujours bouclés aussi rapidement. Ce qui l'inquiétait davantage, c'était Sterenn qui semblait souvent sur la défensive, laissant échapper une vacherie par-ci, une remarque acide par-là. Il avait l'impression qu'elle lui en voulait de partir en vacances aussi longtemps.

Solal avait pris le parti de faire comme si de rien n'était. Il avait peur qu'elle ne se moque de lui et ne le traite de gamin s'il montrait qu'il était blessé. Il se sentait coincé et cherchait, sans parvenir à la trouver, une solution.

Elle avait recommencé à consulter son téléphone de manière compulsive. Elle semblait envoyer de longs messages alors qu'ils discutaient de tout et de rien, bien plus investie dans son écran que dans leurs échanges. Quand il lui faisait remarquer, elle lui répondait avec ironie :

— Pardon, mais j'ai aussi une vie à gérer en dehors de toi.

Il s'attendait à ce qu'elle lui annonce chaque jour l'arrêt de leur collaboration studieuse, mais chaque fois elle lui donnait rendez-vous pour le jour suivant. Il ne savait plus s'il avait hâte ou s'il redoutait ces retrouvailles quotidiennes douces-amères.

Il avait également constaté qu'elle était redevenue la cible numéro un chez les « popus ». On raillait ses bonnes notes, on commentait ses tenues. Cet imbécile de Théo sortait avec Émilie, qu'il embrassait à pleine bouche en fixant Sterenn dans le blanc des yeux, comme pour la narguer. Solal se demandait comment elle faisait pour les supporter et, surtout, pourquoi elle ne choisissait pas de s'entourer de personnes bienveillantes. Il la voyait souffrir, impuissant, d'autant plus qu'elle ne semblait pas vouloir de son aide.

Un soir, alors que le vent forcissait et qu'il pleuvait dru, elle arriva en essuyant maladroitement ses larmes à la grille du cimetière. Solal s'était promis de prendre soin d'elle et de ne jamais la laisser souffrir, c'était le moment de le prouver. Il oublia instantanément le malaise qui persistait entre eux et lui ouvrit les bras pour qu'elle y pleure à sa guise. Elle s'y abandonna avec soulagement. Elle pleurait si fort qu'elle hoquetait sans pouvoir reprendre son souffle. Il la fit s'asseoir sur le marbre luisant et froid du caveau de la famille Dagorn. Front contre front, il lui parlait avec une voix douce pour lui faire retrouver le chemin de sa respiration. « Inspire tranquillement, expire complètement, prends ton temps, concentre-toi simplement sur l'air qui entre et qui sort. Voilà, c'est bien. » Leurs cheveux emmêlés et mouillés de pluie et de larmes se confondaient pour ne former qu'une seule chevelure.

Peu à peu, elle reprit ses esprits. Elle ne pleurait plus, mais l'expression de peine s'affichait toujours, entre ses deux sourcils froncés et sa moue triste.

— Viens, on ne va pas rester là, sous la pluie, on va boire quelque chose de chaud au café du coin.

Sur le chemin, il crevait d'envie de lui prendre la main. Impossible, ils étaient trop près de collège, trop de monde risquait de les surprendre. Il aurait tant aimé retrouver la liberté qu'ils avaient ressentie à Groix.

Ils pénétrèrent dans le bar le plus proche, un PMU où le patron fumait encore des cigarettes au comptoir et où la lumière pénétrait mal, surtout en cette fin d'après-midi d'automne. Les adolescents s'installèrent loin des habitués qui comparaient leurs paris sportifs. Solal commanda deux chocolats chauds, espérant que la commande n'irait pas au-delà des sept euros qu'il avait en poche.

Il resta silencieux longtemps, pour lui laisser le temps de s'exprimer à son rythme. Elle ne desserra pas les lèvres. Les yeux dans le vide, elle semblait loin, perdue. Quand le patron eut déposé devant eux leurs boissons fumantes, il décida que c'était le moment de sortir de sa réserve.

— Sterenn, qu'est-ce qui ne va pas ?
— Rien.

Ses yeux rougis et ses doigts qui entortillaient nerveusement une mèche de cheveux mouillés disaient le contraire.

— Je sais que ce n'est plus pareil entre nous en ce moment, mais je suis toujours ton ami. Qu'est-ce qu'il t'arrive ? C'est Théo ?

Avec lenteur, elle tourna la tête pour le regarder en souriant d'un air mélancolique.

— Il ne m'arrive rien. Rien de nouveau, en tout cas.

Il aurait aimé pouvoir lui arracher les mots qu'elle retenait dans sa gorge serrée.

— Tu es d'humeur changeante, tu arrives en larmes, je sais que ça ne va pas. Tu n'es pas obligée de me dire ce qui ne va pas, mais ça te ferait peut-être du bien de te confier à quelqu'un. Tu ne peux pas rester aussi malheureuse, personne ne mérite ça.

— Peut-être que moi, je le mérite ?

— Arrête de dire des horreurs.

— Regarde, tu as vu comme je suis sympa avec toi ? Tu trouves que je suis une bonne amie ? On dit tellement de choses affreuses sur mon compte, ça doit être vrai, finalement.

Solal avait bien entendu des rumeurs la concernant au collège. Un jour à midi, à la cantine, Louis avait commencé à raconter que des vidéos de Sterenn en train de se faire peloter par un lycéen, lors d'une soirée chez Émilie, tournaient sur les réseaux. Solal n'avait rien voulu savoir, il avait quitté la table en catastrophe pour aller à la fontaine, faisant mine de remplir le broc d'eau déjà plein. À son retour, ses camarades avaient déjà changé de sujet, à son grand soulagement. Il avait à la fois envie d'en apprendre plus et de ne rien savoir du tout. Il ne voulait pas qu'on écorne l'image qu'il avait d'elle. Elle était cette fille intelligente et pleine d'humour, belle comme le jour, avec qui il partageait une merveilleuse complicité. C'est tout ce qu'il avait besoin de savoir d'elle.

— Ça m'est égal, ce que tu fais, je veux juste que tu sois heureuse.

— J'ai l'impression que je n'ai pas été livrée avec l'option bonheur à la naissance. Alors, être heureuse, c'est bien gentil, mais pas très réaliste.

Il ne savait pas quoi lui répondre. Il aurait bien aimé pouvoir demander à ses parents. Eux, ils trouvaient souvent le mot juste quand Célia s'enferrait dans son rôle de méchante : « Oui, je suis une vilaine fille, très bien, punissez-moi, je le mérite. » Il comprenait que, comme sa sœur, c'était le signe qu'elle avait besoin d'attention, sans savoir comment lui donner.

Dans un geste de dépit, il poussa la tasse vers elle, pour l'inviter à y goûter.

Ils burent leur chocolat, face à face, dans un silence triste. Quand elle eut terminé, Sterenn se leva et lui demanda :

— Demain, c'est les vacances. On se retrouve au cimetière, pas pour faire les devoirs, juste pour discuter un peu avant que tu ne partes. Ça te va ?

— Ça me va.

Il la suivit des yeux jusqu'à ce qu'elle disparaisse dans la rue. Demain, il lui dirait au revoir pour deux semaines, il n'avait plus qu'une soirée pour trouver comment lui remonter le moral.

71

APRÈS

— J'ai du mal à croire qu'il ne nous reste que quatre mois ensemble au collège...

— Bah alors, Jules, te voilà tout nostalgique d'un coup ! le taquina Louis.

— Ça m'a foutu un coup de visiter le lycée pro et de me dire que, pour la première fois en douze ans, je ne verrai plus vos tronches tous les jours.

Solal avait lui aussi visité le lycée dans lequel il irait en septembre, un petit établissement à taille humaine, car ses parents trouvaient qu'il manquait de maturité pour un gros lycée, public ou privé. Ils avaient sûrement raison.

À vrai dire, l'établissement n'avait pas l'air si différent du collège : une cour, des couloirs beiges, un self multicolore comme une crèche, des professeurs avec des looks de professeurs. Rien de neuf sous le soleil de l'enseignement. Louis irait au lycée public ; quant à Arthur, il avait été détecté par un club de rugby normand et partait en internat à plusieurs centaines de kilomètres pour tenter l'aventure du sport-études. C'en était fini de leur quatuor. Ils auraient aimé pouvoir en plaisanter, mais pour le moment il leur fallait déjà intégrer l'information. Les nouilles à l'eau de la cantine paraissaient encore plus fades que d'habitude.

— Les gars, j'ai quelque chose à vous dire. Non seulement je pars en Normandie, mais comme mon frère s'engage dans l'armée après son bac, ma mère a décidé de déménager là-bas aussi pour rester près de moi. Je n'aurai plus de maison en Bretagne et donc je ne vous verrai même pas aux vacances comme on l'avait imaginé.

La voix d'Arthur était devenue plus grave. Solal sentit son ventre se serrer. Sans Arthur, une partie de son monde s'écroulait.

— Mais non, c'est pas possible, dis-moi que tu plaisantes ! implora Jules.

— Non, les gars, je pars pour de bon. J'ai du mal à croire moi-même que je ne reviendrai plus ici.

— Oh, on se détend les mecs, il ne va pas mourir, il va juste déménager. Il pourra venir en vacances chez l'un de nous... Certes, c'est moins bien, mais on ne le lâchera pas, notre petit rugbyman chéri. Tu crois pas que tu vas nous larguer comme ça ! On te supporte depuis la petite section, c'est pas pour que les tickets du Tournoi des Six Nations nous passent sous le nez !

Louis avait réussi à faire sourire ses acolytes.

— Allez, bouge tes fesses Jules, on a maths dans dix minutes et on n'a pas fini de recopier le devoir de Maëlle ! Salut les gars, on vous laisse en amoureux terminer votre Flanby !

Après leur départ, Solal ressentit un grand vide. Arthur, *son* Arthur allait partir loin. Il y avait pourtant quelque chose dans l'équation qui le chiffonnait.

— Pourquoi tu ne me l'as pas dit avant ?
— Parce que j'avais espoir que ma mère change d'avis et qu'on reste ici.
— Tu n'as pas parlé de ton père, il déménage aussi en Normandie ?
— Je savais que toi, tu finirais par te rendre compte de quelque chose...
— C'est grave ?
— Non, je ne crois pas.
— Tu veux en parler à ton vieux pote Soso ?

Arthur fut obligé de sourire. *Soso*, c'était le surnom qu'il lui donnait quand ils étaient plus petits. Ils avaient perdu cette habitude, sans trop savoir pourquoi. L'adolescence, peut-être...

— Mon père a quitté la maison début décembre. Il nous a dit que ça n'allait plus avec ma mère. C'était vrai, mais ça n'a jamais été simple entre eux, on pensait que cela s'arrangerait, même si on ne savait pas où il s'était installé. Il n'est pas revenu pour Noël et là, j'ai compris qu'il nous avait abandonnés nous aussi, ses enfants. En janvier il nous a annoncé qu'il s'installait dans les Landes avec une nana de quinze ans de moins que lui rencontrée sur Tinder. Et la semaine passée, il m'a appelé pour me dire que j'allais être grand frère en août. Toi qui es fort en mathématiques, tu vas me dire...

— Que ce bébé a été conçu en novembre.

— Précisément.

— Waouh, c'est chaud !

— Je n'arrive pas à comprendre comment il peut nous faire ça. Comment a-t-il pu penser que c'était OK de nous larguer comme des merdes pour faire sa vie à cinq cents bornes... Il doit penser qu'un petit coup de fil de temps en temps, c'est ça, être père. Je suis tellement en colère contre lui.

— Tu l'as vu depuis ?

— Non. Il a dit à ma mère qu'il lui laissait tout. Ils ne sont pas mariés, la maison est en location et il ne veut pas de notre garde. Allez hop, il a effacé les vingt dernières années de sa vie sans s'inquiéter des conséquences.

— Je suis désolé pour vous. Ça doit être difficile.

Tout s'éclairait sous un jour différent désormais. Solal comprenait l'attitude étrange et l'air préoccupé de son ami.

— Tu n'en parles pas aux autres pour le moment. Ma mère ne veut pas que ça s'ébruite, je crois qu'elle a honte.

— C'est lui qui devrait avoir honte.

— Je suis bien d'accord. Et toi, mon Soso, tu veux me raconter ce qui s'est passé avec cette fameuse fille en début d'année, celle pour qui tu as disparu du paysage ? J'espère qu'elle en valait le coup.

Son ami avait déposé son propre cœur entre ses mains, en toute confiance. L'espace de la vulnérabilité était ouvert. Il pouvait sauter, un matelas d'amitié lui ouvrirait les bras pour le faire atterrir en douceur. Sans pouvoir expliquer pourquoi, il ne parvint pas à lui dire ce qu'il avait vraiment sur le cœur. Alors, il afficha son sourire le plus joyeux et convoqua son ton le plus enjoué :

— Oh, tu sais, c'est de l'histoire ancienne ! Une de perdue, dix de retrouvées ! Allez, je file, je dois retrouver Titouan au CDI pour réviser le brevet blanc !

Le soir dans son lit, il repensa à ce dicton idiot avec une pointe de mépris envers lui-même : « Une de perdue, dix de retrouvées. » Il pourrait rencontrer toutes les femmes de la terre, aucune ne serait aussi importante que Sterenn.

72

AVANT

Pour ce dernier jour d'école avant les vacances de la Toussaint, le programme n'avait pas été très lourd. On sentait les professeurs de la classe de 3e 1 fatigués par ce début d'année. Il faut dire que c'était une classe assez dissipée qui avait besoin de leur investissement total pour avancer. En histoire-géo, Mme Quibert n'avait pas renoncé à les faire travailler et avait prévu la mise en couleurs d'une carte de l'Union européenne. Le coloriage n'était pas la spécialité de Solal, il hachurait rapidement les pays et attendait que le temps passe. Sterenn, assise juste devant lui, se retourna pour lui demander un crayon de couleur rose. Il lui tendit en souriant, ce à quoi elle répondit en chuchotant :

— Merci, patate.

C'était sans doute l'échange le plus complice qu'il avait eu avec elle au sein du collège. Il voulut voir ça comme une promesse de leur amitié. C'était étrange de la regarder comme une inconnue, de devoir l'ignorer parfois et d'être si proche d'elle quelques minutes plus tard. Plus il y pensait, moins cela avait un sens. Au moins, elle ne pleurait plus comme hier, elle avait l'air d'aller mieux.

En sortant dans la cour en fin de journée pour filer vers le cimetière, il croisa Arthur qui l'intercepta.

— Alors, tu pars en Grèce demain, ta valise est prête ?
— M'en parle pas, j'ai encore rien fait et surtout, les profs nous ont donné un max de boulot, je vais devoir partir avec mon cartable…
— Tu viens goûter à la maison, ça fait longtemps que tu n'es pas venu, ma mère m'a demandé si on était encore copains !
— Tu es tout le temps à l'entraînement de rugby. Je n'ose même plus te proposer de jouer à FIFA ou à Mario Kart, tu dois avoir oublié comment s'utilisent les boutons de la manette !
— Pfff, tu as raison, à part l'école et le rugby, je ne fais plus rien justement ! Allez, viens !

Il aurait aimé filer avec son vieux copain et prendre le temps de le voir un peu hors du collège, ça faisait si longtemps, ça lui manquait. Il vit Sterenn traverser la cour et passer devant lui.

— Peut-être plus tard. Ma mère m'a demandé de faire une course pour elle à la pharmacie avant le départ, mentit-il.

— Tu veux que je vienne ? proposa Arthur.
— Non, c'est bon. Je fais un crochet chez toi en rentrant, promis.

En sortant du collège, il remarqua Sterenn à l'angle de la rue en discussion avec un jeune homme qu'il ne connaissait pas. Ce n'était pas un collégien, c'était certain. Il avait même l'air d'être plus vieux qu'un lycéen. Il s'arrêta devant le collège, faisant mine d'attendre quelqu'un pour les observer discrètement. Le type lui passait régulièrement les mains dans les cheveux ou autour de la taille, comme pour la taquiner. Elle avait à chaque fois un mouvement de recul instinctif très léger. Solal avait suffisamment observé la jeune fille les années précédentes pour voir qu'elle était mal à l'aise en face de lui. L'homme finit par la prendre dans ses bras et l'embrassa sur la bouche avec tant de démonstration que c'en était gênant.

Les oreilles de Solal vibrèrent de colère, il avait envie de sauter à la gorge de ce pauvre type et lui arracher son amie des bras. Il en voulait à Sterenn de se donner en spectacle ainsi, juste à côté du collège. Elle allait encore se plaindre des rumeurs, mais elle ne faisait pas d'effort.

Elle s'extirpa des bras de l'homme dont elle prit congé et disparut dans la rue. Elle se rendait à leur rendez-vous. Solal lui emboîta le pas, la rattrapant juste avant de pousser la grille blanche.

— C'est quoi, ce qui vient de se passer devant le collège ? demanda-t-il, d'un ton plus accusateur qu'il ne le souhaitait.

L'adolescente fit volte-face, stupéfiée.

— Pardon ? Tu crois que je te dois des comptes ? Ça va pas la tête ?
— Je ne sais pas, mais si tu veux éviter qu'il y ait des rumeurs, tu devrais prendre plus de précautions et éviter de sucer les amygdales à des mecs qui sortent de l'Ehpad !
— Tu es aussi con que les autres, en fait, avec ton petit air de tout savoir ! C'est tellement facile de juger.

La soudaineté et la violence de cet échange ne permirent aucune marche arrière. Les mots prononcés étaient déjà bien trop blessants pour qu'il puisse les ravaler comme si de rien n'était. Solal était furieux contre Sterenn d'avoir fait ce qu'elle avait fait avec ce type, visiblement contre son gré ; il se sentait trahi.

— Ce n'est pas moi qui me promène avec mon air traumatisé et qui chiale des torrents en ce moment, je te signale ! Alors, oui, pardon, mais te voir emballer un mec qui visiblement te dégoûte, ça me met hors de moi ! T'en as pas marre de te faire du mal ?
— Tu t'es pris pour qui ? Tu n'es ni mon mec, ni mon père. Et que ça soit bien clair, même mon père n'a pas son mot à dire sur les personnes avec qui je sors.
— Non, je n'ai rien à dire, mais qui va te ramasser à la petite cuillère parce que tu ne veux pas prendre soin

de toi ? Eh bien, c'est moi, et j'en ai marre de te voir souffrir, juste parce que tu fais des mauvais choix.

— Toi ? Laisse-moi rire, tu pars quinze jours avec ta petite famille parfaite à explorer les îles grecques... Tu as un joli discours de mec bien sous tous rapports, genre « je serai toujours là, gnagnagna » et hop, tu m'abandonnes comme une vieille chaussette pour bouffer de la féta... Putain, mais étouffe-toi avec !

— Attends, parce que tu crois que c'est agréable pour moi de te voir en cachette et de ne pas avoir le droit d'adresser la parole à mademoiselle au collège ?

— Je t'ai dit que c'était pour te protéger, tu veux vraiment devenir leur souffre-douleur ? Je t'en prie, je te laisse la place avec plaisir !

— Ça, c'est ta bonne excuse, en fait, tu as juste honte de moi. Pourquoi, parce que je suis petit ? Parce que je ne suis pas baraqué comme Théo ou l'autre vieux de tout à l'heure et qu'en plus, j'ai un cerveau que j'utilise ? Tu dis que tu as changé, que tu veux te mettre sur le droit chemin ? Eh bien, assume tes fréquentations !

— Allez, c'est ça, vas-y, dégage si c'est si horrible de traîner avec moi !

— Tu crois vraiment que j'ai le choix de partir ? C'est des vacances en famille ! Tu sais ce que c'est ?

— Non, justement ! Pauvre petit chéri, avec tes problèmes de gosse de riches ! Allez, rentre chez ta maman, mon pauvre Solal. Petit puceau traumatisé par un roulage de pelle ! T'inquiète pas pour moi, je trouverai facilement quelqu'un d'autre qui voudra bien être mon ami et qui ne me jugera pas ! Bonnes vacances !

Elle tourna les talons et fila d'un pas rapide, décidée à quitter les lieux le plus rapidement possible. Solal, sonné par sa dernière diatribe, l'observa devenir de plus en plus petite jusqu'à ce qu'elle disparaisse dans le premier virage. Il aurait pu lui courir après. Il sentait qu'une fois l'énervement retombé ils se seraient réconciliés, parce qu'au fond, s'ils se disputaient ainsi, c'était parce qu'ils tenaient réellement l'un à l'autre. Mais il n'avait pas mérité les mots méchants qu'elle avait prononcés, il avait envie qu'elle réfléchisse à la façon dont elle l'avait traité.

Il serait toujours temps de se réconcilier. Après les vacances.

73

APRÈS

— Joyeux anniversaire, Solal !

En ce premier jour de printemps, les personnes que Solal aimait le plus au monde étaient réunies autour de la table du salon des Taddeo. Son père, sa mère, sa sœur, ses grands-parents paternels et son cher Arthur. Depuis le CP, son repas d'anniversaire regroupait invariablement le même effectif et cela le comblait. Il ne manquait que Mamicha. En primaire, ses parents organisaient de grands goûters avec les copains de sa classe. Déco, activités, jeu de piste et piñata, c'était toujours réussi et chacun repartait avec un paquet de bonbons. Il aurait aimé avoir encore huit ans pour voir Jules, Louis et les autres s'affronter à la course en sac dans son jardin. Il trouvait ça formidable d'avoir Arthur, qui faisait presque partie de la famille, à ses côtés depuis tant d'années. Il savourait à sa juste valeur ce dernier anniversaire en sa compagnie. L'an prochain, il faudrait composer sans lui et il n'était pas sûr de pouvoir le faire. Solal balaya cette pensée qui l'attristait plus qu'il ne le montrait.

Sa mère venait d'apporter sa fameuse tarte au citron meringuée couronnée de bougies bleues, sa couleur préférée. Il avait du mal à croire qu'il avait déjà quatorze ans.

— Allez, fais un vœu ! lui intima Célia, encore plus excitée que lui par cette perspective.

Faire un vœu avant de souffler les bougies était une tradition à laquelle on ne dérogeait pas. Bien sûr, il ne fallait surtout pas révéler la nature de son vœu aux autres, au risque qu'il ne se réalise pas. Depuis trois ans, celui de Solal était le même face à son gâteau ou sous les étoiles dans le jardin de Mamicha : parler à Sterenn. Il s'était matérialisé au-delà de ses espérances.

Solal ferma les yeux pour se concentrer. L'éclat des bougies restait imprégné sur sa rétine de sorte qu'elles continuaient à briller dans le noir de ses paupières. Il pensa qu'avec Sterenn c'était pareil. Même s'il ne la voyait plus, il gardait quelque part en lui le souvenir de sa lumière. Il interrogea l'obscurité à la lueur du souvenir de son amie pour savoir ce qu'il souhaitait vraiment, du fond de son cœur. La réponse lui vint instantanément. Il voulait que Sterenn trouve enfin la paix, où qu'elle se trouve.

Il ouvrit les yeux, prit une grande inspiration et souffla les quatorze bougies en une fois, sous les applaudissements de sa petite foule en délire.

74

APRÈS

Il n'était pas retourné au cimetière depuis l'enterrement. Cinq mois après la mort de son amie, Solal eut envie d'aller lui rendre une petite visite. Il fila directement en sortant du collège, comme s'il avait encore rendez-vous avec elle. Il se sentait joyeux, un peu inquiet aussi. Il avait l'impression de connaître cet endroit par cœur et redoutait de le découvrir changé.

Sur le chemin, il cueillit quelques myosotis et trois belles jonquilles à la tige bien droite. Ce bouquet lui ressemblait : le bleu rappelait ses yeux et le jaune, sa doudoune fétiche. Sterenn saurait au premier regard que le bouquet venait de lui.

Il poussa la grosse grille blanche et constata qu'effectivement le lieu n'était plus le même. Il ne l'avait connu qu'à la fin de l'été et au début de l'automne, avec ses plantes vertes grillées et ses arbres assoiffés aux feuilles jaunissantes. Il l'avait découvert sous le soleil de plomb avant de le voir s'assombrir sous la pluie. Il ne l'avait jamais vu aussi verdoyant. Les frênes et les chênes bourgeonnaient à qui mieux mieux, les oiseaux gazouillaient avec entrain, l'air chargé d'embruns donnait envie de respirer à pleins poumons. Cet endroit avait un air de paradis.

Sterenn partageait la pierre tombale avec ses grands-parents et sa mère. Gabriel, Nicole, Viviane et Sterenn. Les dates de cette sépulture semblaient n'avoir aucun sens ; et pourtant, Viviane, la mère de Sterenn, était bien morte avant son père et sa mère. Et Sterenn était bien décédée à l'âge de quatorze ans. La tombe était entretenue impeccablement. Les marques d'affection présentes – plaques, plantes résistantes en pot, sculptures de chérubins – étaient toutes adressées à la jeune fille. Sa mort avait rendu celle des trois autres anecdotique.

Solal déposa son bouquet jaune et bleu sur le granit gris et brillant avec précipitation et dévotion, comme il l'avait fait avec sa petite nacre rose quelques mois auparavant. Sterenn lui avait dit qu'elle voulait des fleurs sauvages et qu'on chante du Lady Gaga sur sa tombe et il ne pouvait rien lui refuser. Cependant, il n'avait pas encore le cœur à être joyeux, alors il avait exploré le répertoire de la star américaine, à la recherche d'une chanson qui aurait du sens. Au bout de trois clics sur le Net quelques jours plus tôt, il avait découvert la chanson « Joanne ». Elle semblait tellement à propos que c'était forcément un signe.

Il regarda autour de lui, il n'y avait personne à la ronde, à part un rouge-gorge qui grattait la terre à quelques mètres. Il ferma les yeux et, de sa voix un peu tremblante, que le professeur de musique avait qualifiée de « cristalline » sur son bulletin, il entonna *a cappella* cet hommage pour son amie disparue.

« *Take my hand, stay Joanne*
Heaven's not ready for you
Every part of my aching heart
Needs you more than the angels do
Girl, where do you think you're goin'[*] ? »

Il pouvait presque sentir sa présence. Une légère brise souffla, lui caressant la joue, comme auraient pu le faire les cheveux angéliques de Sterenn. Il profita quelques secondes de cet instant suspendu, de cette dimension où elle semblait encore incarnée.

Quand il rouvrit les yeux, ce fut pour découvrir à quelques mètres de lui un homme qui le fixait, les yeux embués de larmes.

C'était le père de Sterenn qui l'avait surpris en train de chanter. Visiblement ému, l'homme s'était approché de lui avant de poser sa grande main calleuse sur son épaule. Solal voulut prendre ses jambes à son cou pour fuir le plus loin possible, honteux d'avoir été cueilli en flagrant délit de vulnérabilité et impressionné par la carrure de cette force de la nature.

---

* « Prends ma main, reste Joanne / Le paradis n'est pas prêt pour toi / Chaque partie de mon cœur douloureux / A besoin de toi plus que les anges / Jeune fille, où penses-tu aller ? »

— Tu es Solal ?

Incapable de bouger les lèvres, le jeune garçon resta muet. Comment était-il possible que monsieur Rama ait eu vent de son existence ?

— Oui, c'est bien toi, je te reconnais. Suis-moi, j'ai quelque chose pour toi.

Les rumeurs allaient bon train au collège concernant le père de Sterenn. Il était alcoolique, il avait replongé depuis la mort de sa fille, il était dépressif, il ne sortait plus de chez lui...

Solal lui emboîta le pas, ne sachant pas si c'était une mauvaise idée ou une *très* mauvaise idée. Au moment où il songeait à lui faire faux bond, ils arrivèrent sur le seuil de la maison. Solal était passé devant un nombre de fois incalculable à vélo dans l'espoir d'apercevoir la jeune fille. Il ne l'avait jamais croisée et, en un sens, ça le soulageait car, jusqu'à son douzième anniversaire, il avait dû porter un casque jaune fluo qui lui donnait l'air d'un Playmobil sur un chantier. Il n'aurait pas aimé que Sterenn le voie ainsi.

Ils pénétrèrent dans la maison. Solal avait peur. Il se sentait tel le Petit Poucet dans la maison de l'ogre, mais il était trop tard pour faire demi-tour. Un ordre méticuleux et une odeur forte de détergent conférait au lieu une ambiance d'hôpital. Ils se dirigèrent dans la cuisine. Le volet de l'unique fenêtre qui devait donner sur la rue était fermé, la petite pièce avait un air lugubre. Il y avait très peu d'objets sur le plan de travail et chaque ustensile semblait disposé avec précision pour créer un espace à l'ordre militaire.

M. Rama lui indiqua une chaise sur laquelle s'asseoir. Solal s'installa en prenant garde à maintenir son dos bien droit, comme un suspect avant son interrogatoire. Le colosse sortit deux Cacolac du réfrigérateur, en posa un avec autorité devant le garçon et se plaça face à lui, de l'autre côté de la table recouverte d'une toile cirée au motif cerise assez surprenant. M. Rama devait avoir l'âge de ses parents mais il paraissait avoir celui de ses grands-parents. Ses cheveux coupés ras complètement gris le coiffaient d'un casque argenté. Son visage aux rides profondes, buriné par le soleil et la tristesse, rendait visibles toutes les souffrances endurées. À force de couler, les larmes avaient creusé un sillon noir sous ses yeux. Ils étaient gris, de la même couleur que ceux de sa fille, juste un peu plus délavés par la vie. Si on le regardait attentivement, cela sautait aux yeux : cet homme n'était pas effrayant, il était malheureux.

— Tu aimes le Cacolac ? demanda-t-il.
— Oui, répondit presque silencieusement Solal.
— Je te fais peur, mon garçon ?

L'absence de réponse et les mains crispées de Solal sur la bouteille répondaient positivement à la question.

— Je fais peur à tout le monde ces temps-ci. Les gens préfèrent m'éviter comme si mon malheur risquait de les éclabousser.

Il fit un sourire qui ressemblait plutôt à une grimace. Solal comprit que c'était pour le rassurer et se détendit un peu.

— C'est très beau, ce que tu as chanté au cimetière. C'était du Lady Gaga, toi aussi elle t'avait converti ?

Solal repensa au regard animé de Sterenn quand elle parlait de son idole. Cette image lui arracha un demi-sourire.

— Oui, c'est une chanson un peu moins connue que les autres, « Joanne ».
— Je l'ai reconnue, elle aimait la jouer au piano.

Il ne savait même pas que son amie jouait du piano. L'étendue de ce qu'il ne connaissait pas d'elle lui paraissait chaque jour plus immense. Pourtant, c'était comme si une partie de lui le savait, il avait fait mouche en choisissant ce morceau.

— Comment avais-tu rencontré ma fille ?
— On était dans la même classe. On a fait un exposé tous les deux et puis on a pris l'habitude de réviser ensemble.
— Et tu étais avec elle quand elle traînait au cabanon du cimetière ?

« Rien n'est interdit tant que personne n'est au courant », avait dit Sterenn.

Face à cet homme qui semblait porter plus de souffrances qu'il n'en était humainement possible, Solal ne pouvait faire semblant.

— Oui, on y faisait nos devoirs. Et puis, on discutait. On était devenus amis, mais personne ne le savait.

Sept mois après leur premier rendez-vous, le secret du pacte venait d'être rompu. Cela le soulageait et le rendait nostalgique à la fois.

— Pourquoi vous voyiez-vous en cachette ?
— Elle disait que c'était pour me protéger des ragots, mais je crois qu'elle avait honte de passer du temps avec moi. Surtout par rapport aux « populaires ».
— Elle m'avait parlé de toi sans me dire ton prénom. Elle m'avait dit qu'elle faisait ses devoirs avec un camarade gentil et intelligent, et ça m'allait bien, elle était redevenue une bonne élève.
— Je suis désolé d'être allé au cabanon sans votre permission. On se disait que si on rangeait tout bien, ça ne poserait pas de problème. Comment avez-vous su ?
— Je n'en suis pas très fier, mais après qu'elle eut séché les cours en quatrième, j'avais installé une application de géolocalisation sur son téléphone. Elle ne me confiait pas grand-chose, alors savoir où elle était me rassurait un peu.
— C'est comme ça que vous avez appris que nous étions à Groix ?
— Elle avait raison, tu es sacrément intelligent. Je m'en veux encore de l'avoir accueillie ainsi à la descente

du bateau. Elle m'a dit qu'elle était partie toute seule, je ne savais pas que tu étais avec elle. Ça m'a inquiété follement de voir qu'elle était là-bas sans me le dire. Je ne me faisais plus trop de souci pour elle car tous les voyants étaient au vert. Elle n'avait plus de marques sur les bras, je savais qu'elle traînait au cimetière, mais je retrouvais la terrasse comme je l'avais laissée, elle avait de bonnes notes et, parfois, on parvenait même à discuter un peu. La situation était moins tendue que l'année d'avant. Je n'ai rien vu de son mal-être, j'ai même cru qu'elle allait bien. Comme si les notes étaient une indication suffisante. Est-ce que qu'elle t'avait confié quelque chose, à toi ?

Le ton suppliant brisa le cœur de Solal. Il aurait tellement aimé avoir des réponses à lui donner.

— Non, je ne sais pas. Nous nous étions disputés juste avant les vacances, on ne se parlait plus...

La voix de Solal se brisa et il se mit à sangloter. La culpabilité qu'il croyait disparue resurgit. Tel un monstre marin, elle s'était nourrie des profondeurs de ses angoisses avant de ressortir plus puissante qu'auparavant.

— Je m'en veux, j'aurais dû aller lui parler à la rentrée, on aurait pu se réconcilier, on aurait pu parler et peut-être qu'elle ne serait pas morte.

M. Rama se leva et vint s'accroupir près de lui. Son gros visage grêlé par la peine souriait maladroitement, compatissant.

— Oh non, mon grand. Ne t'en veux pas. Tu peux passer ta vie à t'en vouloir, tu peux passer l'existence complète dans le regret d'avoir fait ou dit telle chose. Ça ne la ramènera pas. Et tu risques de passer à côté des belles choses que tu mérites. L'an passé, quand elle a séché les cours, j'ai eu très peur pour elle, j'ai cru qu'elle allait faire comme sa mère. J'ai appris après sa mort que c'était peut-être à cause de ces satanées photos d'elle. Elle m'en aurait parlé, j'aurais bougé ciel et terre pour la défendre et les faire retirer. Je l'aurais même changée de collège, on aurait déménagé, elle aurait vu un psy... Tout, j'aurais tout fait pour elle. Je lui aurais dit encore et encore que ces histoires de l'adolescence, ça passe et qu'il faut croire qu'à un moment, on a moins mal. Mais elle ne m'a rien dit. Elle a arrêté d'y croire suffisamment longtemps pour vouloir mourir. Elle a voulu me protéger, mais ça n'était pas son rôle à elle, c'était à moi de le faire et je ne me le pardonnerai jamais.

— Elle pensait que vous ne pourriez pas comprendre pour les photos. Elle ne voulait pas vous faire de peine. Elle avait peur que vous ne l'aimiez plus.

M. Rama secoua la tête comme pour dire qu'il ne comprenait pas cette dernière phrase.

— Je l'aimais, quoi qu'il arrive. Quoi qu'elle fasse. Elle était tout pour moi. Elle avait raison sur un point, je ne la comprenais pas. Est-ce qu'il y a un seul père sur Terre qui comprend sa fille de quatorze ans ?

Solal pensa à son père et à sa mère, qui faisaient tant d'efforts et qui tombaient souvent à côté de la plaque malgré tout leur amour. Peut-être que le cerveau des adultes n'avait pas la capacité de se souvenir de ce que c'était, l'adolescence ? Les parents ne pouvaient donc plus se brancher sur cette fréquence si spécifique.

— Viens, j'ai quelque chose pour toi.

Solal suivit M. Rama dans le couloir. Il ouvrit une porte bardée d'autocollants en forme d'étoile. Le garçon savait très bien ce qui se cachait derrière.

Il pénétra dans la pièce comme un archéologue dans la chambre funéraire d'un pharaon, avec anxiété et excitation.

Il fut d'abord saisi d'émotion en constatant que l'odeur de la jeune fille flottait encore dans l'air. Il pensa fugacement à Grenouille...

La chambre de Sterenn ressemblait à l'adolescente qu'elle était. Les murs blancs étaient recouverts d'un patchwork d'images mêlant des posters de Lady Gaga, des messages griffonnés sur des feuilles de classeur, des Photomaton d'adolescents hilares, des tickets de cinéma, des sous-bocks de bière, des doubles pages de sublimes mannequins en maillots de bain... Les étagères croulaient sous les peluches et les bibelots en tout genre. Le lit, fait au carré, était recouvert de coussins roses et blancs de toutes les tailles. On avait l'impression que l'habitante du lieu pouvait rentrer à tout instant pour s'y prélasser.

Alors que M. Rama ouvrait un placard à la recherche de quelque chose, Solal scruta le plafond pour trouver l'endroit où elle avait pu accrocher le foulard vert émeraude pour se donner la mort. Sans succès.

Le père de Sterenn lui tendit une boîte à chaussures où un Post-it indiquait clairement à l'encre violette « Solal ».

— Je crois que ça te revient. J'en ai fait l'inventaire, comme avec toutes ses affaires, pour voir si je ne trouvais pas une explication, j'espère que tu ne m'en veux pas. Je suis désolé, j'aurais dû te la déposer plus tôt au collège...
— Vous ne voulez pas la garder, en souvenir ?

C'était plus par politesse qu'il le lui avait demandé car il brûlait de découvrir le contenu de cette boîte. L'homme ouvrit les bras pour embrasser la pièce.

— J'y vis, dans les souvenirs. Un jour, j'aurai le courage de donner ses autres affaires, mais pour le moment venir ici me permet de la sentir encore près de moi. Certaines nuits où elle me manque trop, je viens dormir à même le sol au pied de son lit, comme quand elle était petite et qu'elle faisait un cauchemar. À chaque fois, je pensais rester le temps qu'elle s'endorme et je roupillais en moins de deux. Au réveil, j'avais mal partout, mais à l'époque je parvenais encore à la rassurer. Ou alors c'était moi que ça consolait.

M. Rama passa ses mains aux larges doigts carrés sur son visage, comme pour chasser l'émotion qui le saisissait trop intensément.

— Allez, mon garçon, je te laisse partir.

Sur le pas de la porte, il lui tapota l'épaule dans un geste d'affection.

— Merci d'avoir été une lueur bienveillante dans la vie pas facile de ma fille.

Solal pensa que c'était plutôt lui qui avait eu de la chance de vivre quelques mois dans sa lumière.

— Une dernière chose, mon garçon. Tout à l'heure tu as dit que c'était parce qu'elle avait honte d'être ton amie qu'elle ne voulait pas que tout le monde sache que vous traîniez ensemble. Je crois plutôt que c'est parce que tu étais si important pour elle qu'elle ne voulait pas te partager.

75

APRÈS

Dès qu'il fut hors de la vue de M. Rama, Solal ouvrit la boîte avec fébrilité. À l'intérieur, il découvrit un vrai trésor de pirates, comme ils pouvaient en confectionner pendant les vacances avec Célia quand ils étaient plus jeunes et qu'ils en cachaient dans la maison de leurs grands-parents, heureux de les exhumer l'année suivante.

Sous ses yeux s'étalaient les souvenirs de leur courte amitié. Il prit le temps d'examiner chaque élément pour les apprécier à leur juste valeur.

Il y trouva le crayon de couleur rose qu'elle lui avait emprunté un jour au cimetière alors qu'elle lui expliquait comment elle entourait les passages importants lors d'une étude de texte pour mieux synthétiser sa pensée. Il caressa du doigt l'endroit où elle avait laissé une marque de morsure dans le bois tendre. Il la revit faire ce geste machinal de mâchouiller les crayons quand elle réfléchissait.

Il sourit en voyant un nombre important de capsules de Cacolac et d'emballages de Têtes Brûlées, vestiges de leurs goûters clandestins face à la mer.

Quelques brouillons froissés de mathématiques et d'anglais où leurs écritures se mélangeaient gardaient la trace de leur travail commun qui avait si bien porté ses fruits.

Il y avait la petite nacre rose percée qu'il lui avait offert, dans laquelle elle avait fait passer un fil de cuir pour la transformer en collier. La finesse du coquillage le cueillit aussi fortement que ce jour de septembre sur la plage. Il n'en avait jamais trouvé de si joli. Ni lui, ni Sterenn n'avait jamais mentionné ce moment sur le parking au cours de leurs nombreux échanges. Et c'était mieux ainsi. Que le coquillage soit dans cette boîte témoignait de l'importance du moment pour elle. Il aurait tant aimé le voir scintiller autour de son cou.

Elle avait aussi conservé les billets du bateau de la traversée jusqu'à Groix et le glaucophane qu'il avait ramassé près du menhir. Et puis la liste des choses à faire ensemble qu'ils ne pourraient jamais compléter et qui n'avait plus aucun sens.

Cette collection d'objets hétéroclites regroupés précieusement racontait la relation des deux adolescents mieux que n'importe quels mots.

D'une enveloppe blanche qu'il ouvrit précautionneusement, il extirpa une liasse de cartes postales peintes à l'aquarelle qu'il ne connaissait pas. Elles représentaient toutes la même vue, sous des conditions météorologiques variées. Cette vue lui semblait familière, mais non, cela ne pouvait être ça... C'était pourtant bel et bien celle qu'ils contemplaient ensemble depuis la terrasse du cabanon. Sterenn avait utilisé les cartes et l'aquarelle qu'il lui avait offertes et avait mis en application ses conseils. Elle avait esquissé avec talent la vue qui s'étalait sous son regard plutôt que de la photographier avec son téléphone. En bas de chacune, elle avait signé de son prénom accolé d'une étoile et indiqué la date.

Solal comprit que son amie avait peint la vue durant les vacances de la Toussaint alors qu'ils étaient en froid. Il était avec elle, même quand ils n'étaient pas ensemble.

À la fin de son inventaire, Solal découvrit au fond de la boîte deux photos qu'il n'avait jamais vues et il comprit comment le père de Sterenn avait fait pour le reconnaître. C'était un profil de lui, installé sur le canapé du cabanon, regardant vers la mer. Ses yeux bleu myosotis rappelaient la couleur du pull qu'il portait, celui qu'elle disait tant aimer. Il se trouvait beau sur cette photo prise à son insu. Il aurait donné tout ce qu'il possédait à l'instant, pas grand-chose malheureusement, pour passer quelques minutes de plus en sa présence. Sur le second cliché, Sterenn et Solal affichaient leurs mines radieuses dans le selfie pris pour célébrer leur 17/20 à l'exposé d'histoire. Il n'avait pas imaginé revoir cette photo un jour, le seule et unique sur laquelle ils apparaissaient tous les deux.

Il aurait dû savourer les mots de son père et la symbolique de tout ce qui était contenu dans cette boîte, il le savait. La réalité était pourtant différente. Il ne pouvait empêcher la tristesse et la jalousie de s'insinuer dans chacune de ses pensées. Il était touché d'avoir une boîte à son nom dans l'univers de l'adolescente, mais une partie de lui se sentait blessée de voir tous ces souvenirs relégués dans un placard, alors que les photos de Théo et des autres « populaires » s'affichaient joyeusement sur les murs de sa chambre. Il aurait voulu voir leur selfie accroché en évidence, comme une preuve de son attachement à lui.

76

APRÈS

— Tu ne dis rien ?

Solal triturait ses mains, inquiet de la réaction de son meilleur ami. L'air perdu, Arthur ne parvenait pas à remettre ses idées en ordre. Le choc était assez costaud à encaisser.

Une heure plus tôt, les deux garçons avaient terminé une partie de jeu vidéo et s'étaient mis à discuter de tout et de rien dans le salon de la famille Taddeo. Pour la première fois, Arthur avait osé confier qu'il était intéressé par une fille de sa classe, Emma, et qu'il envisageait de sortir avec elle. Un nouvel espace s'était alors ouvert entre les deux adolescents, permettant des échanges impossibles quelques minutes plus tôt. Solal avait compris que lui aussi était mûr pour ouvrir son cœur en grand.

Il avait raconté Sterenn dans les moindres détails : l'exposé, le CDI, le cimetière, le pacte, les devoirs, le secret, ses angoisses, leurs discussions, la liste, Groix, l'engueulade, son père, l'éloignement et les changements d'humeur… En l'exprimant à voix haute, il lui paraissait complètement fou d'avoir vécu tout cela avec elle et cela rendait pourtant les faits incroyablement concrets.

Il n'avait rien caché de ses souffrances et de l'enfer qu'il avait traversé les six derniers mois. Il avait même montré les fines lignes blanches que l'on pouvait deviner sur son poignet quand il ne portait pas sa montre. Plusieurs fois, il avait failli pleurer, mais c'était désormais un chagrin sec qui ne trouvait plus aucun réconfort dans les larmes. Il pensait à elle tous les jours, cela n'était plus aussi douloureux, mais bon sang, qu'est-ce qu'il était triste.

Il avait préféré garder pour lui ses années à observer Sterenn en silence et la fascination qu'elle n'avait cessé d'exercer sur lui. Ça, il le conservait au chaud, juste pour lui. Il ne voulait pas qu'Arthur se sente trahi. Quatre années de dissimulation, c'était plus difficile à comprendre que quelques mois.

— J'en reviens à peine, j'ai du mal à vous imaginer amis, tous les deux. Vous fréquentiez des groupes tellement différents, c'est improbable.

Ce que Solal redoutait était sur le point de se produire. Son ami n'allait pas le croire. Personne ne pouvait envisager cette amitié si étrange.

— Tu ne me crois pas ?

— Si, évidemment, je te crois sur parole ! Je ne sais juste pas quoi te dire, mec. J'étais tellement loin d'imaginer tout ça. Ça a dû être affreux d'affronter ça tout seul. J'aurais pu être là pour toi si tu m'en avais parlé.

— Hum, je te retourne le compliment...

— C'est vrai. On a été aussi cons l'un que l'autre.

— *Ex aequo* dans la connerie.

— Tu veux aller à la célébration en sa mémoire organisée par l'école avant le brevet ?

— Je ne sais pas. J'ai l'impression que ça va me rendre plus triste qu'autre chose.

— Dis, Soso...

— Quoi ?

— Tu voudras bien me la montrer, cette liste de choses à faire ?

— Oui, ce n'est plus un secret maintenant. Pourquoi ?

— Parce que je crois que ça nous ferait du bien à tous les deux qu'on la termine ensemble avant mon départ.

77

APRÈS

Mme Quibert était malade cette semaine, ce qui arrangeait bien les 3e 1 qui profitaient de l'absence de leur professeur principale pour réviser le brevet ou se la couler douce, selon les tempéraments. Pour la troisième fois de la semaine, Solal se retrouvait assis à côté de Youna. Ou plutôt, la jeune fille s'était arrangée pour s'installer à côté de lui. Solal était bien trop observateur pour ne pas remarquer ses stratagèmes. Ces derniers temps, il croisait souvent son regard et elle lui offrait des sourires un peu trop appuyés. Il aurait fallu être aveugle pour ne pas comprendre : il l'intéressait. Il ne savait pas trop comment réagir alors qu'il avait toujours été plutôt à l'aise en sa compagnie. C'était la première fois qu'une fille lui témoignait un tel intérêt, il n'était pas trop sûr de ce qu'il devait faire. Ou ne pas faire. Il décida prudemment de faire comme s'il n'avait rien remarqué.

Il ne put faire l'autruche bien longtemps car Youna semblait bien décidée à passer la seconde.

— J'espère qu'on se retrouvera dans la même classe l'année prochaine vu qu'on va dans le même lycée. Ça me rassurerait d'être avec toi.
— Euh, oui, ça serait sympa.
— On organise un après-midi à la plage avec quelques copines pour fêter la fin du brevet, ça te dit de te joindre à nous ?
— Oui, pourquoi pas.
— Tu peux inviter Arthur et tes potes si tu as peur de te sentir seul au milieu de nous toutes.

Son cœur battait à toute vitesse, il ne comprenait pas ce qui se passait. Son cerveau était sur pilote automatique, incapable de formuler des réponses de plus de deux mots.

— Oui, merci.
— Si ça te dit, on pourrait aller au cinéma ensemble cet été.
— Oui, bien sûr.
— Cool, j'aime bien passer du temps avec toi.

Ravie, Youna ponctua sa phrase d'une moue adorable avant de reprendre l'exercice de mathématiques sur lequel elle planchait.

Solal ne put s'empêcher de sourire intérieurement. Il aurait voulu que les papillons qui volaient dans son ventre n'arrêtent jamais leur danse.

78

APRÈS

Comme chaque année, on pouvait sentir le brevet et les vacances arriver grâce à quelques événements annonciateurs au collège : le grand rangement du CDI, les rencontres sportives, les visites hors les murs, le spectacle annuel interclasses où la scène était ouverte à tous…

Et puis, il y avait le grand déballage. Profitant des beaux jours, les surveillants exposaient dans la cour les objets trouvés qui n'avaient pas été réclamés dans l'année. Il y en avait pour tous les goûts et pour toutes les tailles. On n'imagine pas tout ce qu'un adolescent peut égarer en une année, alors tout un collège…

Avec les vêtements trouvés au sein de l'établissement, il y avait de quoi habiller une classe entière. Aux habits s'ajoutaient les divers objets perdus : trousses, crayons, compas, lampes de poche, brosses à cheveux… Et même – une première, cette année – un appareil dentaire !

La cour de récréation prenait un air de marché estival plutôt agréable. Solal et Arthur se promenaient dans la cour, commentant chaque nouvelle découverte d'un air goguenard. Célia arriva en trombe vers eux.

— Solal, il y a ton sac de sport !
— Quel sac de sport ?
— Celui que tu as perdu, avec les baskets toutes neuves, les parents étaient furax, ça te rafraîchit la mémoire ?

C'était en novembre, juste avant la tragédie. Ça lui paraissait maintenant si loin, comme si toute une vie s'était écoulée depuis. Une vie sans elle.

— Jure ?
— Fais-moi confiance, un sac aussi maltraité par son propriétaire, y en a pas des milliers.
— Je n'ose même pas aller le récupérer…
— Pourquoi ? lui demanda Arthur.
— J'ai toujours une banane dans mon sac pour reprendre des forces après les cours d'EPS.
— C'est pas un frère que j'ai, c'est vraiment un Minion, commenta Célia, faisant référence à la passion dévorante des créatures pour ce fruit de la même couleur qu'eux.
— Eh bien, j'espère juste que je l'avais mangée ce jour-là, sinon ça ne va pas être joli à voir.

Arthur et Célia se regardèrent et levèrent les yeux au ciel. Ils étaient tous les deux habitués aux petites fantaisies de Solal et à son manque de soin, mais là il battait des records.

— Allez, quand faut y aller, faut y aller !

Assis par terre sur le bitume tiède de la cour, son sac de sport bleu électrique entre les jambes, Solal se motivait comme il pouvait. Arthur et Célia restaient à bonne distance avec une curiosité craintive de voir ce qu'il contenait. À cet instant, tel le chat de Schrödinger, la banane pouvait être mangée depuis novembre ou dans un état de décomposition indescriptible. Il ouvrit la grande poche, en sortit d'abord ses baskets qu'il essaya tout de suite.

— Elles sont trop petites…

— Tu m'étonnes mec, tu as dû prendre dix centimètres depuis la rentrée !

— Tiens, Célia, tu as gagné une paire de chaussures !

Il inspira, sortit son short, ses chaussettes blanches toutes grises à force de marcher par terre, son t-shirt qui ne sentait pas la rose après deux heures d'athlétisme et plusieurs mois roulé en boule. Tout semblait dans le même état que sept mois auparavant.

— Bon, on touche au but…

Les deux doigts en pince, il extirpa le sac en tissu enduit confectionné par sa grand-mère quand il était en petite section et dans lequel il trimballait ses goûters depuis, refusant catégoriquement d'en changer. Il fit un signe de croix dramatique avant de défaire le scratch et plongea son nez au fond du sac. Célia et Arthur firent un pas en arrière en se regardant avec un dégoût complice. Solal retint un petit rire et sortit du bout des doigts une peau de banane toute sèche, ratatinée et aplatie qui n'avait occasionné aucun dégât.

— Ouf, le sac à goûter est sauvé ! Il va pouvoir me suivre au lycée. À moi les bonnes bananes !

— Franchement, il n'y a qu'à toi qu'il arrive des mésaventures pareilles, lâcha Célia.

— Heureusement, je ne suis pas sûr que je supporterais un autre numéro comme lui, ajouta Arthur. Tu comprends pourquoi je déménage ?

— Attends, moi je vis avec lui au quotidien, je te confirme que deux, ça serait trop !

Alors qu'il rangeait ses affaires dans son sac, il fut saisi d'une sensation étrange. Son radar à Sterenn s'était enclenché, comme si elle était dans les parages. Machinalement, il regarda autour de lui, avant de se raisonner, légèrement mélancolique.

Il la chercherait sûrement encore longtemps avant d'intégrer le fait qu'il ne la verrait plus jamais. Ici, ou ailleurs.

Un groupe de filles de cinquième passa derrière lui. Comme par hasard, l'une d'elle portait White Musc. Il ferma les yeux et huma quelques secondes le parfum mélangé à l'odeur du goudron chauffé par le soleil. Derrière le rideau noir de ses paupières, il put clairement voir Sterenn arriver derrière lui, nimbée de lumière, un sourire sur les lèvres, se pencher et lui chuchoter à l'oreille : « ma patate, mon andouillette, mon Minion ».

Il ouvrit les yeux soudainement, son cœur battait fort dans ses tempes...

Il tira la fermeture de la poche avant du sac de sport, glissa sa main fine à l'intérieur pour en extraire un objet qu'il ne pensait plus jamais revoir.

Le taille-crayon offert par Sterenn et qu'elle lui avait rendu deux jours avant sa mort. La dernière fois qu'il l'avait vue.

Les Minions étaient toujours aussi joyeux. Perdus qu'ils étaient au fond du sac, ils n'avaient pas dû recevoir le faire-part de décès.

79

APRÈS

C'était le grand jour. Après un petit déjeuner copieux de traditionnels pancakes au lait ribot des occasions spéciales, toute la famille était réunie sur le pas de la porte pour l'encourager. Son père avait vérifié avec lui son matériel pour cette première journée d'épreuves. Sa mère lui avait confié sa carte d'identité et un sac de ravitaillement qui contenait de quoi le nourrir et l'hydrater pendant une semaine, « au cas où ». Sa sœur avait confectionné une carte d'encouragements et avait écrit au feutre rouge : « Le brevet, c'est lui qui devrait avoir peur de toi. Tu vas tout déchirer ! »

— Tu as bien travaillé cette année, tu prends ton temps, tu réfléchis, ça va le faire ! le rassura son père.

— Et si jamais tu as un trou, tu nous envoies les questions par télépathie, on fera de notre mieux pour t'aider ! ajouta sa mère.

— En gros, j'espère que tu as bien révisé et que tu n'auras pas de trous, conclut Célia en regardant sa mère d'un air incrédule.

Solal partit à pied pour rejoindre Arthur, Jules et Louis, aussi fébriles que lui, qui l'attendaient au coin de la rue. Arriver en bande les rassurait, même si face à la feuille blanche ils ne pourraient compter que sur eux-mêmes.

Sous le soleil déjà haut de ce dernier jour de juin, l'entrée du collège leur sembla un peu plus impressionnante qu'à l'accoutumée, comme s'ils faisaient à nouveau leur rentrée en sixième. Il croisa Youna qui lui fit un petit signe d'encouragement de la main. Les autres eurent la retenue de ne pas le charrier un jour d'examen. Avant de se séparer, les quatre amis se réunirent en cercle, telle une mêlée de rugby avant la mise en jeu du ballon. Arthur se chargea du discours d'avant-match :

— Les gars, j'ai confiance en vous. Vous faites comme à l'entraînement. Mettez toutes vos forces dans l'épreuve et ne vous avouez pas vaincus avant le coup de sifflet final. Bon, et toi, Louis, ben, sur un malentendu, tu l'auras peut-être !

— J'ai prié sainte Rita pour nous tous, elle s'occupe des causes désespérées, plaisanta Solal.

— Vous croyez aux miracles, les gars. C'est pour ça que je vous garde comme potes ! conclut Louis.

Les garçons rirent de bon cœur, heureux de pouvoir faire redescendre un peu la pression. Solal constata qu'il avait grandi durant cette année, bien plus que les autres, et que ses yeux étaient désormais à la hauteur de la bouche d'Arthur. Le quatuor se sépara, non sans avoir échangé encouragements et bourrades chaleureuses.

Chacun regagna la salle qui lui était attribuée selon un ordre alphabétique défini. Avant d'entrer, Solal eut une pensée furtive pour celle qui aurait dû être installée juste devant lui.

La première épreuve, le français, durait trois heures. Ce n'était pas la matière préférée de Solal, mais il avait progressé plus qu'il n'aurait imaginé. Il s'installa à la table qui lui était assignée au fond de la salle et commença à disposer son matériel face à lui, à côté des feuilles de brouillon. Un stylo-plume, un effaceur, une règle, sa gourde d'eau, son taille-crayon Minions et le crayon de couleur rose qu'il avait retrouvé dans la boîte de Sterenn avec l'empreinte de ses dents, en guise de porte-bonheur.

Il n'avait utilisé ni l'un ni l'autre depuis qu'il les avait récupérés, comme s'il s'agissait d'objets sacrés, chargés de l'énergie de son amie, destinés à n'être utilisés que lors des grandes occasions. Aujourd'hui, particulièrement, il avait besoin de sentir sa présence près de lui.

À 8 h 55, le professeur chargé de la surveillance fit le tour de la salle et distribua les sujets. À 9 heures pile, la sonnerie familière retentit pour annoncer le démarrage de l'épreuve.

Quand il commença l'étude de texte, il s'arma du petit crayon de couleur avec solennité et entreprit le surlignage des parties importantes de l'extrait de la fable de La Fontaine, comme il avait appris à le faire avec Sterenn, sur la terrasse du cimetière. Un peu fébrile, il appuya maladroitement sur la mine qui cassa. Il se saisit du taille-crayon pour affiner la mine, mais celle-ci ne tourna pas.

Solal fut pris d'un vertige. Bon sang, quel idiot ! Malgré toute l'attention portée aux préparatifs du brevet, il n'avait pas vidé le réservoir. Les Minions, dans leur farandole effrénée, semblaient se moquer de lui avec leurs sourires béats.

Il leva une main tremblante vers le professeur qui l'interrogea d'un geste du menton. Dans un mime digne du célèbre Marceau, l'adolescent fit comme s'il taillait un crayon et indiqua la poubelle au pied du bureau. Compréhensif, l'examinateur lui signifia d'y aller.

Il traversa la classe la tête basse et s'accroupit devant la poubelle pour déranger le moins possible ses camarades. Il ouvrit le réservoir et, à sa grande surprise, constata qu'il contenait un papier plié plusieurs fois sur lui-même. Comme un flash, le sourire étrange de Sterenn la dernière fois qu'il l'avait vue lui revint. « Tu penseras à vider le réservoir, il a l'air plein ! »

C'était le pire moment pour faire cette découverte…

Solal leva la tête et constata avec soulagement qu'il était entièrement dissimulé à la vue du professeur, qui aurait pu penser qu'il s'agissait d'une antisèche. D'un geste rapide, il glissa le papier dans sa chaussette, tailla son crayon puis retourna à sa place d'un pas qu'il voulut nonchalant et calma son rythme cardiaque qui s'était emballé plus que jamais. Il avait perdu dans cette opération au moins plusieurs mois d'espérance de vie.

Il reprit la lecture de la fable, mais les mots jouaient à saute-mouton tant il était distrait par cette découverte inopinée. L'heure était grave : il allait planter son brevet et ça n'était pas au programme. Il dégaina ses armes secrètes : la respiration longue et profonde et l'invocation à saint Antoine de Padoue pour retrouver sa concentration. Il ne le raconterait à personne, mais cela fonctionna bien. Plus que bien, même. Avec méthode, il termina tous les exercices et prit le temps de relire soigneusement son travail. Il était 11 h 45 quand il se leva et déposa le premier sa copie, le cœur léger, sur le bureau de l'examinateur.

Durant l'épreuve, il avait réussi à mettre de côté son impatience de voir ce qui se cachait à l'intérieur du message. Dès la sortie de la salle, l'endroit où le papier frottait sa peau sous sa chaussette le brûla. Il accéléra le pas pour se retrouver rapidement à l'air libre dans la cour encore vide. Il prit cependant le temps de trouver le meilleur endroit pour en prendre connaissance.

Il s'installa au soleil, sur le banc ou Sterenn discutait souvent avec ses copines quand elle était en récréation. Il avait parfois l'impression que son parfum y flottait encore.

Le souffle court, il extirpa le papier de sa chaussette et le déplia avec précaution.

Sur le papier, marqué à force d'être resté plié, Sterenn avait inscrit à l'encre violette trois mots à son attention.

Les trois plus jolis mots qui lui avaient jamais été destinés. Ceux qu'elle n'avait jamais dits à personne.

Ils contenaient suffisamment d'amour pour l'accompagner jusqu'à la fin de sa vie.

Ces trois mots pansaient le présent et le futur.

Et surtout, le passé.

80

APRÈS

En attendant les résultats du brevet, Solal avait demandé à son grand-père s'il pouvait l'accompagner quelques jours à Groix où ce dernier partait prendre soin du jardin et remettre la maison en état afin de préparer la maison pour recevoir la famille pendant les vacances.

Il n'y était pas retourné depuis le voyage d'octobre avec Sterenn, trouvant toujours une excuse pour décliner les invitations de ses grands-parents à passer un week-end là-bas. Il prétextait les révisions du brevet, mais il craignait plus que tout de poser le pied sur l'île sans elle.

Enfin, il se sentait prêt. Il avait proposé à Arthur d'y venir avant de déménager à la fin de l'été. Lors de l'entrée en seconde en septembre, leurs chemins se sépareraient. Ils avaient confiance en la force de leur amitié, tout en redoutant cet éloignement, et comptaient bien profiter au maximum de leurs derniers moments.

Il espérait bien que ces quelques jours à Groix leur permettraient de resserrer un peu plus fort leurs liens pour qu'ils restent amis encore de longues années.

Ils avaient repris leurs habitudes sur place, et croquaient à pleines dents ce début d'été caniculaire. Ils alternaient les promenades à vélo, les baignades dans l'eau fraîche, les siestes à l'ombre, les dégustations de glaces – trois boules, si possible –, les parties de jeu vidéo, les limonades sur le port et la lecture du stock des *Spirou*, lus et relus par tous les enfants de passage dans la maison depuis des dizaines d'années.

C'était la belle vie.

Ce matin-là, Solal se réveilla un peu avant le lever du soleil. Il chuchota doucement à l'oreille d'Arthur qu'il était l'heure et son ami ouvrit les yeux sans mot dire. Le grand-père de Solal dormait, il ne fallait pas faire de bruit. Les deux adolescents se faufilèrent pieds nus dans le jardin et rejoignirent silencieusement le menhir, accompagnés par le son mat de leurs pas sur la terre humide et le chant des oiseaux. L'air était encore doux, le ciel sans nuage commençait à s'éclaircir.

C'était le 7 juillet, Sterenn aurait dû souffler ses quinze bougies.

Solal, accomplissant la promesse faite sur le bateau, rendit à l'île de Groix ce glaucophane magique qui ne se souvenait que des bons moments.

Sous le regard tendre d'Arthur, il le déposa à l'endroit exact où il l'avait trouvé neuf mois auparavant, et leva les yeux pour observer les couleurs de l'aube.

Dans le ciel teinté de rose, une étoile brillait juste au-dessus de sa tête.

CHEZ LES TADDEO

Pour terminer cette histoire, j'avais envie de partager avec vous quelques éléments de la vie des Taddeo évoqués dans ce livre, puisés directement dans le quotidien de ma famille.

Recettes

Les gaufres au lait ribot

Ingrédients :
250 g de farine
1 sachet de levure chimique
60 g de sucre
2 œufs
480 ml de lait ribot
2 cuillères à soupe de beurre demi-sel fondu

Mélangez les ingrédients secs d'un côté et les ingrédients liquides de l'autre.

Incorporez les deux mélanges l'un à l'autre en remuant doucement pour garder une pâte bien épaisse.

Faites cuire vos pancakes dans une poêle chaude.

À déguster avec de la confiture, du sirop d'érable ou nature !

GÉNOISE FOURRÉE À LA GELÉE DE MYRTILLES

Ingrédients :

6 œufs

130 g de sucre

100 g de farine

1 sachet de levure chimique

Gelée de myrtilles

Montez les blancs des œufs en neige.

Mélangez le jaune et le sucre jusqu'à ce que le mélange blanchisse et fasse un ruban.

Ajoutez la farine et la levure puis incorporez les blancs.

Versez dans un moule rond.

Cuisson à 170 °C pendant 15 à 20 minutes.

Démoulez et faire refroidir sur une grille.

Découpez le gâteau en deux et étalez de la gelée de myrtille à l'intérieur.

MOUSSE AU CHOCOLAT

Ingrédients :

6 œufs bio extra-frais

200 g de chocolat pâtissier

Séparez les blancs des jaunes. Montez les blancs en neige.

Faites fondre le chocolat.

Mélangez le chocolat avec les jaunes en remuant rapidement avec une cuillère.

Incorporez doucement les blancs.

Versez dans un grand saladier ou des petits ramequins selon votre préférence.

Laissez refroidir 2 heures au minimum au réfrigérateur.

***

Livres

Patrick Süskind, *Le Parfum*

Dans le Paris du XVIIIe siècle, Jean-Baptiste Grenouille survit à sa naissance dans une rue puante. Après une enfance chaotique où il est craint ou maltraité par ceux qui l'entourent, il découvre le métier de parfumeur et se lance dans une carrière de serial killer, obsédé par l'odeur de sa toute première victime.

Un livre dérangeant, mais si bien écrit qu'il se dévore. Avec un Grenouille dans le rôle du antihéros qui fait froid dans le dos et des descriptions olfactives mémorables.

Boris Vian, *L'Écume des jours*

Colin rencontre Chloé et c'est l'amour fou entre deux boissons fabriquées sur le pianocktail et un concert de jazz. La vie rêvée se fane peu à peu en même temps que la jeune femme, atteinte d'une terrible maladie : un nénuphar qui pousse dans ses poumons.

Dans ce roman, tout est possible, l'imagination n'a pas de limites. Sa poésie touchera les rêveurs romantiques.

Mireille d'Allancé, *Grosse colère*

Robert a passé une mauvaise journée à l'école… Alors quand son père lui sert un plat qu'il n'aime pas, la colère déborde…

Un outil parfait pour échanger avec les enfants au sujet de la colère.

***

Playlist

Queen, « We are the champions » (Freddy Mercury, prod. Queen, Mike Stone), Universal Music Ltd.

Lady Gaga, « Bad romance » (Lady Gaga, RedOne, prod. RedOne), Interscope.

Lady Gaga, « Joanne » (comp. Mark Ronson, Lady Gaga ; prod. Mark Ronson, Lady Gaga), BloodPop®. Interscope, Concord Music Publishing.

***

Films

Peter Weir, *Le Cercle des poètes disparus*, 1989

À l'aube des années 1960, des étudiants font revivre un cercle d'esprits libres auquel appartenait leur professeur de littérature fort peu conformiste. Chacun découvre de nouvelles voies et goûte l'art de profiter du temps présent, Carpe diem. Ce qui déplaît fortement à leur entourage.

Important et bouleversant, ce film met en parallèle la liberté et les carcans limitants de ces jeunes hommes aux futurs bien tracés. Avec un Robin Williams exceptionnel.

Bradley Cooper, *A Star is Born*, 2018

Une star de country oubliée tombe amoureux d'une jeune chanteuse talentueuse et décide de lancer sa carrière. Alors qu'elle connaît le succès, les relations deviennent de plus en plus compliquées entre eux.

Une histoire intense, aussi belle que mélancolique, avec une retranscription intéressante des addictions.

Paul King, *Paddington*, 2014

L'ours Paddington quitte les grandes forêts du Pérou où il a grandi pour découvrir le monde. Il rencontre par hasard la famille Brown et s'installe chez eux, créant un joyeux chaos. Le film qui réconforte quoi qu'il arrive, à déguster avec une tartine de marmelade d'orange.

***

Jeux vidéo

FIFA

Le jeu où, à la tête de son équipe de football préférée, l'on peut incarner chacun de ses joueurs.

Mario Kart

À jouer seul ou à plusieurs, en ligne ou tous ensemble dans la même pièce. Les karts sont sur la ligne de départ, attention aux carapaces et aux cadeaux explosifs, il vous faudra passer la ligne d'arriver avant les autres !

INFORMATIONS UTILES

En cas de difficultés pour vous ou votre entourage, il existe des ressources sur Internet, des *chats* et des lignes téléphoniques pour vous apporter de l'aide. N'hésitez pas à les utiliser.

Violence numérique et cyberharcèlement :

Le numéro unique pour les jeunes victimes de harcèlement et de violences numériques

Le 3018 est accessible 7 jours sur 7, de 9 heures à 23 heures

Sur Internet : http://3018.fr par *chat* et Messenger

Application : télécharger le 3018

Par téléphone : 3018

Aider, informer, agir en prévention du suicide :

Le site de conseils et de ressources du numéro national de prévention du suicide

Sur Internet : https://3114.fr/

Par téléphone : 3114 – le numéro de prévention national du suicide

Fil santé jeunes :

Pour les 12-25 ans. Le site propose des ressources sur des thèmes tels que le mal-être, les drogues, les addictions. Espace de discussion et *chat* disponibles.

Sur Internet : www.filsantejeunes.com/

Par téléphone : 0.800.235.236, numéro d'aide anonyme tous les jours de 9 heures à 23 heures

SOS amitié :

Le *chat* est ouvert sur le site 7 jours sur 7 de 13 heures à 3 heures

Sur Internet : https://www.sos-amitie.com/

Par téléphone : 09.72.39.40.50 (prix d'un appel local)

REMERCIEMENTS

Merci à Tanguy. Tu es mon premier lecteur, mon soutien inconditionnel, celui qui croit en moi inlassablement. Construire avec toi, c'est ce qu'il y a de plus puissant au monde.

Merci à mes trois enfants. Vous êtes ma joie, ma force, mon ancrage. Tout est plus beau grâce à vous.

Merci à mes parents qui ont toujours vu la romancière en moi et m'ont donné les moyens de m'exprimer.

Merci à mes beaux-parents qui m'aident sans faiblir à trouver le temps et l'espace pour écrire.

Merci à Wandrille Leroy, mon agent. Tu es le chevalier à qui je confie mon manuscrit pour le défendre. Et tu le fais formidablement.

Merci à mon amie Mariam Sheik Fareed. Mimi, nos séances d'écriture au bar face à un thé me donnent des ailes. Je t'attends pour la suite !

Merci à mes chères amies Céline, Anne-Solange et Alex. Vos retours de lecture valent tous les prix littéraires.

Merci à ma famille, mes amis, ma sangat. Il y a toujours quelqu'un pour m'encourager à écrire parmi vous. Impossible de me cacher !

Merci à toutes les blogueuses/instagrameuses de la première heure qui me soutiennent et m'encouragent. La solidarité de cette communauté me porte à un point que vous ne pouvez imaginer.

Merci à Tej Bhagti et Govind Bhajan. Nos échanges sont d'une richesse incroyable. Qu'il est bon de grandir et de rire avec vous.

Merci à l'île de Groix. C'est à Groix que je me suis régénérée, c'est à Groix que j'ai écrit la première phrase de ce roman, c'est à Groix que la vie a repris ses droits.

Merci à Audrey Meignan. Merci pour les nœuds démêlés, le pouvoir des mots justes quand ils sont posés et toutes les croyances balayées.

Merci à Fateh, Sat Sarbat et Satmukh. Votre accompagnement m'aide à me rapprocher de celle que je suis et à nourrir la romancière en moi. Sat Nam.

Merci à Virginie Fuertes, mon éditrice. Virginie, tu as compris ce texte mieux que personne et tu as su pointer ses failles pour me permettre de transmettre au mieux l'histoire que je portais. Merci pour la joie de le faire ensemble.

Merci aux éditions de l'Archipel pour l'accueil. Je suis heureuse de vivre l'aventure de ce deuxième roman dans une si belle maison.

Merci à Quibe d'avoir, encore une fois, illustré si subtilement la couverture. Christophe, ce fil que tu tisses entre mes romans est cousu d'or.

Merci aux lectrices de mon blog qui me suivent, pour certaines depuis 2008. Je n'ai pas les mots pour vous dire à quel point je me sens chanceuse de vivre cette histoire avec vous.

Merci aux libraires et aux bibliothécaires qui partagent leur amour des livres. Un merci particulier à ceux qui ont soutenu mon premier roman et qui m'ont permis de rencontrer les lecteurs.

Merci aux lecteurs et aux lectrices. Si j'écris d'abord pour moi, le partage qui s'ensuit est ce qui compte le plus au final.

Merci à la petite étoile qui veille sur ce roman.

DANS LA MÊME COLLECTION

Si la vie te donne des citrons, fais-en une tarte méringuée
Charlotte Léman

Quand les hasards sont des rendez-vous
Magali Discours

Les Indécis
Alex Daunel

Pas d'ombres sans lumière
Dorothée Catoune

Je suis venue te dire
Cynthia Kafka

Comment les pingouins ont sauvé Veronica
Hazel Prior

La Vie selon Hope Nicely
Caroline Day

Comme des éclats de toi
Marie Joudinaud

Sur mes épaules, tu bâtiras ton monde
Julien Aime

À la reconquête de l'Ouest
Audrey Françaix

Toutes les histoires commencent par une petite faim
Magali Discours

La délicieuse imposture du chant des sirènes
Charlotte Léman

Oona et le sens de la vie
Margarita Montimore

C'est auprès d'elle...
Dorothée Catoune

Contre vents et secrets
Cynthia Kafka

Ellie et Dan
Hazel Prior

Motus et cœurs cousus
Léa Volène

Elle a tes yeux, mon amour
Typhanie Moiny

Les chats ont neuf, moi j'en aurai deux
Julien Aime

La vie ne se danse jamais seul
Marie Joudinaud

Après nos rêves, enfin le jour
Magali Discours

Qui sème des graines de folie croque la vie
Charlotte Léman

Quelque part au-dessus du ciel
Ludivine Delaune

Cet ouvrage a été composé
par Atlant'Communication
au Bernard (Vendée)

Impression réalisée par

NORMANDIE ROTO IMPRESSION s.a.s.
à Lonrai (Orne)

en janvier 2024
pour le compte des Éditions de l'Archipel
département éditorial
de la S.A.S. Écriture-Communication

#lisez! engagé
www.lisez.com
Pour plus d'information :
Imprimé sur du papier issu de forêts gérées durablement.

Imprimé en France
N° d'impression : 2305224
Dépôt légal : janvier 2024